De zielenbreker

Sebastian Fitzek

De zielenbreker

De Fontein

Van Sebastian Fitzek verschenen tevens bij De Fontein:

De therapie
De gijzeling
De wreker

This book was negotiated through AVA international GmbH, Germany (www.ava-international.de)
© 2008 Droemer Verlag, ein Unternehmen der Droemerschen Verlagsanstalt Th. Knaur Nachf. GmbH & Co. KG, Munich, Germany
© 2010 voor deze uitgave: Uitgeverij De Fontein, Baarn
Oorspronkelijke titel: *Der Seelenbrecher*
Vertaald uit het Duits door: Jan Smit
Omslagontwerp: De Weijer Design, Baarn
Omslagillustratie: mauritius images
Zetwerk: V3-Services, Baarn
ISBN 978 90 261 2689 5
NUR 332

www.uitgeverijdefontein.nl
www.sebastianfitzek.de

Alle personen in dit boek zijn door de auteur bedacht. Enige gelijkenis met bestaande – overleden of nog in leven zijnde – personen berust op puur toeval.

Alle rechten voorbehouden. Niets uit deze uitgave mag worden verveelvoudigd en/of openbaar gemaakt door middel van druk, fotokopie, microfilm, elektronisch, door geluidsopname- of weergaveapparatuur, of op enige andere wijze, zonder voorafgaande schriftelijke toestemming van de uitgever.

Voor Gerlinde

Ik ben niet bang voor de dood. Alleen zou ik er liever niet bij zijn wanneer het gebeurt.

Woody Allen

EENENZEVENTIG DAGEN VOOR DE ANGST

Bladzijde 1 e.v. van patiëntendossier nr. 131071/VL

Gelukkig was alles maar een droom. Ze was niet naakt. En haar benen waren ook niet vastgesnoerd aan die antieke gynaecologenstoel, terwijl die gek bezig was zijn instrumenten te sorteren op een roestig bijzettafeltje. Toen hij zich omdraaide had ze in eerste instantie niet eens gezien wat hij in zijn met bloed besmeurde hand hield. Zodra ze het herkende had ze haar ogen willen sluiten, maar dat lukte niet. Ze kon haar blik niet losmaken van de gloeiende soldeerbout die langzaam haar middel naderde. De onbekende met het gehavende gezicht had haar oogleden omhoog getrokken en met een nietpistool in haar oogkassen vastgezet. Ze dacht dat ze in de korte tijd die haar in dit leven nog restte niet nog meer pijn zou kunnen voelen. Maar toen de soldeerbout uit haar gezichtsveld verdween en ze de hitte tussen haar benen voelde, vermoedde ze dat de marteling van de afgelopen uren nog slechts een voorspel was geweest.

Toen, op het moment dat ze de stank van verschroeid vlees al meende te ruiken, werd alles transparant. De waterkoude kelder waar ze naartoe was gesleept, de flakkerende halogeenlamp boven haar hoofd, de martelstoel en het metalen tafeltje vervaagden en maakten plaats voor het zwarte niets.

Godzijdank, dacht ze, het was maar een droom. Ze sloeg haar ogen op. En begreep er niets meer van.

De nachtmerrie waarin ze daarnet nog gevangen had gezeten was niet verdwenen, alleen van gedaante veranderd.

Waar ben ik?

Aan de inrichting te zien was het een armoedige hotelkamer. De vlekkerige sprei op het oude, gammele tweepersoonsbed was net zo vuil en met brandgaatjes bezaaid als de groenbruine vloerbedekking. Toen ze de ruige vezels van het kleed onder haar voeten voelde, verkrampte ze nog meer op de ongemakkelijke houten stoel.

Ik heb blote voeten. Waarom draag ik geen schoenen? En waarom zit ik in een goedkoop hotelkamertje naar het sneeuwende testbeeld van een zwart-wittelevisie te kijken?

Die vragen knalden als biljartballen tegen de binnenkant van haar schedel. Opeens kromp ze ineen alsof ze een klap had gekregen. Toen draaide ze haar hoofd naar de richting van het geluid – de kamerdeur. Ze begon te beven, steeds heviger, en sprong overeind. Twee politiemensen stormden de kamer binnen, allebei in uniform en allebei gewapend, zoals ze in een flits constateerde. De agenten richtten hun pistolen op haar bovenlichaam, maar lieten ze toen langzaam zakken. De gespannen uitdrukking op hun gezicht maakte plaats voor onbegrip en ontzetting.

'Verdomme, wat is hier gebeurd?' riep de kleinste van de twee, die de deur had ingetrapt en het eerst naar binnen was gestormd. 'Ambulance!' brulde de ander. 'Een dokter. We hebben meteen hulp nodig!'

Godzijdank, dacht ze voor de tweede keer binnen enkele seconden. Van angst kon ze bijna geen adem halen, haar hele lichaam deed pijn en ze stonk naar poep en urine. Dat alles, plus het feit dat ze niet wist hoe ze hier gekomen was, maakte haar bijna gek. Maar in elk geval waren er nu twee agenten bij haar, die medische hulp zouden halen. Dat leek niet gunstig, maar altijd nog beter dan de waanzin met die soldeerbout.

Het duurde maar een paar seconden voordat een kale ambulancedokter met een ringetje in zijn oor de kamer binnenrende en bij haar neerknielde. Blijkbaar was de ziekenwagen al op weg geweest. Ook geen goed teken.

'Kunt u me horen?'

'Ja...' zei ze tegen de dokter. De kringen onder zijn ogen leken permanent in zijn gezicht getatoeëerd.

'Ik geloof niet dat ze me verstaat.'

'Jawel, jawel.' Ze probeerde haar arm op te tillen, maar haar spieren gehoorzaamden niet.

'Hoe heet u?' De arts haalde een potloodlichtje uit de borstzak van zijn hemd en scheen ermee in haar ogen.

'Vanessa,' zei ze schor. 'Vanessa Strassmann,' vulde ze aan.

'Is ze dood?' hoorde ze een van de politiemensen op de achtergrond vragen.

'Verdomme, haar pupillen reageren nauwelijks op licht. En ze schijnt ons niet te horen of te zien. Ze is totaal apathisch, misschien wel comateus.'

'Maar dat is toch onzin!' schreeuwde Vanessa nu. Ze wilde opstaan, maar ze kon niet eens haar arm bewegen.

Wat gebeurt hier?

Ze herhaalde die vraag hardop en probeerde zo duidelijk mogelijk te spreken, maar het leek of niemand wilde luisteren. In plaats daarvan draaiden ze haar allemaal hun rug toe om te overleggen met iemand die haar nog niet was opgevallen.

'En hoe lang heeft ze deze kamer al niet verlaten, zei u?'

Het hoofd van de arts benam haar het zicht op de deur, waar de stem van een jonge vrouw vandaan kwam: 'Al zeker drie dagen, misschien wel langer. Ik vond haar al een beetje vreemd toen ze zich inschreef. Maar ze zei dat ze niet gestoord wilde worden.'

Wat is dat voor geklets? Vanessa schudde haar hoofd. *Ik zou hier nooit vrijwillig een kamer hebben genomen, zelfs niet voor één nacht!*

'Ik zou u ook niet hebben gewaarschuwd als dat vreselijke gereutel niet steeds luider was geworden en –'

'Kijk eens hier!' Dat was de stem van de kleinste agent, vlak bij haar oor.

'Wat?'

'Dat is toch iets? Daar.'

Vanessa voelde hoe de arts haar vingers openboog en met een pincet voorzichtig iets uit haar linkerhand haalde.

'Wat is dat?' vroeg de agent.

Zelf was Vanessa net zo verbaasd als iedereen in de kamer. Ze had niet eens gemerkt dat ze iets in haar hand hield.

'Een notitieblaadje.'
De dokter opende het in tweeën gevouwen papiertje. Vanessa draaide haar ogen opzij om te kunnen zien wat er op het velletje stond, maar het waren onbegrijpelijke hiërogliefen, een tekst in een onbekende taal.
'Wat staat erop?' vroeg de andere man die bij de deur stond.
'Raar, hoor.' De arts fronste zijn voorhoofd en las hardop: "'Je koopt het alleen om het meteen weer weg te gooien."'
O, lieve God. Het feit dat de ambulancedokter de paar woorden zonder aarzelen had voorgelezen, maakte haar de volle omvang duidelijk van de nachtmerrie waarin ze gevangen zat. Door een of andere oorzaak was ze niet langer in staat te communiceren, hoe dan ook. Ze kon niet meer spreken of lezen. Schrijven zou ook wel niet meer gaan.
De arts scheen haar nog eens recht in haar pupillen en opeens leek ook de rest van haar zintuigen verdoofd. Ze kon de stank van haar lichaam niet meer ruiken en het kleed onder haar naakte voeten niet meer voelen. Ze merkte alleen nog dat haar angst steeds groter werd en het gemompel om haar heen steeds zachter. Nauwelijks had de dokter de korte zin op het papiertje voorgelezen of een onzichtbare macht had bezit van haar genomen.
Je koopt het alleen om het meteen weer weg te gooien.
Een onbekende macht stak zijn kille hand naar haar uit en trok haar mee. Terug naar de plek waar ze een paar minuten geleden nog was en die ze nooit in haar leven meer had willen betreden.
Het was geen droom. Of toch?
Ze probeerde de arts een teken te geven, maar toen zijn contouren langzaam vervaagden drong het eindelijk tot haar door en maakte een blinde paniek zich van haar meester. Ze hadden haar echt niet gehoord. Noch de dokter, noch de vrouw of de politiemensen hadden met haar kunnen praten. Omdat ze nooit wakker was geworden in dit smoezelige kamertje. Het was juist omgekeerd. Toen de halogeenlamp boven haar weer begon te flakkeren, begreep ze dat ze was flauwgevallen toen de foltering begon. Niet de waanzin, maar de hotelkamer was deel van een droom geweest, die nu werd verjaagd door de gruwelijke werkelijkheid.

Of vergis ik me nu weer? Help. Help me dan toch! Ik kan geen onderscheid meer maken. Wat is echt, en wat niet?

Opeens was alles weer zoals net: de vochtige kelder, de metalen tafel en de gynaecologenstoel waarop ze lag vastgebonden – spiernaakt, zodat ze de adem van die gek tussen haar benen voelde. Hij hijgde tegen haar aan, daar waar ze het gevoeligst was. Toen dook zijn geschonden gezicht een moment voor haar ogen op en zag ze dat hij geen lippen had. 'Ik heb de plek nog eens afgetekend,' zei hij. 'Nu kunnen we beginnen.'

Hij pakte de soldeerbout.

Heden, 10:14 uur

Heel veel later, vele jaren na de angst

'EN, DAMES EN HEREN, WAT VINDEN JULLIE VAN DEZE INLEIDING? Een vrouw ontwaakt uit een nachtmerrie en komt onmiddellijk in de volgende terecht. Interessant, nietwaar?'

De professor stond op van de lange eikenhouten tafel en liet zijn blik over de geschokte gezichten van zijn studenten glijden.

Nu pas viel hem op dat zijn toehoorders vanochtend meer aandacht aan hun kleding hadden besteed dan hijzelf. Zoals altijd had hij op goed geluk een gekreukeld pak uit zijn kast gehaald. De verkoper had hem ooit tot deze schandalig dure aanschaf verleid, omdat het donkere jasje met de dubbele rij knopen zo goed paste bij zijn zwarte haar, dat hij toen in een belachelijke bevlieging van postpuberale opstandigheid nog wat langer droeg.

Als hij nu, zoveel jaar later, nog iets wilde kopen dat bij zijn haar paste, zou het muisgrijs moeten zijn, met lichtere vlekken en op de rug een kale plek als een tonsuur.

'Nou? Zeg het maar.'

Hij voelde een brandende pijn in zijn meniscus toen hij zo onverstandig was een stap opzij te doen. Slechts zes studenten hadden zich vrijwillig opgegeven, vier vrouwen en twee mannen. Typerend. Bij zulke oproepen waren vrouwen altijd in de meerderheid, of omdat ze moediger waren, of omdat ze het geld – dat hij op een briefje aan het prikbord voor deelname aan dit psychiatrische experiment had genoemd – nog harder nodig hadden.

'Neemt u me niet kwalijk, maar heb ik dat goed begrepen?' *Tweede plaats van links.* De professor wierp een blik op zijn lijstje om de naam te vinden van de vrijwilliger die het woord had genomen: *Florian Wessel, derdejaars.*

De student liet bij het doorlezen van de inleiding een perfect geslepen potlood boven de regels zweven. Een klein, halvemaanvormig litteken onder zijn rechteroog duidde op zijn lidmaatschap van een duellerend studentencorps. Hij legde het potlood tussen de bladzijden en sloeg het dossier dicht. 'Moet dít hier een medisch behandelingsprotocol voorstellen?'

'Inderdaad.' De professor liet de jongeman met een welwillende glimlach blijken dat hij zijn verbazing goed kon begrijpen. Die vormde in feite een onderdeel van het experiment.

'Een soldeerbout? Folteringen? Politie? Met permissie, maar dit lijkt eerder het begin van een thriller dan van een patiëntendossier.'

Met permissie? Het was al lang geleden dat hij die oude frase had gehoord. De professor vroeg zich af of de student met de strakke scheiding in zijn haar altijd zo praatte of dat de melancholieke uitstraling van hun ongebruikelijke omgeving iets te maken had met zijn spraakgebruik. Hij wist dat de afschuwelijke historie van het gebouw voor sommige mensen reden was geweest om van deelname af te zien, tweehonderd euro of niet.

Maar juist daarin lag ook de uitdaging: het experiment hier uit te voeren, en nergens anders. Er bestond voor deze test geen betere plek, ook al rook het hier overal naar schimmel en was het zo koud dat hij een moment had overwogen of ze de haard niet hadden moeten schoonmaken en aansteken. Het was immers 23 december, en de temperatuur lag een heel eind onder het vriespunt. Uiteindelijk hadden ze twee olieradiatoren gehuurd, die de hoge ruimte maar beperkt verwarmden.

'Dus jij vindt dat het leest als een thriller?' herhaalde de professor. 'Nou, dan zit je er niet ver naast.'

Hij vouwde zijn handen als in een gebed en snoof aan zijn rimpelige vingertoppen. Ze deden hem denken aan de grove handen van zijn grootvader, die zijn hele leven in de buitenlucht had moeten werken, in tegenstelling tot de professor.

'De arts die met zijn praktijk ook dit dossier heeft nagelaten dat jullie nu in handen houden, was een collega van mij, een psychiater: Viktor Larenz. Misschien zijn jullie zijn naam in de loop van je studie al eens tegengekomen.'

'Larenz? Is die niet dood?' vroeg een student die zich pas de vorige dag voor het experiment had aangemeld.

De professor keek weer op zijn lijstje. De man met het zwart geverfde haar heette Patrick Hayden. Hij zat vlak naast zijn vriendin, Lydia, zo dicht tegen haar aan dat het zelfs met een flossdraad nog lastig zou zijn geweest hen van elkaar te scheiden. Dat was duidelijk Patricks idee, want steeds als Lydia probeerde wat meer ruimte te krijgen, klemde hij zijn arm nog steviger om haar schouders en trok haar bezitterig naar zich toe. Hij droeg een sweatshirt met de intelligente tekst JESUS LOVES YOU, en daaronder, moeilijk leesbaar: EVERYONE ELSE THINKS YOU'RE AN ASSHOLE. Patrick had het al eens eerder gedragen, toen hij kwam klagen over een slecht cijfer.

'Viktor Larenz doet niet ter zake,' wimpelde de professor hem af. 'Zijn verhaal staat los van ons experiment van vanavond.'

'Waarover gaat het dan wel?' wilde Patrick weten. Hij sloeg zijn benen over elkaar onder het tafeltje. De veters van zijn hoge leren schoenen waren niet vastgemaakt, waardoor de zoom van zijn gescheurde designer-spijkerbroek over de teruggeklapte tong viel. Anders zou niemand het label bij de enkels kunnen zien.

De professor kon een glimlach niet onderdrukken. Open schoenen, gescheurde spijkerbroek en sweatshirts met grove teksten. Iemand in de mode-industrie moest zich als opdracht hebben gesteld de nachtmerries van zijn conservatieve ouders te gelde te maken.

'Nou, je moet weten...' Hij ging weer op zijn stoel aan het hoofd van de tafel zitten en opende een versleten leren tas, die eruitzag alsof hij door een kat als krabpaal werd gebruikt.

'Wat jullie zojuist hebben gelezen, is werkelijk gebeurd. Het verslag dat ik heb rondgedeeld is een kopie van een feitelijk dossier.' De professor haalde een oud pocketboek tevoorschijn. 'Dit hier is het origineel.' En hij legde het dunne boekje op de tafel.

DE ZIELENBREKER, stond in rode letters op het groenige omslag, tegen een vage afbeelding van een man die door een nevelige sneeuwstorm een donker gebouw leek binnen te vluchten.

'Laat je niet misleiden door de vormgeving. Op het eerste gezicht lijkt het een gewone roman, maar er steekt veel meer achter.'

Hij liet de ongeveer tweehonderd bladzijden van achter naar voor door zijn vingers ritsen.

'Veel mensen denken dat dit verslag uit de pen van een van zijn patiënten is gevloeid. Larenz heeft vroeger veel kunstenaars behandeld, onder wie ook schrijvers.' De professor knipperde met zijn ogen en voegde er zachtjes aan toe: 'Maar er is ook een andere theorie.'

Alle studenten keken hem afwachtend aan.

'Een minderheid denkt dat Viktor Larenz dit zelf op papier heeft gezet.'

'Waarom dan?'

Die vraag kwam van Lydia. Het meisje met het donkerblonde haar en de muisgrijze coltrui was zijn beste studente. De professor had geen idee wat ze in die ongeschoren eeuwige student naast haar zag, zoals hij ook niet begreep waarom ze ondanks een uitstekende cijferlijst geen beurs gekregen had.

'Heeft Larenz zijn eigen aantekeningen tot een thriller verwerkt? Waarom zou hij al die moeite doen?'

'Op die vraag willen wij vanavond een antwoord vinden. Dat is het doel van dit experiment.'

De professor maakte een notitie op zijn schrijfblok, naast de deelnemerslijst, en richtte zich toen tot het groepje vrouwen rechts van hem, dat nog geen woord gezegd had.

'Als jullie twijfelen, dames, zou ik daar alle begrip voor hebben.'

Een meisje met rood haar keek even op; de twee anderen staarden nog steeds naar het papier dat voor hen lag.

'Denk er nog eens goed over na. Het feitelijke experiment is nog niet begonnen. Jullie kunnen je gewoon bedenken en naar huis gaan. Er is nog tijd.'

De jonge vrouwen knikten besluiteloos.

Florian boog zich naar voren en streek nerveus met zijn wijsvinger over de scherp getrokken scheiding in zijn haar. 'Maar hoe zit het dan met die tweehonderd euro?' wilde hij weten.

'Die worden alleen uitbetaald als je daadwerkelijk meedoet en je aan de instructies houdt zoals die vooraf zijn aangegeven. Je moet het hele dossier lezen en krijgt daarbij maar heel even pauze.'

'En dan? Wat gebeurt er daarna?'

'Ook dat is een onderdeel van het experiment.'

De psychiater bukte weer en richtte zich op met een stapeltje formulieren waarop het wapen van de particuliere universiteit te zien was. 'Iedereen die besluit te blijven wil ik vragen deze verklaring te ondertekenen.'

Hij deelde de overeenkomsten rond waarin de leiding van de universiteit alle verantwoordelijkheid afwees voor mogelijke psychosomatische schade die als gevolg van de vrijwillige deelname aan het experiment zou kunnen ontstaan.

Florian Wessel pakte het formulier aan, hield het tegen het licht en schudde nadrukkelijk zijn hoofd toen hij het watermerk van de medische faculteit zag. 'Dat is me te link.'

Hij borg zijn potlood weer op, greep zijn rugzak en kwam overeind. 'Ik heb zo'n idee waar dit naartoe gaat. En als ik gelijk heb, vind ik dat veel te griezelig.'

'Ik waardeer het dat je zo eerlijk bent.' De professor nam Florians formulier weer terug en pakte zijn dossier. Toen keek hij naar de drie studentes, die met elkaar overlegden.

'Wij weten niet waar het om gaat, maar als Florian het niet vertrouwt, kunnen wij er ook beter mee kappen.' Weer deed het roodharige meisje het woord.

'Zoals jullie willen. Geen probleem.'

Hij verzamelde hun plastic dossiermappen, terwijl de jonge vrouwen hun winterjas van de stoelen namen. Florian stond al bij de deur in een jack met capuchon en handschoenen aan.

'En jullie?'

Hij keek naar Lydia en Patrick, die nog besluiteloos het dossier doorbladerden.

Ten slotte haalden ze gelijktijdig hun schouders op.

'Ach, wat maakt het uit? Als ze me maar geen bloed afnemen,' zei Patrick.

'Oké, mij best.' Eindelijk wist Lydia zich enigszins los te maken van haar vriend. 'U blijft er toch steeds bij?'

'Ja.'

'En we hoeven niets anders te doen dan lezen? Dat is alles?'

'Zo is het.'

Achter hen viel de deur in het slot. De afvallers waren geruisloos vertrokken.

'Dan doe ik mee. Ik kan het geld goed gebruiken.'

Lydia wierp de professor een blik toe die hun onuitgesproken zwijgplicht opnieuw bevestigde.

Ik weet het, beaamde hij in gedachten, en hij knikte haar toe. Heel even maar, onopvallend.

Natuurlijk heb je het geld nodig.

Hij herinnerde zich het veel te hete aprilweekend toen hij door een golf van zelfmedelijden haar privéleven was binnengespoeld.

Als hij werkelijk het verleden wilde vergeten, had zijn enige vriend hem aangeraden, moest hij een keer uit zijn vaste 'ervaringspatronen' breken en iets doen wat hij nooit eerder had gedaan. Drie glazen later waren ze die club binnengestapt. Niets bijzonders, gewoon een onschuldige, saaie show. Afgezien van het feit dat de meisjes topless dansten, bewogen ze zich niet erotischer dan de meeste tieners in een disco. En voor zover hij kon zien, waren er ook geen achterkamertjes.

Toch voelde hij zich een vieze oude man toen Lydia plotseling voor hem stond om zijn bestelling op te nemen – zonder coltrui en haarband, maar in het rokje van een schoolmeisjesuniform en verder helemaal niets.

Hij betaalde voor een drankje zonder er een slok van te nemen, liet zijn vriend zitten en was blij haar bij zijn volgende college weer op de eerste rij te zien. Ze had er nooit een woord over gezegd en hij wist zeker dat Patrick naast haar geen enkel vermoeden had van het bijbaantje van zijn vriendin. Hoewel hij zelf de indruk wekte van iemand die de barkeeper in dat soort clubs bij naam kende, leek hij niet echt tolerant als het om zijn eigen liefje ging.

Lydia zuchtte even en zette toen haar handtekening onder de vrijwaringsverklaring.

'Wat kan er nou gebeuren?' mompelde ze onder het schrijven.

De professor schraapte zijn keel, maar zei niets. In plaats daarvan wierp hij een kritische blik op de beide handtekeningen en keek toen op zijn horloge.

'Goed, dan zijn we zover.'

Hij glimlachte, hoewel hij niet echt in een vrolijke stemming was.

'Het experiment gaat beginnen. Blader maar naar pagina 7 van het patiëntendossier.'

17:49 UUR – DE DAG VOOR KERSTAVOND – NEGEN UUR EN NEGENENVEERTIG MINUTEN VOOR DE ANGST

Bladzijde 7 e.v. van patiëntendossier nr. 131071/VL
Alleen verder lezen onder medisch toezicht

'Stel je de volgende situatie voor...'
Caspar zat voor de voeten van de oude dame geknield en hoorde haar stem gedempt, als door een dichte deur.
'Een vader en een zoon rijden op een nacht over een besneeuwde weg door een donker bos. De vader verliest de macht over het stuur, de auto knalt tegen een boom en de vader is op slag dood. De jongen wordt zwaargewond naar een ziekenhuis gebracht en onmiddellijk gereedgemaakt voor een spoedoperatie. De chirurg verschijnt, verstijft, en zegt in paniek: 'O, mijn god, die jongen kan ik niet opereren. Hij is mijn zoon!'
De oude dame op het bed zweeg een moment en vroeg toen triomfantelijk: 'Hoe kan dat, als de jongen niet twee vaders heeft?'
'Geen idee.'
Caspar hield zijn ogen dicht en probeerde op de tast de tv weer aan de praat te krijgen. Hij kon haar schalkse lachje achter zijn rug slechts vermoeden.
'Ach, toe nou. Dat kan toch niet zo moeilijk zijn voor een intelligente kerel als jij.'
Hoofdschuddend trok hij zijn hand achter het logge toestel vandaan en draaide zich om naar Greta Kaminsky.
De negenenzeventigjarige bankiersweduwe had vijf minuten geleden bij hem aangeklopt om te vragen of hij even naar de 'babbelbox' wilde kijken, zoals ze de reusachtige televisie noemde die veel te groot was voor haar kleine ziekenkamer op de bovenverdieping van de Teufelsbergkliniek. Natuurlijk was hij met haar mee gelopen, hoewel professor Raß-

feld hem dat ten strengste had verboden. Caspar mocht niet zonder toezicht van zijn eenpersoonskamer af.

'Ik vrees dat ik niet zo goed in raadseltjes ben, Greta.' Hij hoestte toen hij wat stof in zijn keel kreeg dat zich achter het toestel had verzameld. 'Bovendien ben ik geen vrouw en kan ik niet twee dingen tegelijk.'

Hij legde zijn hoofd weer tegen de zijkant van het apparaat en probeerde op het gevoel de kleine antenne-ingang aan de achterkant te vinden. Het zware toestel week geen millimeter van de muur.

'Onzin!' Greta klopte twee keer met haar vlakke hand op haar matras. 'Stel je toch niet zo aan, Caspar!'

Caspar.

Die bijnaam hadden de verplegers hem gegeven.

Ze moesten hem toch iets noemen, zolang niemand nog wist hoe hij werkelijk heette.

'Probeer het nou eens! Misschien ben je wel de grote raadselkoning. Wie weet. Verder kun je je toch niets meer herinneren.'

'Dat is niet waar,' hijgde hij, terwijl hij zijn hand nog wat verder in de spleet tussen het toestel en het rauhfaserbehang wrong. 'Ik weet nog hoe je een das strikt, een boek leest of op een fiets stapt. Alleen mijn ervaringen ben ik kwijt.'

'Je feitenkennis is grotendeels onaangetast,' had dr. Sophia Dorn, zijn psychiater, al aan het begin van hun eerste sessie verklaard. 'Maar alles waardoor je emotioneel bent gevormd, dus de wezenlijke kern van je persoonlijkheid, is helaas verdwenen.'

Retrograde amnesie. Geheugenverlies.

Hij wist niet meer hoe hij heette, wie zijn familie was of wat voor beroep hij had. Hij kon zich niet eens herinneren hoe hij in deze dure privékliniek terecht was gekomen. Het oude gebouw van de Teufelsbergkliniek stond aan de rand van de stad, op de hoogste heuvel van Berlijn, die kunstmatig was opgeworpen uit de puinhopen van de huizen die in de Tweede Wereldoorlog waren platgegooid. In feite was de Teufelsberg niets anders dan een begroeide vuilstortplaats. In de tijd van de koude oorlog had het Amerikaanse leger op de top van de berg zijn afluisterinstallaties geïnstalleerd. De vier verdiepingen hoge hospitaalvilla waar Caspar nu werd behandeld was ooit een casino geweest voor officieren van de geheime dienst, totdat hij na de val van de Muur door de gerenommeerde psychiater en neuroradioloog professor Samuel Raßfeld was gekocht en luxueus verbouwd. Tegenwoordig gold de kliniek als een van de belangrijkste instellingen voor de behandeling van psychosomatische stoornissen. Het gebouw troonde als een kasteel met ophaalbrug hoog boven Grunewald uit, slechts bereikbaar via een smalle particuliere toegangsweg, waar Caspar nog geen tien dagen geleden bewusteloos was aangetroffen, onderkoeld en bedekt met een dun laagje sneeuw.

Dirk Bachmann, de beheerder van de Teufelsbergkliniek, had Raßfeld die avond naar een afspraak in het Westendziekenhuis gereden. Als hij maar een uurtje later was teruggekomen, zou Caspar zijn doodgevroren. Soms vroeg hij zich af of dat zoveel verschil zou hebben gemaakt. *Want wat is een leven zonder identiteit, vergeleken bij de dood?*

'Je moet jezelf niet zo kwellen,' vermaande Greta hem een beetje berispend, alsof ze zijn sombere gedachten had gelezen. Opeens klonk ze als een arts in plaats van een medepatiënte, die zelf aan angstpsychosen leed als ze te lang alleen was.

'De herinnering is als een mooie vrouw,' verklaarde ze, terwijl hij nog altijd naar die vervloekte aansluiting voor de antennekabel zocht. 'Als je haar achterna loopt, zal ze je verveeld afwijzen. Maar zodra je je met iets anders bezighoudt, dringt de jaloerse schoonheid zich wel aan je op.'

Ze giechelde hoog. 'Zoals onze knappe therapeute, die zich zo liefdevol om je bekommert.'

'Hoe bedoel je?' vroeg Caspar verbaasd.

'Nou ja, dat ziet zelfs een oude oma. Maar ik vind dat Sophia en jij heel goed bij elkaar passen, Caspaarrr.'

Caspaarrr.

Met haar langgerekte A en rollende R deed Greta's stem denken aan die van de filmdiva's in de jaren vlak na de oorlog. Sinds haar man zeven jaar geleden aan een beroerte op de golfbaan was bezweken, bracht ze elke Kerstmis in de privékliniek door. Hier was ze niet alleen als ze last kreeg van haar feestdagendepressie. Daarom was het ook een kleine ramp als haar tv het niet meer deed. Ze had de 'babbelbox' altijd aan, als wapen tegen haar eenzaamheid.

'Als ik wat jonger was, zou ik ook een afspraakje met je hebben gemaakt voor een *thé dansant*,' kirde ze.

'Nou, dank je wel,' zei hij lachend.

'Ik meen het serieus. Toen mijn man jouw leeftijd had – een jaar of veertig, schat ik – viel zijn donkere haar net zo guitig over zijn voorhoofd. Bovendien had hij dezelfde regelmatig gevormde handen als jij, Caspar.'

Greta moest weer giechelen. 'En hij was net zo gek op raadseltjes als ik!' Ze klapte twee keer in haar handen, als een schooljuffrouw die een einde maakte aan het speelkwartier. 'Dus proberen we het nu nog een keer.'

Caspar kreunde geamuseerd terwijl Greta haar raadseltje herhaalde.

'Een vader en een zoon krijgen een auto-ongeluk. De vader is dood, de zoon overleeft het.'

Het zweet brak Caspar uit, hoewel het raam op een kier stond.

's Ochtends had het al gesneeuwd, en nu, tegen de middag, was de temperatuur tot onder het vriespunt gedaald. Hier buiten, midden in Grunewald, moest het nog wel twee graden kouder zijn dan in de binnenstad, maar daar merkte hij nu weinig van.

Ha! Zijn wijsvinger gleed over een ronde metalen ring in de plastic achterwand. *Nu hoef ik alleen nog de kabel erin te steken, en...*

'De zwaargewonde zoon wordt met spoed naar het ziekenhuis gebracht, maar de chirurg zegt: "Ik kan hem niet opereren, want die jongen is mijn zoon."'

Caspar kroop achter het grote toestel vandaan, richtte zich op en pakte de afstandsbediening.

'Nou? Hoe kan dat?' vroeg Greta op schelmse toon.

'Zo,' antwoordde Caspar en hij zette de tv aan.

Het scherm flakkerde en de sonore stem van een nieuwslezer vulde de kamer. Toen even later het bijbehorende beeld verscheen, klapte Greta blij in haar handen. 'Hij doet het weer. Geweldig. Je bent geniaal.'

Ik weet helemaal niet wat ik ben, dacht Caspar, en hij klopte het stof van zijn spijkerbroek.

'Nou, dan ga ik maar weer naar mijn kamer, voordat de zuster boos wordt...' begon hij, maar Greta hief een hand op als teken dat hij stil moest zijn.

...is er weer verbijsterend nieuws over de zogenaamde Zielenbreker, die nu al enkele weken angst en paniek zaait onder de vrouwen van deze stad... Greta zette met de afstandsbediening het geluid wat harder.

17:56 uur

'Zojuist bereikt ons het bericht dat zijn eerste slachtoffer, de zesentwintigjarige Vanessa Strassmann, een aankomend actrice, vanmiddag op de intensive care van het Westendziekenhuis is overleden. Tweeënhalve maand geleden verdween zij spoorloos na de colleges en exact een week later werd ze teruggevonden in een goedkoop motel – naakt, verwaarloosd en verlamd.'

Op het scherm verscheen het beeld van een stralende schoonheid, alsof de dramatische woorden van de nieuwslezer niet voldoende waren om de tragedie duidelijk te maken. Haar foto maakte plaats voor twee andere opnamen. Ook hier had iemand moeite gedaan de aantrekkelijkste foto's uit het familiealbum te vinden.

'Evenals de beide latere slachtoffers, Doreen Brandt, een succesvolle advocate, en de basisschoollerares Katja Adesi, was Vanessa Strassmann lichamelijk bijna ongedeerd. Volgens de behandelende artsen was ze niet verkracht, mishandeld of gemarteld. Toch was ze ernstig in de war en psychisch gebroken. Tot aan haar dood toe reageerde ze alleen op extreme licht- en geluidsprikkels en bleef ze verder in een toestand die aan een wakend coma deed denken.'

De twee foto's verdwenen en op het scherm verscheen de gevel van een modern ziekenhuiscomplex.

'De doodsoorzaak vormt voor de medici een bijkomend mysterie, omdat niet duidelijk is wat de jonge vrouwen door toedoen van de dader is overkomen. Een aanwijzing vormen mogelijk de briefjes die in de handen van elk van de drie slachtoffers zijn gevonden. Over de inhoud ervan wil de politie nog altijd geen mededelingen doen. Tot nu toe zijn er gelukkig geen nieu-

we vermissingen gemeld, en we kunnen slechts hopen dat deze gruwelijke reeks hiermee is afgesloten en na de feestdagen geen vervolg zal krijgen. Een mooier kerstgeschenk dan de arrestatie van de Zielenbreker is nauwelijks denkbaar, nietwaar, Sandra?'

Met een professioneel lachje draaide de nieuwslezer zich naar zijn medepresentatrice toe om het weerpraatje in te leiden.

'Zo is het, Paul. Maar laten we eerst duimen dat al die andere cadeaus nog tijdig onder de boom komen te liggen. Want na de zwaarste sneeuwval van de afgelopen twintig jaar hebben de spekgladde straten in veel grote steden het verkeer volledig tot stilstand gebracht. Bovendien moeten we rekening houden met een stormachtige wind...'

Gladheid, dacht Caspar, toen het grafische waarschuwingssymbool boven Berlijn op de weerkaart verscheen. Op dat moment gebeurde het voor de eerste keer.

De kracht van de herinnering trof hem zo onverwachts en hevig, dat hij er nauwelijks tegen bestand was.

Echoruis

'Je komt toch gauw weer terug?'
'Ja, wees maar niet bang.' Hij streek even door haar bezwete haar, dat tijdens de krampen voor haar ogen was gevallen.
'Je laat me niet te lang alleen?'
'Nee, hoor.'
Natuurlijk kon hij haar woorden niet horen. Die kleine was allang niet meer in staat haar tong te bewegen. Maar hij voelde de zwijgende smeekbeden van het elfjarige meisje in de krachteloze druk van haar vingers. Hij vroeg zich maar niet af of dat een bewuste reactie was of slechts een reflex, zoals ze ook onbewust met haar rechterooglid trok.
'Ik ben zo bang. Help me, alsjeblieft.'
Haar hele, breekbare lijfje schreeuwde om hulp, en hij had moeite zijn tranen terug te dringen. Om zijn aandacht af te leiden concentreerde hij zich op een ronde pigmentvlek die als de punt van een uitroepteken boven haar rechterjukbeen zweefde.
'Ik haal je hier weer uit,' fluisterde hij. 'Vertrouw me maar.'
Toen kuste hij haar voorhoofd en bad vurig dat het nog niet te laat zou zijn.
'Oké!' fluisterde het meisje, zonder haar lippen te bewegen.
'Je bent zo dapper, liefje. Veel te dapper voor je leeftijd.'
'Ik weet het.' Ze maakte haar vingers uit zijn hand los.
'Maar wees snel,' kreunde ze geluidloos.
'Natuurlijk, dat beloof ik je. Ik zal je bevrijden.'
'Ik ben bang. Kom je snel weer terug, papa?'

'Ja, zo snel mogelijk. Dan komt alles goed, schat. Net als vroeger. Maak je geen zorgen, lieverd, oké? Ik heb een fout gemaakt, maar ik zal je hier weer vandaan halen, en dan...'

'...of wat vind jij?' vroeg Greta luid, en ze wekte Caspar uit zijn beangstigende dagdroom. Hij knipperde wild met zijn ogen, slikte het speeksel weg dat zich in zijn mond had verzameld en opende eindelijk weer zijn ogen. Ze begonnen onmiddellijk te tranen toen het licht van de televisie op zijn pupillen viel. Blijkbaar had Greta niets gemerkt van zijn korte paniekaanval.

'Wat?'

In zijn neus hing de geur van verbrand papier, alsof die eerste herinnering een schroeiplek had veroorzaakt als de inslag van een bliksemflits. *Wat was het geweest? Een werkelijke herinnering, of een droom?* Nog altijd geschokt door de beelden in zijn hoofd greep hij werktuiglijk naar zijn borst – naar de plek waar zich onder zijn T-shirt het pas geheelde litteken bevond van de brandwond die hij bij het douchen in de kliniek voor het eerst had ontdekt en waarvan de oorzaak hem net zo onduidelijk was als de rest van zijn verleden.

'Interessant,' zei Greta opgewonden. 'Wat zou erop staan?'

Ze zette het geluid weer zachter en de stank in zijn neus verdween.

'Waarop?'

'Nou, op die briefjes die ze bij de slachtoffers van de Zielenbreker hebben gevonden. Wat zouden ze betekenen?'

'Geen idee,' zei hij afwezig. Hij moest hier weg. Om op verhaal te komen. Om te bedenken wat dat voor beelden waren geweest en ze met zijn arts te bespreken.

Heb ik een dochter? Wacht ze ergens op mij? Ziek? En alleen?

'Misschien kunt u de tv beter uitzetten. Straks kunt u niet meer slapen van al die akelige verhalen.' Langzaam liep hij naar de deur, terwijl hij probeerde zijn verwarring zo goed mogelijk te verbergen.
'Ach, wat. De Zielenbreker komt mij heus niet halen.' Greta lachte schalks en legde haar leesbril met het afgeknaagde plastic montuur op haar nachtkastje. 'Zelfs zonder mijn brilletje val ik nauwelijks binnen zijn jachtterrein, dacht je niet? Je hebt het gehoord, zijn slachtoffers zijn allemaal tussen de twintig en de veertig, slank, blond en single. Dat had je vijftig jaar geleden nog van mij kunnen zeggen, maar nu niet meer.'
Ze lachte. 'Maak je geen zorgen, jongen. Voordat ik ga slapen kijk ik nog naar een gezellige dierenfilm. Straks komt *The Silence of the Lambs*...'
'Dat is geen...' begon Caspar, maar toen zag hij aan haar ogen dat ze hem voor de gek hield.
'Touché,' zei hij met een lachje, ondanks zijn paniek. 'We staan weer gelijk.'
Hij legde zijn hand op de klink van de deur.
'Gelijk? Hoe bedoel je?' riep Greta hem verbaasd achterna.
'Nou, u had me tuk, maar ik heb uw raadseltje opgelost.'
'Leugenaar! Niets van waar.'
'Jawel, hoor. Die chirurg is een vrouw,' zei Caspar met een glimlach. 'De chirurg in het ziekenhuis is de móéder van de jongen. Daarom wil ze haar zoon niet opereren.'
'Dat bestaat niet.' Greta giechelde en ze klapte weer als een schoolmeisje in haar handen. 'Hoe wist je dat?'
Geen idee, dacht Caspar en hij vertrok met een aarzelend lachje. Werkelijk geen idee.
Zijn glimlach bestierf hem op de lippen zodra hij de deur achter zich dichttrok en de gang in stapte. Heel even overwoog hij om Greta's kamer weer binnen te glippen voordat ze hem zouden ontdekken, maar toen hoorde hij zijn naam vallen en besloot onopvallend de twee artsen te volgen die net met een ontstemde blik uit zijn kamer kwamen.

18:07 uur

Raßfeld en Sophia waren zo in hun discussie verdiept dat ze hem niet opmerkten, hoewel hij maar een paar meter achter hen liep. Toch kostte het Caspar grote moeite hen te verstaan.

'...ik vind het nog veel te vroeg,' fluisterde Raßfeld hees. 'Dat zou een te grote klap kunnen zijn voor Caspar.'

De directeur van de kliniek was blijven staan en frunnikte aan de wollen sjaal die om zijn hals bungelde. Zoals altijd vormde de verschijning van de chef-arts een uniek contrast. Zelfs 's zomers droeg hij nog een dikke sjaal, uit angst om kou te vatten, wat hem er niet van weerhield om 's winters met blote voeten op sandalen naar buiten te lopen. De professor stelde prijs op keurig verzorgde nagels en een perfecte scheiding in zijn haar, maar lette nauwelijks op zijn gezichtsbeharing. Zijn volle baard groeide net zo wild als de haartjes uit zijn neus en oren. En hoewel hij college gaf over psychisch bepaalde zwaarlijvigheid, waren er tussen de boeken en dossiers op zijn kantoor hele stapels lege fastfoodbakjes te vinden. Hij was nog niet zo dik als Bachmann, maar naast zijn omvangrijke gestalte leek Sophia een uitgemergelde patiënte.

'Je mag hem niets laten zien!' beval hij, en met die woorden trok hij de vrouwelijke psychiater de gang door, weg van Caspars kamer, waar ze zojuist tevergeefs hadden aangeklopt. 'Onder geen beding, is dat duidelijk? Ik verbied het je.'

Caspar volgde hen voorzichtig.

'Dat zie ik toch anders,' fluisterde Sophia wat minder heftig, en ze tilde een hand op, waarin ze een dun patiëntendossier had. 'Hij heeft het recht om het in te zien...'

De chef-arts bleef abrupt staan, en één moment leek het alsof hij zich zou omdraaien. Caspar knielde haastig en prutste aan zijn schoenveter. Maar toen opende Raßfeld de deur naar de koffiekeuken en trok Sophia mee het kleine kamertje in. De deur liet hij op een kier staan. Vanuit zijn geknielde positie in de gang kon Caspar nog net naar binnen kijken, hoewel Raßfeld buiten zijn gezichtsveld stond.

DOSSIER 131071/VL

'Goed, het spijt me, Sophia,' hoorde hij de professor zeggen. 'Dat was de verkeerde toon. Ik reageerde wat overdreven. Maar we weten echt niet wat voor schade die informatie bij hem zou kunnen aanrichten.'

'Of welke herinneringen het kan oproepen.' Sophia steunde met haar vlakke hand op het werkblad naast de gootsteen. Ze droeg nooit make-up, waardoor ze meer op een derdejaars medisch studente leek dan op een leidinggevende arts. Caspar vroeg zich af waarom hij zich zo tot haar aangetrokken voelde dat hij haar nu al heimelijk achterna sloop. Ze was zeker geen volmaakte schoonheid. Aan alle details mankeerde wel iets: te grote ogen, een te bleke huid, enigszins uitstaande oren en een neus die ook niet thuishoorde in de catalogus van de plastische chirurg. En toch kon Caspar niet genoeg krijgen van het resultaat. Bij iedere therapiesessie ontdekte hij weer iets nieuws aan haar dat hem fascineerde. Op dit moment was het de krullende haarlok die als een vraagteken onder haar slaap hing.

'Je bent te ongeduldig, Sophia,' hoorde hij Raßfeld brommen.

Er liep een koude rilling over Caspars rug toen hij zag hoe de door levervlekken ontsierde hand van de chef-arts langzaam naar die van Sophia gleed.

De professor had nu een toon aangeslagen die niet alleen samenzweerderig, maar zelfs een beetje verleidelijk klonk. 'Alles op zijn tijd,' zei hij zacht. 'Alles op zijn...'

Toen Raßfeld met de harige bovenkant van zijn wijsvinger over Sophia's pols streek, kwam Caspar instinctief in actie.

Hij sprong overeind, rukte de deur open en deinsde met gespeelde verbazing weer naar de gang terug.

'Wat... Wat hebt u hier te zoeken?' blafte Raßfeld, die zich na een korte schrik haastig herstelde.

'Ik wilde koffie halen,' antwoordde Caspar, en hij wees naar de zilverkleurige thermoskan naast Sophia.

'Ik had u toch gezegd dat u op uw kamer moest blijven?'

'Eh, ja. Dat was ik vergeten.' Caspar greep naar zijn hoofd. 'Sorry hoor, maar dat gebeurt me de laatste tijd wel vaker.'

'O, dus dat vindt u wel grappig? En stel dat u een terugval krijgt en onopgemerkt de deur uit wandelt? Hebt u al eens naar buiten gekeken?'

Caspar volgde Raßfelds wijzende vinger naar het beslagen keukenraam. 'Daar liggen sneeuwhopen van twee meter hoog. De volgende keer komt Bachmann u echt niet redden.'

Tot Caspars verrassing schoot Sophia hem te hulp.

'Het is mijn schuld,' zei ze beslist. Ze pakte het dossier en stapte de keuken uit. 'Ik heb hem toestemming gegeven, professor.'

Caspar probeerde zijn verbazing te verbergen. Sophia had hem juist het tegendeel op het hart gebonden. Hij moest altijd een zuster waarschuwen, had ze gezegd, zelfs als hij alleen maar naar de wc wilde.

'Als dat zo is...' Raßfeld haalde een zakdoek uit zijn doktersjas en bette geërgerd zijn voorhoofd, 'dan is die beslissing hiermee weer teruggedraaid.'

En bars wrong hij zich langs hen heen.

Dit muisje zal nog een staartje krijgen, was zijn onuitgesproken dreigement toen hij zwijgend naar de lift verdween.

Sophia's gezicht ontspande zich bij elke stap waarmee hij zich verder van hen verwijderde. Ze haalde opgelucht adem toen hij eindelijk om de hoek was verdwenen.

'Kom mee. Er is haast bij,' zei ze na een korte stilte.

'Hoezo?' Caspar volgde haar door de gang naar zijn kamer. 'Onze sessie was toch al voorbij?'

'Ja, maar je hebt bezoek.'

'Wie dan?'

Sophia draaide zich naar hem om. 'Iemand die misschien weet wie je werkelijk bent.' Caspar voelde een hevige kramp in zijn maag en bleef abrupt staan.

'Wie?'

'Dat zul je wel zien.'

Zijn hart bonsde in zijn keel, hoewel hij maar heel langzaam verder liep. 'Weet Raßfeld daarvan?'

De arts fronste verbaasd haar wenkbrauwen en nam hem wantrouwend op. Haar priemende, onderzoekende blik herinnerde hem aan de eerste seconden toen hij was bijgekomen op de intensive care. Zodra hij zijn ogen opsloeg, had hij in het gezicht van een vreemde gekeken, weerspiegeld in Sophia's zeeblauwe ogen. Eerst werd hij nog afgeleid door de barnsteenkleurige vlekjes, die als kiezels op de bodem van een helder meer haar irissen nog meer diepte gaven.

'Wie bent u?' had ze hem gevraagd, met een warme stem waarin ondanks haar professionele houding toch haar bezorgdheid doorklonk.

Dat was zijn eerste herinnering. Sindsdien leefde hij nog slechts in het heden.

'Ik dacht dat de professor niet wilde dat ik te snel met de waarheid werd geconfronteerd,' zei hij.

Sophia hield haar hoofd een beetje scheef en keek hem nog eens doordringend aan.

'Ben je je koffie niet vergeten, Caspar?' zei ze ten slotte, terwijl ze probeerde een glimlach te onderdrukken. Toen dat niet lukte draaide ze zich weer om en opende zijn kamerdeur.

18:17 uur

'Nou, wat is het dan?'

Hij boog zich naar voren in zijn gemakkelijke clubfauteuil. Net als het bed, de dure vloerbedekking en de lichte gordijnen leek ook deze stoel meer op zijn plaats in een Engels kasteelhotel dan in de ziekenkamer van een psychiatrische kliniek.

'Herken je hem niet?'

Hij had het graag gewild. Zo graag zelfs dat Caspar bijna had gelogen en ja gezegd, alleen om eindelijk niet meer alleen te zijn. Wanhopig probeerde hij zich een aanknopingspunt te herinneren, terwijl hij de ongewone bezoeker in zijn rechteroog keek. Het linker was er niet meer – waarschijnlijk uitgestoken, als hij het litteken zo zag.

Anders dan hijzelf leek het beest geen moment te aarzelen. De plukkerige straathond was dolblij hem te zien en hijgde zo hevig dat hij bijna stikte. De zandkleurige ragebol tegenover hem had grote moeite zijn evenwicht te bewaren op zijn achterpoten, zo heftig kwispelde hij met zijn staart.

'Helemaal niets?'

Sophia stond vlak voor hem, met zijn dossier in haar handen geklemd, terwijl ze vragend heen en weer keek van de hond naar hem. De bovenste knoop van haar blouse was losgeraakt, waardoor het glinsterende hangertje van een zilveren halsketting te zien was.

'Ik zou het echt niet weten,' herhaalde Caspar, terwijl hij probeerde niet naar de parelmoerkleurige amulet te staren, uit angst dat ze zijn blik verkeerd zou uitleggen. Hij zuchtte nog eens.

Elke dag confronteerden ze hem met nieuwe splinters uit zijn verleden. Ze wilden niets overhaasten, om zijn gedachten niet op het verkeerde spoor te zetten, zodat ze zouden vastlopen of uit de koers raken. De 'puzzeltherapie', zo noemde hij het. Voorzichtig reikten ze hem de stukjes van zijn oude leven aan, en hij voelde zich steeds meer een mislukkeling omdat hij ze niet tot een samenhangend geheel kon samenvoegen.

Eerst hadden ze hem zijn vuile kleren laten zien.

Daarna het verfrommelde treinkaartje van Hamburg naar Berlijn, eersteklas, een retour voor twee personen, uitgereikt op 13 oktober van het afgelopen jaar. Het was het enige document in zijn overigens lege portefeuille. Het kaartje en de inmiddels geslonken blauwe plek boven zijn rechterslaap deden vermoeden dat hij het slachtoffer van een overval was geworden.

'Waar heb je hem gevonden?' vroeg hij.

'Op de toegangsweg. Waarschijnlijk heb je je leven aan hem te danken. Als Raßfeld er niet is, scheurt Bachmann graag met de jeep de heuvel op. Als dat beest niet blaffend voor zijn auto was gesprongen, zou hij zeker niet halverwege zijn uitgestapt en had hij je waarschijnlijk nooit gezien. Het was al donker, en je lag aan de kant van de weg.'

Sophia knielde en aaide de hond, die het naamplaatje op haar doktersjas likte.

'Waar is hij de afgelopen dagen geweest?'

Ze kroelden nu samen de zachte vacht. Hij schatte het jonge dier op hooguit een jaar.

'Bij de beheerder.' Sophia lachte. 'Het zal Bachmann een zorg zijn wat jij je van die hond herinnert, zei hij. Je krijgt Mr. Ed niet meer terug. In plaats daarvan mag je zijn vrouw meenemen.'
'Mr. Ed?'
Ze haalde haar schouders op. 'Er was ooit een tv-serie met een sprekend paard dat zo heette. Volgens Bachmann heeft die hond net zo'n treurige blik en is hij nog slimmer.' Ze stond weer op. 'Roept Mr. Ed geen enkel gevoel bij je wakker?'
'Ja, natuurlijk wel. Absoluut. Het is een leuk beest. Maar misschien hou ik wel van alle dieren. Ik zou het niet weten.'
'Goed dan...' Sophia bladerde zijn dossier door. 'En zij?'
Het leek of hij een klap in zijn gezicht kreeg toen hij de foto zag. Zijn wangen gloeiden en de hele rechterhelft van zijn gezicht was opeens verdoofd.
'Hoe...?'
Hij knipperde met zijn ogen, maar kon niet voorkomen dat er een kleine traan langs zijn neus omlaag liep. 'Heb je die... Ik bedoel...' Hij zweeg en haalde zijn neus op.
'Ja,' beantwoordde Sophia zijn onuitgesproken vraag. 'Bachmann heeft hem pas vanochtend gevonden, bij het sneeuwruimen. Hij moet uit je zak zijn gevallen en ons zijn ontgaan.'
Ze gaf hem de vergrote kleurenafdruk. 'En? Herken je haar?'
De foto trilde in Caspars handen.
'Ja,' hijgde hij, zonder op te kijken. 'Helaas wel.'
'Wie is ze?' vroeg Sophia.
'Ik... Dat weet ik niet zeker.' Caspar streek met zijn vingertop over de pigmentvlek onder het jukbeen van het kleine meisje.
'Ik kan je haar naam niet zeggen.' Eindelijk tilde hij zijn hoofd weer op en dwong zichzelf Sophia aan te kijken. 'Maar ik geloof dat ze ergens op me wacht.'

18:23 uur

Mr. Ed legde zijn kop tussen zijn dikke poten en imiteerde een haardkleedje door zich plat op zijn buik uit te strekken. Met zijn gespitste oren leek hij een aandachtige luisteraar.

'Je dochter? Waarom vertel je me dat nu pas?' vroeg Sophia toen hij haar het mysterieuze visioen had beschreven dat hem in Greta's kamer had overvallen.

Het kleine meisje. Haar trillende wimpers, haar geluidloze smeekbeden.

'Het was de eerste keer, en ik weet zelf niet eens of het werkelijk een herinnering is of alleen een nachtmerrie.'

Je komt toch gauw weer terug?

Caspar wreef in zijn vermoeide ogen.

'En ze leek ziek?' vroeg Sophia.

Nee. Veel erger.

'Misschien sliep ze gewoon,' zei hij, met wat meer hoop. 'Haar bewegingen waren impulsief en onbeheerst, als van iemand die onrustig droomt. Maar...'

'Maar wat?' drong ze aan.

'Ik had het gevoel dat ik haar moest vasthouden, zodat ze niet als een heliumballon naar het plafond zou zweven. Zo licht leek ze. Alsof iemand de kern... het gewicht... van haar persoonlijkheid had weggenomen en alleen een huls zonder ziel had achtergelaten. Begrijp je?'

'Dat zeg je heel vaak,' constateerde Sophia.

'Wat?'

'"Begrijp je?" Dat is een soort stopwoord van je als we samen praten. Ik denk dat je een beroep hebt waarin je ingewikkelde dingen aan mensen moet uitleggen: leraar, adviseur, advocaat of zoiets. Maar ik wilde je niet in de rede vallen. Weet je nog waarop dat meisje lag?'

'Op een bed, een brancard of iets dergelijks.'

'En hoe zag de kamer eruit?'

'Heel licht, met twee grote ramen, waardoor de zon naar binnen viel.'

'Waren jullie alleen?'

'Moeilijk te zeggen. Ik heb geen anderen gezien die haar...'

Wat? Die haar hadden gemarteld, verkracht of vergiftigd?'
'Dus alleen jij en dat meisje?' vroeg Sophia.
'Ja. Ze lag voor me. Ze ademde onregelmatig, haar haren waren bezweet en haar oogleden trilden.'
'De naweeën van een epileptische aanval, misschien?'
'Zou kunnen.'
Of vergif, shock, een marteling...
'Maar je hebt wel met haar gepraat?'
'Nee, het was geen echt gesprek. Ik hoorde haar niet, maar ik wist wat ze bedoelde.'
'Telepathie?'
Caspar schudde nadrukkelijk zijn hoofd. 'Ik weet waar je naartoe wilt, maar het was geen droom met bovenzintuiglijke elementen – behalve als je ouderliefde daar ook toe rekent. Ik heb de hand van mijn dochter gepakt en gevoeld wat ze me wilde zeggen.'
Ik ben zo bang. Help me, alsjeblieft...
'Ik denk dat ze ergens is opgesloten door iemand die haar iets verschrikkelijks heeft aangedaan, en dat ik hulp moet halen voordat het nog erger met haar wordt.'
'Waren er ook tralies?' vroeg Sophia, waardoor ze hem even van zijn stuk bracht.
'Wat bedoel je?'
'Tralies voor de ramen? Je zei dat de zon naar binnen viel.'
Caspar sloot zijn ogen en probeerde het beeld weer op te roepen.
Ik ben zo bang. Help me, alsjeblieft...
Achteraf gezien leek de lichte ruimte hem geen gevangenis of andere afgesloten ruimte.
'Moeilijk te zeggen.' Hij haalde zijn schouders op.
'Nou, wie dat meisje ook mag zijn...' zei Sophia zacht maar beslist, 'je hoeft je niet veel zorgen te maken, Caspar.'
'Waarom niet?'
'We hebben haar foto naar de rechercheurs gestuurd die zich met jouw geval bezighouden. Zij zeggen dat er niemand wordt vermist die aan haar signalement beantwoordt.'

Sophia streek de krullende haarlok achter haar oor weg.

Caspar lachte vreugdeloos. 'En wat bewijst dat? Naar mij is ook niemand op zoek, als je de politie mag geloven. En toch zit ik hier. Ze kunnen me dus niet garanderen dat mijn dochter...' Hij aarzelde en zocht naar de juiste woorden. '...dat dit meisje niet in gevaar zou verkeren. Ik bedoel, ze... Ik heb haar belóófd dat ik terug zou komen.'

Na een tijdje vervolgde hij zacht: 'Waar "terug" ook mag zijn.'

'Goed.' Sophia draaide het dossier in haar handen rond. 'Dan moeten we toch de publiciteit zoeken.'

'De media, bedoel je?'

Ze knikte. 'Ja. Hoewel Raßfeld zich met hand en tand zal verzetten. Hij wilde niet eens dat ik je de foto van het meisje liet zien. Maar ik vind het hoog tijd.'

'Akkoord,' zei Caspar zonder te aarzelen. Hij begon steeds meer verdenkingen te koesteren tegen deze schijfjesmethode en de afzondering in de kliniek, zoals Raßfeld die had bepaald. Voor de professor zou hij wel een dankbaar onderzoeksobject zijn, want volgens Sophia kwamen gevallen van volledige amnesie in de praktijk maar weinig voor. Alleen daarom was hij in deze exclusieve kliniek opgenomen. Raßfeld wilde zijn geval wetenschappelijk documenteren, en dat vereiste blijkbaar dat het herstel van zijn geheugen van binnenuit moest plaatsvinden en niet van buitenaf mocht worden beïnvloed. Om die reden had de psychiater zelfs een gesprek met de politie verhinderd.

'Wat mij betreft mogen die journalisten komen,' zei Caspar, hoewel hij wist dat hij onmiddellijk zou moeten verhuizen als zijn foto opeens in alle kranten zou staan. De prominente patiënten die wegens drugsproblemen of depressies in de Teufelsbergkliniek waren opgenomen hechtten groot belang aan anonimiteit en rust. Cameraploegen voor de hoofdingang pasten daar niet bij.

'Goed, ik zal het regelen. Maar dan is er nog iets...' Sophia ontweek zijn blik.

'Wat dan?'

'Als het mediageweld losbarst, kan ik je niet meer begeleiden. Vanaf morgen zal Raßfeld persoonlijk de behandeling overnemen.'

Caspar dacht even na en lachte toen. 'O, natuurlijk. Prettige kerstvakantie, Sophia.'
Ze keek op en schudde verdrietig haar hoofd. 'Nee, het heeft niets te maken met de feestdagen. Vandaag is mijn laatste dag.'
'Aha.'
'Ik stop ermee.'
'O.'
Opeens voelde hij zich een sukkel die geen behoorlijke zin meer over zijn lippen kon krijgen. Daarom kon Sophia dus zo makkelijk de instructies van de medisch directeur negeren. Ze ging hier weg.
'Mag ik vragen waarom...?'
'Nee, liever niet,' zei ze, en ze gaf hem een kneepje in zijn hand, wat alles nog erger maakte.
Nu pas besefte hij dat zij de werkelijke reden was waarom hij niet allang zijn boeltje had gepakt om op eigen gelegenheid naar zijn verloren identiteit op zoek te gaan. Sophia was tijdens die paar sessies een soort anker geworden in de peilloos diepe zee van zijn bewustzijn. En nu wilde ze die ankertros kappen.
'Gaat het om professor Raßfeld zelf?' vroeg hij, hoewel hij wist dat hij daarmee de grenzen van hun therapeutische relatie overschreed en op privéterrein kwam.
'Nee, nee.'
Ze stak de foto van het meisje weer in het dossier en ging achter een bureautje voor het raam onder het schuine dak zitten.
'Goed.' Toen ze haar laatste notities over de behandeling had gemaakt, sloeg Sophia met een lichte zucht de map dicht en stond op. Caspar bespeurde haar aarzeling toen ze overwoog of ze hem als afscheid een hand zou geven of hem moest omhelzen. Ze trok verlegen aan de wijsvinger van haar rechterhand, deed een stap opzij en staarde naar zijn nachtkastje.
'Maar je moet me beloven dat je op tijd je oogdruppels neemt, ook als ik er vanaf morgen niet meer ben om dat te controleren. Afgesproken?'
Ze pakte het kleine plastic flesje en schudde ermee. Caspar droeg contactlenzen. Toen ze hem vonden, hadden de lenzen als uitgedroogde

kauwgom aan zijn pupillen gekleefd – naast zijn onderkoeling een extra aanwijzing dat hij daar al geruime tijd moest hebben gelegen.

'Die heb ik niet meer nodig, denk ik,' protesteerde hij.

'Jawel. Het is net als met zalfjes. Daar mag je niet zomaar mee stoppen alleen omdat de uitslag is verdwenen.'

Sophia klopte op de rand van het bed als een uitnodiging om te gaan zitten. Caspar gehoorzaamde.

Hij bleef beleefd op afstand, maar ze schoof zelf naar hem toe. Nu was hij het die haar blik ontweek. Sinds zijn wedergeboorte, een paar dagen geleden, was hij nog altijd niet gewend aan de vreemdeling die hij in haar ogen weerspiegeld zag.

'Wat denk jij? Zou dat meisje op de foto echt mijn dochter zijn?' vroeg hij, terwijl Sophia de dop van het flesje met oogdruppels losdraaide. 'Lijkt ze eigenlijk wel op mij?'

Ze hield even haar adem in en zuchtte toen. 'Moeilijk te zeggen op die leeftijd.'

Caspar merkte dat ze moeite deed hem noch zijn eerste herinnering noch zijn laatste hoop te ontnemen.

'Ik weet niet wat ik denken moet,' zei ze. 'Iedereen zou zo'n knap kind willen. Maar de gedachte dat die kleine meid nu ergens op haar vader wacht doet mijn moederhart bijna breken.'

Zijn blik ging naar haar handen.

'Ben jij móéder?' Hij kon geen trouwring ontdekken. Het enige sieraad dat ze droeg was de dunne schakelketting met de parelmoeren hanger om haar slanke hals.

'Nou ja, ik heb geprobeerd een moeder voor Marie te zijn, maar daar ben ik jammerlijk in mislukt.' Haar stem kreeg een verdrietige ondertoon, die hij ook tijdens hun sessies regelmatig had bespeurd – maar nooit zo duidelijk als nu.

'Ik had het te druk met mijn werk en zo heb ik mijn dochter verwaarloosd. Daarom kon hij haar bij me weghalen.'

Dus dat is het, dacht Caspar. Daarom voel ik me met haar verbonden. We hebben iets gemeen.

'Wie heeft haar bij je weggehaald?' vroeg hij zacht.

'Mijn ex. Hij heeft ervoor gezorgd dat ik haar nooit meer zie.'
'Maar hoe dan?' Hij kon zich wel voor zijn hoofd slaan, maar het was al te laat.
Zijn abrupte vraag, veel te opdringerig en brutaal, herinnerde haar eraan dat hij geen enkel recht had naar haar privéleven te informeren.
'Laten we zeggen dat hij zo zijn methoden heeft,' antwoordde ze kort, terwijl ze met haar mouw over haar wang veegde. 'O, verdomme.' Ze schraapte haar keel. 'Ik klets weer te veel.'
'Ik wil er best over praten,' waagde hij nog een poging.
Sophia haalde de pipet tevoorschijn. 'Nee. Je kunt fouten niet goedmaken door erover te praten. Je moet iets doen. Daarom stop ik ook hier. Om me voor te bereiden.'
'Wat ben je van plan?'
'Ik zal vechten. Binnenkort heb ik een belangrijke rechtszitting. Duim maar voor me.'
'Dat zal ik doen.' Caspar keek haar bemoedigend aan. 'Wie weet, misschien blijk ik wel voogdij-advocaat te zijn, als je begrijpt wat ik bedoel.' Hij lachte. 'Dan kan ik iets terugdoen voor de goede behandeling die je me hebt gegeven.'
'Ja, wie weet.' Ze glimlachte treurig. 'Maar hou nu even je hoofd naar achteren.'
Hij gehoorzaamde. Toen Sophia zich over hem heen boog, maakte zich weer een lok achter haar oor los. Caspar hoopte dat haar zachte haren hem zouden strelen, zoals haar ingetogen parfum dat al langer deed.
Zo dicht zijn we elkaar nog nooit genaderd, dacht hij toen ze hem strak aankeek en de eerste druppel zich vormde aan de pipet.
Op dat moment rook Mr. Ed gevaar. De hond sloeg aan, sprong over het bed naar het raam en blafte naar het venster, dat op een kier stond. Zijn instinct had hem gewaarschuwd nog voordat het geluid was doorgedrongen. Maar nu hoorden zij het ook, een splinterende klap, gevolgd door een metaalachtig gekrijs. Eén kort, afschuwelijk moment had Caspar het gevoel dat er op de toegangsweg een levend wezen doormidden werd gescheurd.

18:31 uur

Heel even overwoog hij om Sophia achterna te rennen toen ze met Mr. Ed aan de riem de kamer uit stormde. Buiten was iets gebeurd, waarschijnlijk een ongeluk.

Hij liep naar het dakraam, maar van bovenaf kon hij niets zien. Overdag had je vanaf de bovenverdieping van de villa een adembenemend uitzicht op het bosrijke, beschermde natuurgebied dat zich tot aan de tuinen van de statige villa uitstrekte. Maar de staalgrijze wintermiddag had allang plaatsgemaakt voor duisternis en natte sneeuw, waardoor het onnatuurlijke licht nog dreigender overkwam. Roodblauwe knipperlichten flitsten met regelmatige tussenpozen achter de bevroren naaldbomen langs de kronkelweg vanuit het dal naar de ingang van de Teufelsbergkliniek.

Caspar schoof het raam wat verder open en boog zich naar buiten. Het sneeuwde nog harder nu. Een eindje verderop hoorde hij een monotoon gebrom; toen ging vier etages beneden hem de zware voordeur van de kliniek open en stapten twee mannen de kou in.

'Heb jij gezien wat er is gebeurd?' hoorde hij de directeur van de kliniek vragen. Raßfeld bleef buiten de zwakke lichtcirkel van de lampen boven de ingang staan, maar zijn hese stem was duidelijk te herkennen.

'Nee, ik had net pauze,' antwoordde Bachmann. 'Ik was in de bibliotheek, weet u wel. Ik had dat boek over retoriek teruggebracht dat u me had aangeraden.'

Retoriek? vroeg Caspar zich af.

Normaal liet de beheerder zich geen kans ontgaan om de patiënten met flauwe grappen op te vrolijken. In Raßfelds gezelschap klonk hij als een onzekere schooljongen die zonder een briefje van thuis te laat op school was gekomen.

'Die ellendige gladheid,' gromde de professor bars. 'Is er iemand gewond?'

'Ik weet het niet. Dat ding ligt dwars over de toegangsweg. De bewakingscamera's hebben niet alles in beeld.'

'Maar hoe komen wij nu naar beneden?'

Op dat moment sloeg het raam met een luide klap dicht, vlak voor zijn gezicht.

Caspar draaide zich om en zag Linus in zijn kamer staan. De zanger keek geschrokken en verbaasd, alsof hij net had ontdekt dat hij over telekinetische gaven beschikte waarmee hij op afstand een raam kon bedienen.

'Het was maar een tochtvlaag,' stelde Caspar hem gerust. 'Wat is er aan de hand?'

'Onkluk,' mompelde Linus zacht. 'Enokopleed!' Hij zat al heel lang in de kliniek en leefde in een eigen wereld, waarin hij zelfs zijn eigen taaltje sprak.

Jarenlang had hij zijn hoofd aangezien voor een cocktailmixer, die beurtelings via mond of neus van een eindeloze stroom pillen, drank en poeders moest worden voorzien. Niemand wist precies bij welke drug de mixer was doorgeslagen, maar toen de zanger door een haastig opgetrommelde arts achter het podium was gereanimeerd, was hij niet meer in staat geweest een normale zin uit te brengen. De letters liepen in zijn hoofd door elkaar.

'Valtendan, yessalam,' riep hij grijnzend. Van 'onkluk' had Caspar nog 'ongeluk' kunnen maken, maar nu was hij het spoor bijster.

Aan zijn grijns te zien vond Linus de onverwachte afleiding wel amusant, maar de uiterlijke schijn klopte bij hem lang niet altijd met zijn werkelijke gemoedstoestand. De vorige keer dat Caspar de zanger had horen lachen werd hij net met zijn handen aan zijn bed vastgebonden om te voorkomen dat hij zich in een psychotische aanval de haren uit zijn hoofd zou trekken om ze op te vreten.

'Zullen we gaan kijken?' vroeg Caspar, waarop Linus hem een blik toewierp alsof hij van zijn leven nog nooit zo dodelijk was beledigd. Toen lachte hij weer en rende als een overmoedig schoolkind de kamer uit. Caspar haalde zijn schouders op en liep achter hem aan.

18:39 uur

De deur van de lift viel achter Linus dicht, dus nam Caspar de ouderwetse houten trap, die zich als een liaan om de liftschacht omlaagslingerde. De uitgesleten treden kraakten bij elke stap, en omdat Caspar op zijn sokken liep, voelde hij zich als een puber die 's nachts uit zijn ouderlijk huis wegsloop.

Heb ik dat vroeger ooit gedaan? Of was ik een oppassende jongen die altijd keurig op tijd thuiskwam?

Al dagenlang probeerde hij elke vrije minuut in de kathedraalachtige leegte van zijn geheugen antwoorden op de meest alledaagse vragen te vinden: hoe zijn eerste knuffeldier heette, of hij populair was geweest op school, of een buitenbeentje. Wat voor auto er nu in zijn garage stond. Wat zijn lievelingsboek was. Of er een popsong was die hij met bepaalde momenten associeerde. Wie zijn eerste liefde was geweest. Zijn beste vriend.

Hij wist het niet. Zijn herinneringen waren als meubels in een leegstaand huis, die door de vorige eigenaar met lakens waren afgedekt. Tot gisteren had hij alles geprobeerd om die lakens over de vraagtekens weg te rukken. Maar nu was hij bang voor de verschrikkelijke waarheid die eronder verborgen kon liggen.

Ik ben bang. Kom je snel weer terug, papa?

Toen Caspar in zijn naargeestige stemming beneden kwam, bleek Linus al verdwenen. In zijn plaats liep hij Yasmin Schiller tegen het lijf.

'Ja, dat zal ik doen. Wie verder nog?' reageerde de jonge verpleegster geïrriteerd op een opmerking van Raßfeld, die een paar passen verderop in Bachmanns portiersloge stond.

De ergernis om door haar baas weer eens tot loopjongen te worden gedegradeerd stond Yasmin op het gezicht te lezen. Een lichtblauwe kauwgomblaas bedekte grotendeels de onderste helft van haar gezicht toen ze Caspar voorbijliep zonder hem gedag te zeggen.

'Voor mij is het maar tijdelijk werk. Ik ben zangeres, geen gekkenzuster,' had ze hem al de tweede dag gezegd, zichtbaar opgelucht dat hij geen hulp nodig had bij het plassen. Ze leek hier inderdaad niet op haar plaats, met haar acrylrood geverfde pony, de prikkeldraadring om haar duim en haar eeuwig slechte humeur. Toch vermoedde Caspar waarom Raßfeld haar ondanks haar tongpiercing en haar bodypainting in zijn elitaire omgeving duldde. Yasmin hield van haar werk. Ze was er ook goed in, hoewel ze dat voor anderen verborgen probeerde te houden.

Op weg naar de deur zonk Caspar met zijn voeten in het dikke tapijt van de hal weg. Dat kleed gaf nieuwkomers een vertrouwd gevoel, heel anders dan het antiseptische zeil van de meeste klinieken. Hetzelfde gold voor het kantoortje van de beheerder. Dirk Bachmann hield van Kerstmis. Hoewel hij en zijn vrouw nog geen kinderen hadden, vierde hij het feest met grote overgave en oog voor detail, alsof er een prijs mee te winnen was. Zijn grotendeels uit glazen ruiten opgetrokken kantoortje bij de hoofdingang was met zo veel kerstmannen, gouden engeltjes, lampjes, kerststalfiguren en speculaashuisjes versierd dat je bijna de glinsterende kerstboom over het hoofd zou zien die tussen een metalen bureau en een sleutelbord stond ingeklemd.

'Professor...?' zei Caspar zacht, om de medisch directeur niet te laten schrikken. Toch kromp de chef-arts ineen.

'Bent u daar weer?' Raßfeld keek een beetje schuldbewust, maar herstelde zich onmiddellijk. 'Ik dacht dat ik u duidelijk had gezegd dat u in bed moest blijven.'

Jij ook, dacht Caspar, die probeerde niet al te nadrukkelijk naar de donkere wallen onder de ogen van de arts te staren.

'De rest was behoorlijk geschrokken,' loog Caspar. Behalve Greta en Linus waren er geen andere patiënten. En terwijl de oude dame naar haar gerepareerde televisie zat te kijken, met het geluid op volle kracht, scheen de zanger zijn interesse in de laatste ontwikkelingen alweer te zijn verloren. In elk geval was hij nergens te bekennen. 'Wat is er buiten aan de hand?'

Raßfeld aarzelde, schudde toen met tegenzin zijn hoofd en wees naar de monitor. Blijkbaar hoopte hij sneller van Caspar verlost te zijn als hij ten minste op één vraag antwoord gaf.

'Er is een ziekenwagen voor ons hek van de weg geraakt, tegen een telefoonkast geknald en omgeslagen.'

Caspar wierp een vluchtige blik op het flakkerende beeldscherm. Dus dat waren de lichten die hij tussen de bomen had gezien. Het knipperlicht van de ambulance flitste nog altijd op het dak.

Als de toegangsweg door camera's wordt bewaakt, moeten er toch beelden zijn van hoe ik hier terechtgekomen ben? dacht hij, maar dit leek hem niet het geschikte moment om Raßfeld daarop aan te spreken.

In plaats daarvan vroeg hij: 'Kan ik misschien helpen?'
De kliniek was die avond onderbezet. Omdat er maar drie patiënten waren hadden alle artsen vrij genomen, op Sophia na. De golf van eenzame, depressieve kerstvierders werd pas de volgende middag verwacht – op het laatste moment, als de gedachte om weer een kerstavond moederziel alleen te moeten doorbrengen een onverdraaglijke zekerheid was geworden.

'Nee, dank u. Dat zou er nog bij moeten komen.' Raßfeld forceerde een spottend lachje. 'We redden het wel. Dokter Dorn en meneer Bachmann zijn met de sneeuwruimer naar beneden gereden.'

Als bewijs verschenen eerst Sophia en toen de beheerder op het scherm van de bewakingscamera.

'Anders kom je met die gladheid de heuvel niet meer af, laat staan omhoog.'

Een portofoon in de oplader naast de monitor kraakte. Bachmann meldde zich. 'Het is er maar één, geloof ik.'

Raßfeld nam de glimmende walkietalkie uit de houder. 'Is hij gewond?'

'Lastig te zeggen.' Het was Sophia die antwoord gaf. 'De chauffeur lijkt me in shock. Hij zit naast de vernielde telefoonkast. Momentje.'

Raßfeld stond nu voor het scherm en benam Caspar het zicht. 'Verdomme, hier ligt nog iemand,' kraakte het via de portofoon. 'Het was een patiëntentransport.'

Caspar ging op zijn tenen staan.

De melkglasruit aan de zijkant van de ziekenwagen was versplinterd, en als hij zich niet vergiste, had hij een bebloede hand gezien die machteloos naar buiten zwaaide.

Raßfeld deinsde geschrokken een stap terug. 'Breng ze allebei naar boven,' beval hij in de portofoon.

'Tsja, ik weet het niet. Kunnen we niet beter...'

'Wát?' blafte hij tegen Sophia. 'Een helikopter laten komen? De brandweer waarschuwen? Je weet net zo goed als ik dat die ambulance de telefoonkast heeft vernield.'

En op het terrein van de kliniek hebben mobieltjes geen bereik. Caspar kreeg een droge mond en moest opeens hoesten, alsof hij zich in die gedachte had verslikt. Deze omgeving was een van de laatste witte vlekken op de kaart van het mobiele netwerk. Raßfeld had dat altijd als een voordeel gezien, omdat een belangrijk deel van zijn psychologische behandeling eruit bestond de patiënten tegen negatieve invloeden van buitenaf te beschermen.

'Dirk heeft de portieren opengekregen en ik ben nu bij de patiënt om... O, nee. Lieve God.'
'Wát? Wat is er?' Raßfeld tuurde naar de monitor om iets te kunnen zien.
'Neem me niet kwalijk. De patiënt heeft een mes in zijn hals.'
'Is hij dood?'
'Nee. Zijn luchtpijp is doorboord, maar hij is bij bewustzijn en hij ademt nog gelijkmatig. Maar...'
'Maar wat?' vroeg Raßfeld nerveus, terwijl hij Caspar nijdig een teken gaf om te verdwijnen
'U zult niet geloven om wie het gaat.'

18:56 uur

Yasmin was teruggekomen en had hem op een bars bevel van Raßfeld naar zijn kamer gebracht, waar op het bureau al een blad met zijn avondeten wachtte. Zoals altijd had de kokkin, Sybille Patzwalk, meer aandacht besteed aan de presentatie dan aan het eten zelf. Het zilveren bestek rustte op een linnen servet dat kunstig tot een zwaan was gevouwen, het soepbord was opgemaakt met peterselie en naast het glas water lag een witte orchidee. Caspar trok de doek van het broodmandje en de honger sloeg door hem heen als een waakhond die een geur had opgesnoven. Het was al uren geleden dat hij iets gegeten had.

Nauwelijks had zijn eerste hap genomen toen buiten het raam een zwaar gebrom klonk, als van een motormaaier, dat het geknor van Caspars maag nog overstemde. Hij legde het broodje terug en liep naar het klapraam in het dak. De natte sneeuw was overgegaan in dichte vlokken, die zich al op de vensterbank verzamelden. Algauw zou hij niets meer door het raam kunnen zien. Ook nu al had hij moeite de sneeuwmobiel te onderscheiden waarmee Sophia en Bachmann de slachtoffers van het ongeluk naar de kliniek brachten.

Caspar opende het raam op een kier. De lucht die hem tegemoet sloeg was zo koud dat hij bang was dat het traanvocht van zijn ogen zou bevriezen. *Wat doe ik hier nou?* Zijn adem, die als tabakswalm uit zijn mond kringelde, deed hem denken aan de rook die hij meende in Greta's kamer te hebben opgesnoven toen hij opeens aan het zieke meisje dacht. *Je komt toch gauw weer terug?*

Hij deed het raam weer dicht, liep naar het midden van de kamer, draaide een keer om zijn as en merkte hoe zijn innerlijke onrust een kritieke grens overschreed. En zo ontdekte hij iets over zichzelf dat bijna nog belangrijker was dan een heldere herinnering. Blijkbaar lag het niet in zijn karakter om lijdzaam af te wachten. Dat besef was veel wezenlijker dan al die kleine details die hem de afgelopen dagen aan zichzelf waren opgevallen, bijvoorbeeld dat hij zijn horloge rechts droeg, dat hij eerst zout op zijn eten deed voordat hij een hap nam, of dat hij moeite had zijn eigen handschrift te lezen.

Het feit dat alles in hem schreeuwde dat hij zo snel mogelijk uit deze kliniek vandaan moest, betekende ook dat hij zichzelf makkelijk iets kon wijsmaken. Hij scheen liever op een wonder van de behandeling te wachten dan zelf iets te ondernemen. De waarheid was dat hij zich had verstopt, niet hier in deze kliniek, maar op een plek waar niemand hem zou kunnen vinden: in zichzelf.

Caspar opende zijn kast. Van de acht klerenhangers waren er maar vier in gebruik, en dan nog alleen omdat hij zijn jasje en zijn nette broek los van elkaar had opgehangen. Veel bagage hoefde hij dus niet mee te nemen als hij er vanavond vandoor zou gaan.

Zuchtend spreidde hij zijn schaarse bezittingen op het bed uit. Het meeste kwam van het ziekenhuis of was door Sophia in de stad gekocht, zodat hij zich kon verschonen: zes paar sokken, zes stel ondergoed, twee pyjama's, een trainingspak, badslippers, wat toiletspullen en een historische roman van Peter Prange, die hij eigenlijk naar de bibliotheek van de kliniek moest terugbrengen.

Mijn hele leven past in een plastic zak, dacht Caspar toen hij alles wat hij niet aan zijn lichaam droeg in een stevige vuilniszak had gepropt. Een rugzak of iets dergelijks had hij niet, dus moest hij zich behelpen met de zak uit de afvalemmer.

Daarna trok hij het zwarte pak aan dat hij op de dag van zijn aankomst had gedragen. De gevoerde winterjas hing hij over de arm waarin hij de zak droeg. In zijn andere hand hield hij zijn zware veterschoenen. Die zou hij pas aantrekken als hij de houten trap was afgedaald.

Vooruit dan maar.

Caspar vermeed opzettelijk nog een laatste blik door zijn gezellige kamer te werpen. Hij deed het licht uit en stapte de stille gang in, vastbesloten om nooit meer terug te komen.

19:06 uur

Langzaam sloop hij de trap af, blij dat de kliniek zo onderbezet was. De kans was niet groot dat hij iemand zou tegenkomen. Maar al op de eerste verdieping besefte hij dat hij blijkbaar het ongunstigste moment had uitgekozen om onopgemerkt door de ontvangsthal naar buiten te wandelen. Caspar boog zich over de leuning van de trap toen hij beneden een luide, onbekende stem hoorde. Dat moest de ambulancebroeder zijn, die – anders dan Sophia had verondersteld – helemaal niet in shock was. Daarvoor praatte hij veel te vlot.

'Jonathan Bruck, zevenenveertig jaar oud, één meter vijfentachtig lang en negentig kilo zwaar,' verklaarde de man beneden. Zijn prettige bariton klonk net zo ernstig als die van een nieuwslezer, maar dan begeleid door een irritant bijgeluid, dat Caspar aan het gereutel van een koffiezetapparaat deed denken.

'Vermoedelijk onder invloed van drank of drugs. De manager van het Teufelsseemotel heeft de ziekenwagen gebeld toen de werkster Bruck bewusteloos in zijn kamer had gevonden.'

Caspar hoorde het geratel van een metalen brancard, waarvan de blokkerende wielen waarschijnlijk diepe voren in het crèmekleurige tapijt trokken. Opeens begreep hij wat dat schorre gereutel te betekenen had. Het kwam uit de keel van de patiënt.

'En de tracheotomie?' vroeg Raßfeld, als om zijn vermoeden te bevestigen.

'Zelfverminking. Ik dacht eerst dat hij sliep. Het was mijn laatste rit en ik wilde hem zo snel mogelijk naar het Westend brengen. Maar net toen we hier beneden langs de toegangsweg kwamen, keek ik in mijn spiegeltje en dacht dat ik spoken zag. Die idioot was opgestaan, begon als een gek te schreeuwen en ramde een zakmes in zijn hals. Ik remde, begon te slingeren en botste tegen die trafokast of wat het ook was. Nou ja, de rest weet u.'

Tijdens de samenvatting waren Raßfeld en de ambulancebroeder naar de lift gelopen, zodat ze nu recht onder de leuning stonden. Caspar keek vanaf een paar meter hoogte op hen neer, zo dichtbij dat hij Brucks ademhaling kon horen. De man maakte een geluid alsof je met een rietje de laatste druppels uit een kartonnen bekertje zoog.

'Ik zou het op prijs stellen als u de patiënt geen "idioot" noemde,' zei Raßfeld, op een toon alsof hij zich persoonlijk beledigd voelde.

Caspar kromp ineen toen hij vlakbij een beweging bespeurde.

Toen pas besefte hij dat het een reflectie in de grote panoramaruit in de buitenmuur was, aan de voet van de trap beneden. De wind en de sneeuw waren binnen enkele minuten tot een regelrechte sneeuwstorm aangewakkerd. De zwakke tuinlampen van de kliniek drongen nauwelijks meer door de grote vlokken heen. Het licht weerkaatste tegen de jagende sneeuw, die bij Caspar heel even een akelig visioen opriep van een witte bijenzwerm die voor zijn ogen tot één grote massa versmolt. Toen hij zich op de reflectie in het raam concentreerde, zag hij een fractie van een seconde een griezelig beeld van twee sterke mannen aan weerszijden van een brancard waarop een roerloze gestalte lag die een Zwitsers zakmes in zijn keel had. De liftdeuren openden zich met een vertrouwd geluid en het beeld verdween. Op hetzelfde moment snoof Caspar een geur op van vuur, rook, brand.

Weer een voorbode van een herinnering?

Onwillekeurig deinsde Caspar voor de liftdeuren terug, alsof die herinnering met de lift naar boven zou komen om hem te bespringen. Een ijzige rilling gleed over zijn rug. Opeens slaakte hij een kreet, toen hij achterwaarts tegen de magere gestalte opbotste die hem al een hele tijd vanuit het donker heimelijk had bespied.

19:10 uur

De man kauwde kauwgom en droeg dunne leren handschoenen, maar zijn pasgewassen haar verried hem. Het hielp ook niet dat hij zijn sigaret bij het open raam moest hebben gerookt. De walm had zich aan zijn schaarse haren gehecht, waardoor hij een lichte geur verspreidde toen hij driftig zijn hoofd schudde.

'Rustig maar. Geen probleem. Ik zal je niet verraden.'

In de hele kliniek gold een absoluut rookverbod, en het had wel iets geestigs dat Linus uitgerekend in de sport- en fitnessruimte van de villa een sigaret had opgestoken.

Geen voorbode, dus. Geen nieuwe herinneringen.

'Komee koet wazien!' Linus' mondhoeken vertrokken en hij klonk angstig. Te angstig voor iemand die alleen maar de huisregels had overtreden. Hij wapperde onrustig met zijn handen, alsof hij probeerde zich uit te drukken in gebarentaal, wat Caspar geen slecht idee leek, gezien zijn beperkte communicatiemogelijkheden.

'Wat is er?' vroeg hij.

In plaats van antwoord te geven greep Linus zijn hand waarin hij de zak droeg en trok hem met zich mee. Hij opende de tegenoverliggende deur, die inderdaad was voorzien van het bordje FITNESSCENTRUM. In elke andere kliniek zou dat gewoon een ruimte voor patiëntengymnastiek zijn geweest.

Caspar was hier op zijn zwerftochten nog niet binnengelopen en verbaasde zich daarom over de moderne hightechapparatuur tussen de spiegelwanden van de sportzaal. Zijn blik gleed over loopbanden, roei- en halterbanken, en hij vroeg zich af waar het knipperende rubberen trapje in de hoek voor diende. Linus legde een vinger tegen zijn lippen en deed het licht uit. Toen opende hij een glazen deur naar een klein balkon. Opeens leek het lichter, maar dat was slechts optisch bedrog, veroorzaakt door de sneeuwvlokken die nu om hun voeten dwarrelden en de knipperende lampjes van de elektronische sportapparaten reflecteerden.

Oké, dus hier heb je een sigaretje gerookt, dacht Caspar, en hij bleef staan. Linus wapperde weer met zijn arm. Blijkbaar moest Caspar hem volgen over de houten vlonders van het balkon, die glibberig waren door sneeuw en ijzel.

'Hé, goede vriend, heb je dit gezien?' En Caspar wees hoofdschuddend naar zijn voeten. 'Ik stap echt niet op mijn sokken de kou in.'

'Komee koet wazien,' siste Linus, met nog meer ongeduld en angst. Hij deed een stap achteruit, knikte Caspar nog eens toe en verdween toen in het donker.

'Kom terug!' riep Caspar. *Dit wordt je dood nog.* Die gedachte deed hem huiveren, nog voordat hij haar had uitgesproken.

En nu?

Hij had geen tijd te verliezen. Op dit moment was de aandacht van Raßfeld en de rest van de staf nog afgeleid door de nieuwe opname. Een betere kans om ongezien uit de kliniek weg te sluipen kreeg hij niet meer. Aan de andere kant meende Caspar opeens dat hij het koeterwaals van Linus had begrepen.

Komee koet wazien – Kom mee, ik moet je wat laten zien.

Verdomme. Als hij nu niet toegaf, zou Linus hem misschien schreeuwend achterna rennen, en aan die aandacht had hij op dit ogenblik geen behoefte.

Hij stapte in zijn schoenen en trok zijn jas aan. De luiken voor de ramen en de deur waren bijna voor een derde neergelaten, en Caspar was bijna twee hoofden groter dan Linus. Dus moest hij bukken om hem te kunnen volgen. De ijzige wind hield hem tegen als een onzichtbare poortwachter die onbevoegden de toegang tot zijn kille domein wilde ontzeggen. Caspar dook nog verder ineen en sloeg zijn armen om zich heen. De uitspringende erker links van hem bood wat beschutting tegen de wind en de sneeuw, maar niet tegen de Siberische temperaturen. Ook Linus bleef uit de wind en legde opnieuw zijn vinger tegen zijn lippen.

'Beden,' fluisterde hij, wijzend naar de rode sneeuwmobiel, die scheef voor de ingang stond geparkeerd. Het grootste deel van het ding ging schuil onder de overkapping van de receptie. Alleen de spits toelopende neus stak over de besneeuwde weg heen, nog warm van de motor, zodat de sneeuw die op het voertuig viel onmiddellijk smolt.

'Wat bedoel je?' Caspar boog zich naar voren, waardoor hij nog minder zag doordat hij zich uit de luwte waagde. De sneeuw waaide hem in het gezicht. Caspar knipperde met zijn ogen, hield zijn hoofd schuin en ergerde zich aan zijn eigen onnozelheid. In plaats van langs Bachmann heen de kliniek uit te sluipen stond hij nu met een psychotische patiënt in het pikkedonker op een glad en koud balkon.

Hij wilde net teruggaan toen de wind van richting veranderde, waardoor hij wat meer kon zien. En opeens ontdekte hij wat Linus bedoelde.

Een vlek. In de sneeuw. Pal naast de rechter achterband van de sneeuwmobiel, waar de vlek zich in de richting van de hoofdingang uitbreidde. In het matte schijnsel vanuit de portiersloge leek het een plas goudgele urine, maar Caspar besefte onmiddellijk wat het werkelijk moest zijn.

Benzine.

De slang van de tank was vanzelf losgeraakt of iemand had daarbij geholpen.

Maar waarom? Waarom zou iemand het enige vervoermiddel hebben gesaboteerd waarmee ze zich nog door deze sneeuwstorm konden worstelen?

Hij wilde Linus net vragen of hij wist wie er met de sneeuwmobiel had geknoeid toen de zanger alweer in de schaduw van de erker verdween. Nog net op tijd, voordat Bachmann – die opeens achter het voertuig opdook – een blik naar boven kon werpen.

19:18 uur

Eigenlijk liep hij alleen naar zijn kamer terug om af te wachten tot de beheerder de receptie had verlaten en aan zijn ronde zou beginnen. Maar vanavond scheen er niets normaal te gaan. Caspar besefte dat zijn vlucht – als het dat was – steeds moeilijker zou worden. Hij zat hier gevangen, afgesneden van iedere vorm van telecommunicatie, terwijl de beheerder om een of andere reden ook nog de sneeuwmobiel onklaar had gemaakt die hij voor zijn afdaling door het noodweer had willen lenen. Nou ja, hij zou ook zo wel beneden komen, desnoods zittend op zijn plastic zak.

Onder geen beding wilde hij hier nog een nacht langer blijven. En dat kwam niet door de afschuwelijke gedachte dat hij misschien zijn hulpeloze dochter in de steek had gelaten. Bovendien had hij het gevoel dat er met de mysterieuze nieuwe patiënt ook nog iets anders de kliniek was binnengekomen wat hij beter uit de weg kon gaan: een dreigend gevoel, net zo onzichtbaar als een virus, dat zich verspreidde en de vaste avondroutine van het kleine ziekenhuis verstoorde. Het scheen zelfs zijn eigen kamer te zijn binnengedrongen, zoals hij zag.

Wat gebeurt er?

Hoe dichter hij bij zijn kamer kwam, des te langzamer hij liep. De deur stond open en er brandde licht, hoewel hij een paar minuten geleden alle lampen had uitgedaan.

Wat is hier verdomme aan de hand?

Het geluid van twee opgewonden stemmen zweefde de gang in. Een ervan behoorde toe aan Sophia. 'Wat bezielt je?' vroeg ze aan iemand – een vraag die Caspar uit het hart gegrepen was. Zelf begreep hij ook niets van het tafereel dat hem wachtte toen hij naar binnen keek. Waarom stond er een vent met vuile schoenen op zijn bureau, met zijn hand bij het raam?

'Ik geloof dat ik net nog een streepje had,' zei de jongeman en hij lachte.

Caspar herkende de ambulancebroeder aan zijn stem, die totaal niet bij hem leek te passen. Om de een of andere reden had hij zich de chauffeur heel anders voorgesteld: groter en breder, met een vermoeide blik en donkere wallen onder zijn ogen door zijn nachtelijke ritten en al dat menselijke leed. Maar voor hem stond het prototype van een verwende yup, die je eerder in een narcistisch sportwagentje dan achter het stuur van een ambulance zou verwachten.

'Een stréépje?' vroeg Sophia.

'Ja, of hoe je zo'n balkje op je display ook noemt.' De chauffeur sprong van het bureau en liet Sophia een klein mobieltje zien. 'Ik dacht dat ik hier op de bovenverdieping misschien bereik zou hebben. Sorry.' Hij wierp Caspar een kameraadschappelijke blik toe, maar richtte zich toen weer tot de vrouwelijke arts. 'De deur stond open, daarom keek ik even of ik hier ontvangst had.'

Sophia klakte zachtjes met haar tong en veegde misprijzend het vuil van het bureaublad. 'Mobieltjes werken niet op het terrein van de kliniek, in welke bochten je je ook wringt.' Haar stijve houding maakte duidelijk wat ze van de man vond.

Ook Caspar nam hem op alsof hij een tegenstander in de boksring monsterde. Toch maakte de slanke man een heel onschuldige indruk met zijn gladde gezicht en zijn warrige haar, dat quasi-nonchalant met gel naar voren was gekamd. Normaal zou Caspar hem geen blik waardig hebben gekeurd, maar de brutale manier waarop hij tegen Sophia knipoogde beviel hem niet.

'Wilt u weer naar beneden gaan en meneer Bachmann vragen u een kamer te wijzen?' zei ze.

De jongeman glimlachte. 'U wilt dus echt dat wij hier samen de nacht doorbrengen, dokter Dorn?'

De arts sloeg nauwelijks merkbaar haar ogen naar het plafond. 'Wat ik wil heeft hier niets mee te maken, meneer Schadeck. We zijn helaas ingesneeuwd.'

Tot Caspars genoegen negeerde ze het verzoek van de ambulancebroeder om hem Tom te noemen.

'Als u zich niet meldt, zal uw directie wel iemand sturen om uw ambulance te zoeken, neem ik aan?'

'Ik denk het niet.' Schadeck schudde zijn hoofd. 'Dit was mijn laatste rit, en ik mag de wagen mee naar huis nemen. Morgenmiddag word ik pas terugverwacht.'

Sophia haalde spijtig haar schouders op. 'Hoe dan ook, het is niet verstandig dat u zich in uw eentje in het donker door die sneeuwstorm waagt. Volgens de berichten klaart het morgenochtend wat op en worden de straten bestrooid en sneeuwvrij gemaakt. Dan kunnen we weer naar beneden.'

Naar beneden, dacht Caspar, en hij zette de plastic zak naast zijn bed.

Zoals Sophia het zei klonk het alsof ze zich op een duizelingwekkend hoge rots aan een steile kust bevonden, met aan de voet de kolkende branding van een donkere oceaan.

'Dus u maakt geen grapje? Moet ik hier echt de nacht doorbrengen? Hier in dit... Tom had zichtbaar moeite het woord 'gekkenhuis' in te slikken dat al op zijn tong lag.

'U hoeft helemaal niets,' antwoordde Sophia. 'U kunt het erop wagen, als u wilt. We zitten een halfuur lopen bij het eerstvolgende huis vandaan, maar ik denk dat u nu op handen en voeten zult moeten kruipen, door het bos. Bij zeven graden onder nul en een temperatuur die nog verder daalt.'

'En als er iets gebeurt?'

'Hoe bedoelt u?'

'Als het slechter gaat met Bruck? Hoe halen we dan hulp?'

Het leek een logische vraag, maar Caspar vermoedde dat de ambulancebroeder ergens anders op zinspeelde.

'Geen probleem. We zijn goed toegerust,' antwoordde Sophia. 'Zo te zien heeft het mes geen inwendige verwondingen veroorzaakt. In het ergste geval zijn zijn stembanden beschadigd. Op dit moment worden zijn verwondingen door de professor behandeld en krijgt dokter Bruck medicijnen om te voorkomen dat zijn luchtpijp opzwelt. Als hij wakker wordt, zal hij wel pijn hebben en waarschijnlijk niet kunnen spreken, maar hij overleeft het wel.'

Dokter Bruck?

'En als ik u nu mag verzoeken?' Sophia knikte naar de deur.

Tom glimlachte, alsof ze hem voor een date had uitgenodigd. 'Met genoegen.' De ambulancebroeder tikte als afscheid even tegen zijn voorhoofd. 'Maar misschien kan ik de sneeuwmobiel lenen om in elk geval mijn mobilofoon te halen.'

'Veel succes,' wenste Caspar hem toe, maar zonder iets te zeggen over de benzineplas waar Linus hem op gewezen had.

Sophia bleef twee passen achter Tom en pakte Caspars hand toen ze hem passeerde. 'Sorry voor de interruptie,' fluisterde ze met een verontschuldigend lachje.

Zijn melancholieke stemming verdween op slag, maar keerde abrupt terug toen Tom zich nog even omdraaide in de deuropening.

'Misschien kan ik wel bij u intrekken, dokter Dorn? Ik ben bang in het donker.'

Toen lachte hij en hief zijn handen, als bij een bankoverval. 'Hé, het was maar een geintje.'

Caspar zon op een passend antwoord, maar zijn aandacht werd afgeleid door het litteken van een brandwond aan de binnenkant van Toms rechterhand, die deed denken aan de littekens op zijn eigen bovenlichaam. Maar in tegenstelling tot de willekeurige huidvervormingen op zijn eigen borst vertoonde Schadecks litteken een geometrisch patroon.

Caspar wist het niet zeker, maar het leek alsof Tom nogal slordig een oude hakenkruistatoeage had laten wegbranden.

19:24 uur

Ze waren al een minuutje vertrokken toen Sophia nog even haar hoofd om de deur stak.

'En dat geldt ook voor jou!'

'Wat?' vroeg hij, terwijl hij met zijn voet de plastic zak onder zijn bed schoof. Te laat. Sophia kwam binnen en wees op zijn schoenen en zijn winterjas, die hij was vergeten in de kleerkast terug te hangen.

'Doe vanavond geen domme dingen.'

Caspar deed geen poging zijn plannen te ontkennen. 'Ik moet wel, Sophia. Ik zit hier al veel te lang.'

'Maar waar wil je dan heen? In deze kou, in die kleren en zonder geld?'

'Naar de politie,' verklaarde hij, hoewel hij dat nu pas bedacht. Een vooruitziende blik behoorde blijkbaar niet tot zijn opvallendste eigenschappen.

'Daar hebben we het toch al over gehad? Raßfeld vindt het goed dat je persoonlijk met de politie en de pers gaat praten.'

'Maar wanneer dan?' Caspar stond op van het bed en krabde aan een litteken onder zijn T-shirt. 'Morgen? Overmorgen? Na de kerst? Dat duurt me veel te lang. Zoveel tijd heb ik misschien niet meer.'

Sophia's haar viel over haar voorhoofd, zo heftig schudde ze haar hoofd. 'Hoor eens, ik ben ook geen voorstander van Raßfelds terughoudende politiek, maar in één ding ben ik het wel met hem eens. In jouw toestand is het veel te gevaarlijk om zonder toezicht uit de kliniek te vertrekken.'

'Dat kan wel zijn, maar ik mag niet alleen aan mezelf denken.'

'Het meisje, bedoel je?'

Caspar knikte. 'Het spijt me, maar sinds ik dat beeld heb gezien, dreig ik hier te stikken. Ik moet hier weg. En snel.'

'We weten nog altijd niet of het echt je dochter is. Misschien bestaat ze niet eens.'

'Dat is mogelijk, maar...' Caspar overwoog of hij met zijn volgende opmerking een grens zou overschrijden. 'Maar als jij morgen vertrekt, ben ik toch alleen. Dan is hier niemand meer die ik nog kan vertrouwen.'

Sophia keek hem heel lang aan en glimlachte toen droevig.

De telefoon in de zak van haar doktersjas ging, maar ze nam niet op. Het huisnet functioneerde blijkbaar nog.

'Ik begrijp het,' zei ze toen het toestel zweeg. 'Maar toch wil ik je om een gunst vragen, Caspar.'

'Wat dan?'

Ze knikte naar het klapraam in het schuine dak, waarop nu een dikke laag sneeuw lag, als een jaloezie.

'Slaap er nog een nachtje over. Het is veel te slecht weer. Dan kunnen we morgen nog eens praten, voordat ik wegga.'

'Wat heeft dat voor zin?'

'Als je morgenochtend nog steeds wilt vertrekken, zal ik je niet tegenhouden.'

'Maar...?'

'Maar dan zal ik je iets vertellen dat je absoluut moet weten voordat je hier weg kunt. Zeker als je naar de politie wilt.'

Caspar opende zijn mond, maar zei niets. Op hetzelfde moment hoorde hij een gesuis, alsof er een bloedvaatje in zijn oor gebarsten was. Opeens voelde hij zich totaal hulpeloos, alsof een dokter hem had gezegd dat hij niet lang meer te leven had.

'Iets vertellen? Wat dan?' fluisterde hij.

Sophia schudde weer haar hoofd en pakte eindelijk haar telefoon, die weer doordringend zoemde. 'Morgenochtend, Caspar. Niet nu.'

Het gesuis in zijn oor werd luider, net als zijn stem. 'Ik wil het nu weten!'

'Dat begrijp ik, maar dat gaat niet.'

'Waarom niet?'

'Ik wil eerst zekerheid.'

'Waarover?'

Zowel Caspar als Sophia kromp ineen toen er opeens een derde stem vanuit de deuropening klonk. Door het geluid van de telefoon hadden ze Raßfeld niet horen binnenkomen.

'Waar wil je zekerheid over?' herhaalde de chef-arts nog eens wantrouwend, terwijl hij verwijtend een snoerloze telefoon omhooghield.

Caspar slikte moeizaam, maar Sophia scheen zich alweer te hebben hersteld.

'Eh.... nou, de patiënt wilde nog een slaappil voor vannacht, maar het leek me beter dat hij eerst met u overlegde.'

Raßfeld knikte instemmend, blijkbaar voldaan dat zijn gezag hier niet werd ondermijnd. 'Goed, maar dat kan wachten, dokter Dorn,' zei hij op een toon die geen tegenspraak duldde, en hij nam haar mee de kamer uit. 'Ik probeer u al de hele tijd te bereiken. U bent nodig in de operatiekamer.'

Lang nadat Raßfeld en Sophia hem met al die kwellende vragen hadden achtergelaten speelde de mysterieuze belofte van de vrouwelijke arts hem nog door het hoofd: *Dan zal ik je iets vertellen dat je absoluut moet weten voordat je hier weg kunt.*

Nog steeds hoorde hij Sophia's stem toen hij zich twee uur later op het bed uitstrekte en zijn ogen sloot om zijn gedachten op een rij te krij-

gen. Wat stond er allemaal nog in zijn dossier, waarvan Raßfeld de inhoud maar zo mondjesmaat wilde prijsgeven?
Ik wil eerst zekerheid.
Caspar wilde net weer opstaan om Sophia te gaan zoeken, toen hij merkte dat hij zijn ogen niet meer open kreeg. Met al zijn wilskracht probeerde hij het opnieuw, maar tevergeefs. De gebeurtenissen van de afgelopen dag hadden zijn toch al uitgeputte geest volledig verlamd. Hij was in slaap gevallen.

00:26 uur – Kerstavond, drie uur en twaalf minuten voor de angst

De rook was een levend wezen, een zwerm microscopisch kleine cellen, die door zijn huid drongen om hem van binnenuit aan te tasten. De deeltjes hadden het vooral voorzien op zijn longen. Via zijn luchtpijp zochten ze hun weg naar zijn bronchiën, totdat hij begon te hoesten.

Normaal was dat het moment waarop hij uit deze nachtmerrie ontwaakte, in een wereld waarin zijn geheugen slechts tien dagen terugging. Maar deze keer sliep hij verder, alsof de brandende auto waarin hij beklemd zat hem vannacht niet wilde laten gaan.

Niet voordat hij een blik had geworpen op de foto die op de stoel naast hem lag. Met de fles. De hitte was al zo onverdraaglijk dat de randen van het papier begonnen om te krullen, waardoor het mannengezicht op de foto nog moeilijker te herkennen was.

Caspar schopte onrustig met zijn benen. Hij bevond zich in de onaangename schemertoestand tussen slapen en waken, een toestand waarin het stroperige bewustzijn maar langzaam tot de realiteit terugkeerde. Hij wilde die metamorfose bespoedigen en zich uit de nachtmerrie bevrijden.

Daarom maakte hij zijn gordel los en staarde naar de vlammen. Op borsthoogte laaiden ze uit het dashboard en likten al aan zijn hemd. Heel even zag hij in gedachten het litteken op de binnenkant van Toms hand toen hij naar het vuur wilde grijpen om door de denkbeeldige pijn eindelijk uit die kleverige slaap te worden verlost.

Maar ten slotte was het een werkelijke druk, een schuddende hand aan zijn schouder, die hem wekte.

DOSSIER 131071/VL

Caspar sloeg zijn ogen op. Het beeld van de brandende auto verdween, om plaats te maken voor het gezicht van Linus, die zich met grote angstige ogen over hem heen boog, zo dichtbij dat Caspar met zijn tong het puntje van Linus' neus had kunnen raken.

'Sofihelp,' zei hij, schor en onverstaanbaar, met de stem van iemand die probeert te fluisteren terwijl hij eigenlijk wil schreeuwen.

'Toch niet weer...' geeuwde Caspar vermoeid. Linus leed aan slapeloosheid en had de gewoonte om 's nachts door de kliniek te zwerven als hij de slaap niet kon vatten.

'Sofihelpatioden.' De zanger rukte aan zijn arm om hem uit bed te trekken. Dat hij halfnaakt was, slechts gekleed in een vlekkerig pyjamajasje dat nauwelijks tot zijn magere heupen reikte, maakte de situatie nog absurder.

'Hoor eens, je kunt niet...' begon Caspar, maar toen hoorde hij het ook: een dof gedreun op de verdieping beneden hen, alsof iemand steeds opnieuw probeerde een zware tafel op te tillen en hem weer liet terugvallen op het parket.

Caspar keek op zijn horloge. Drie minuten voor halfeen in de nacht. Niet het juiste moment om met meubels te gaan slepen.

'Wat gebeurt daar?' vroeg hij, terwijl hij probeerde te bedenken wat voor ruimte op de verdieping recht onder hem lag.

'...oden ...oden ...' Linus herhaalde het woord een paar keer, maar hij liet wel Caspars arm los nu hij zag dat zijn medepatiënt zich van zijn verstrengelde laken bevrijdde om eindelijk uit bed te komen.

'Ommee.'

'Ja, ik kom met je mee.'

Caspar zocht naar zijn slippers. Op dat moment veranderde het gebonk beneden hem in een dof slepend geluid, alsof iemand met grote moeite een nat kleed van de ene kamer naar de andere sleurde. Hij besloot dat er geen tijd meer te verliezen was.

Terwijl Linus dreunend de trap af rende, probeerde Caspar zijn voetstappen wat te dempen, voor het geval er een onschuldige verklaring bestond voor het nachtelijke lawaai. Maar na de gebeurtenissen van de afgelopen uren geloofde hij dat niet echt, vooral niet toen

hij zich op de overloop het woord herinnerde waarmee Linus hem had gewekt.
Sofihelp.
Nu liep hij ook veel sneller. *Sophia... help.*
Hij rende de hoek van de donkere gang om en vroeg zich af waarom de bewegingsmelders hier niet werkten. Normaal ging automatisch het plafondlicht aan als er iemand door de gang liep. Het enige licht kwam nu uit een van de achterste kamers, waarvan de deur wijd openstond. Linus was blijven staan, bevend over zijn hele lichaam en met zijn handen over zijn hoofd geslagen.

Op dat ogenblik, toen hij de ijzige kou voelde die vanuit de kamer de gang in drong, begreep hij ook de rest van Linus' cryptische opmerking: 'Patioden.'
Patiënt. Doden.
Hij keek de kamer in. Natuurlijk. Hier op de derde verdieping waren de 'zware' gevallen ondergebracht, die intensieve medische verzorging nodig hadden. Het waren afsluitbare kamers, met hydraulische bedden en monitors naast het nachtkastje.
Sophia. Help. Patiënt. Doden.

Caspar huiverde toen hij de infuusstandaard zag, die als een zwijgende bediende met loshangende slangetjes naast het lege ziekenhuisbed stond. Hij merkte dat zijn adem wolkjes vormde, en opeens leek alles zich in slow motion af te spelen. Hij voelde zich weer als een buitenstaander, die geïnteresseerd een fotoalbum bekeek en steeds een nieuwe bladzijde moest omslaan om het volgende, afschuwelijke beeld te kunnen zien.

Het open raam – de man – het ene been nog op de verwarming, het andere al buiten – Linus, die zich langs Caspar heen wil dringen – de pijnlijke grimas op het gezicht van de man, die zich nog één keer omdraait – op het verband om zijn hals wijst – zijn hoofd schudt – en zich in de diepte stort.

Op het moment dat de vluchtende patiënt in de sneeuw en de duisternis verdween, kreeg alles weer zijn normale snelheid en bleef de eerste tastbare herinnering hangen in de zeef van Caspars geheugen. Hij kénde de man die daar uit het raam sprong. Zijn gezicht was hem net zo vertrouwd als de stank van verbrand papier, die weer in zijn neus drong.

Hij had Jonathan Bruck al vaker gezien, de laatste keer een paar minuten geleden, kort voordat Linus hem zo ruw in zijn slaap had gestoord. Zijn gezicht prijkte op de foto die in zijn nachtmerries elke nacht weer op de autostoel verbrandde.

'Wat gebeurt er?' vroeg hij aan Linus, die zich over de vensterbank had gebogen, rillend van kou – of van angst, dat wist Caspar niet.

'Sofihelpatioden,' luidde het stereotiepe antwoord, hoewel Caspar de arts nergens kon ontdekken. Wat was er met Sophia? Hij begreep er niets van, noch van Linus, noch van zichzelf. Hoe was het mogelijk dat hij die man kende? Waarom was Bruck in een dun ziekenhuishemd de sneeuwstorm in gevlucht? En waarom rende Linus nu weer met doodsangst in zijn ogen de kamer uit?

Het duurde een hele tijd voordat hij het antwoord te horen kreeg. Later kon hij niet zeggen of de kraan van de badkamer al die tijd al had gelopen. Maar het gedempte, onregelmatige gebonk achter de deur was nu pas begonnen.

00:34 uur

En toch was ze mooi. Het eerste ogenblik had Caspar het gevoel dat hij naar een zielloos standbeeld keek dat door een weinig talentvolle, geestelijk gestoorde kunstenaar in de kleine badkamer was uitgehouwen.

Maar toen zag hij het. Hoewel haar gezicht tot een uitdrukkingsloos masker was verstard en haar rechterbeen onbeheerst tegen de wand van de badkuip trilde, herkende hij nog altijd Sophia's schoonheid, en juist dat maakte de aanblik van haar pijnlijke toestand zo onverdraaglijk.

'Sophia?' vroeg Caspar, veel te zacht. Zijn broze stemgeluid werd door het stromende water naar het afvoerputje weggespoeld. De therapeute scheen zich niet bewust van zijn aanwezigheid, of van het ijskoude water, dat een plas onder haar benen vormde.

'Wat is er met je gebeurd?' Caspar schreeuwde nu bijna, maar Sophia knipperde zelfs niet met haar ogen. Alleen haar hoofd viel gevaarlijk naar opzij en haar ogen leken naar een denkbeeldig punt ver achter de tegels van de badkamerwand te staren. Haar kletsnatte bovenlichaam stak in een omhooggeschoven wit nachthemd, waaronder zich haar tepels aftekenden. Haar kruis werd slechts gedeeltelijk bedekt door een gescheurd slipje.

'Kun je me horen?' vroeg Caspar. Het was alsof hij met een dode communiceerde, hoewel er nergens bloed te zien was en hij geen uitwendige verwondingen kon ontdekken. Ze ademde nog, maar toch leek ze dood. Zelfs het feit dat haar voet met onregelmatige tussenpozen tegen het email sloeg was geen betrouwbaar levensteken, maar deed denken aan een reflex, de laatste stuiptrekking van een verkeersslachtoffer bij wie de zenuwbanen tussen de hersens en het ruggenmerg al waren doorgesneden.

Een afschuwelijk beeld kwam bij hem op toen hij de overeenkomst tussen zijn herinnering aan het kleine meisje en de gruwelijke werkelijkheid in deze badkamer besefte.

Je komt toch gauw weer terug?
Ja, wees maar niet bang.

Opeens had hij een titel voor het dramatische tafereel dat de psychotische kunstenaar hier had uitgebeeld: *Levend begraven.*

Want dat was ze: ingemetseld om te sterven in haar eigen lichaam.

Caspar stak een hand uit naar haar haar, dat hem een paar uur geleden nog zo zacht had beroerd, maar dat nu als blond zeewier tegen haar bleke hals plakte. Toen vermande hij zich. In zijn schrik had hij al te veel kostbare tijd verloren laten gaan.

'Ik zal hulp halen,' fluisterde hij en hij wilde zich net omdraaien toen het gebeurde. Met een schok keerde het leven in Sophia's lichaam terug, maar dat leek nog angstaanjagender dan haar willoze apathie van zonet. Haar hele lichaam begon te trillen als een aangeslagen stemvork. Caspar deinsde instinctief een stap terug toen ze haar rechterarm naar boven rukte. Eerst dacht hij dat ze hem iets wilde laten zien.

Ik wil eerst zekerheid.

Hij draaide zich om naar de open deur van de badkamer, maar daar was niets te zien.

Toen viel zijn blik op haar linkerarm, die bijna wulps over de rand van het bad hing, en zag de sneeuwwitte knokkels van haar hand. Sophia scheen de bloedtoevoer naar haar eigen vuist tegen te houden, zo heftig klemde ze haar tengere vingers tegen haar handpalmen.

'Wat heb je daar...?' begon Caspar zacht, toen er weer een rilling door haar lichaam ging en ze haar vuist opende – tergend langzaam, als in slow motion, totdat de mysterieuze inhoud eindelijk op de grond viel.

Nog voordat Caspar zijn angstige vermoeden kon bevestigen, werd hij van achteren bij zijn schouders gegrepen, voorover gegooid en met zijn gezicht tegen de tegelvloer gedrukt.

00:36 uur

'Wat is hier aan de hand?' hoorde hij Raßfeld vragen. De witte gezondheidsschoenen van de chef-arts vulden zijn beperkte blikveld.

'Geen idee wat hij met haar heeft uitgespookt,' antwoordde de beheerder, die zich met het gewicht van een steenoven op Caspars rug had laten zakken.

'Helemaal niets!' wilde Caspar roepen, maar daarvoor had hij niet genoeg lucht meer in zijn longen.

'Lieve God. Dokter Dorn?' Hij hoorde Raßfeld met zijn vingers knippen, voordat de kraan werd dichtgedraaid. Opeens was het zo stil dat hij de halogeenlamp boven hun hoofd hoorde zoemen.

'Het zou een beroerte kunnen zijn. Yasmin, maak alles gereed voor een MRI-scan,' beval Raßfeld met professionele kalmte. 'En neem bloed af.'

Achter zich hoorde Caspar een paar rubberzolen door de gang verdwijnen, met grote haast. Hij voelde een stekende pijn tussen zijn schouderbladen toen Bachmann hem overeind hees en in de houdgreep nam. De zware bovenarm van de beheerder klemde zich schuin over zijn gezicht toen hij wanhopig probeerde oogcontact te maken met de directeur van de kliniek, die nu bij het bad knielde, waar hij zelf daarnet nog had gestaan. Met een kleine zaklantaarn scheen hij in Sophia's ogen.

'Ze heeft een pupilreflex,' mompelde hij. 'Maar verdomme, wat...' Raßfeld schudde zijn hoofd en draaide zich naar Caspar om, zonder zijn hand van Sophia's halsslagader weg te nemen. 'Wat hebt u haar gegeven?'

'Niets,' hijgde hij.

Bachmann maakte zijn greep wat losser, zodat Caspar weer piepend adem kon halen.

'Het was Bruck,' wist hij eindelijk uit te brengen.

'Bruck?'

'Zijn bed is leeg,' bevestigde Bachmann.

'Hij is door het raam gevlucht.'

Raßfeld stond op en kneep zijn ogen tot spleetjes. Blijkbaar had hij Bachmann een onzichtbaar teken gegeven, want Caspar werd nu ruggelings de badkamer uitgesleurd. Op hetzelfde moment gleed er een schim langs hem heen die naar aftershave rook.

'Wat doet ú hier?'

'Misschien kan ik helpen,' antwoordde de schim.

Als bij een ouderwetse diavertoning schoof het beeld van Tom Schadeck voor zijn ogen.

De hele kliniek was blijkbaar wakker geworden van het lawaai. Raßfeld scheen de hulp van de ambulancebroeder niet onmiddellijk af te wijzen. Er klonk een soppend geluid en Caspar werd beroerd bij alleen al de gedachte hoe ze nu probeerden het kletsnatte lichaam van Sophia uit het bad te tillen.

'Hoor eens, zo verliezen we kostbare seconden,' zei Bachmann, die hem de kans gegeven had om op het lege bed te gaan zitten, waarschijnlijk om zelf zijn handen vrij te hebben. Haastig reed hij de rolstoel, die al die tijd naast Brucks bed had gestaan, naar de badkuip toe.

'Als we opschieten, kunnen we hem misschien nog te pakken krijgen.'

'Wie?'

Bachmann krabde aan zijn bakkebaarden. In tegenstelling tot zijn energieke lichaamstaal stond zijn gezicht nogal angstig.

'Nou, Bruck,' zei Caspar, en hij knikte naar het open raam. Huiverend deed Bachmann het raam dicht, en toch leek het opeens nog kouder in de kamer. Want het beeld dat Caspar zag sneed hem de adem af. De natte hoop vlees en botten die Raßfeld samen met de ambulancebroeder in de rolstoel liet zakken leek eerder geschoten wild dan een menselijk wezen.

'Schiet op nou! Naar de kelder,' riep Raßfeld, en bijna onverschillig zette Tom zich in beweging, alsof hij geen patiënte maar een boodschappenkarretje voor zich uit reed.

De chef-arts volgde hem, maar bleef toen in de deuropening staan alsof hij nog iets vergeten was.

'Bruck?' vroeg hij ongelovig aan Caspar.

'Ja.'

Raßfeld kwam terug en bleef op drie passen afstand voor Caspar staan. Kleine druppeltjes badwater of zweet parelden tussen de rimpels van zijn zorgelijke voorhoofd.

'Linus kan het bevestigen,' zei Caspar, hoewel hij op hetzelfde moment besefte hoe belachelijk dat moest klinken. Hij had net zo goed een blinde als ooggetuige kunnen aanroepen.

Raßfeld ademde diep uit. 'Oké, pas goed op. Ik heb geen uitwendige verwondingen kunnen vaststellen, maar dokter Dorn lijkt zwaar getraumatiseerd. Ik wil geen tijd verspillen aan nutteloze onderzoeken, dus als u iets weet – als u iets gezien hebt – zeg het me dan nu, of...'

'Nee, ik heb niets gezien.' Haastig, omdat de arts zich alweer wilde omdraaien om naar de afdeling radiologie te rennen, vervolgde hij: 'Maar ik heb wel wat gevónden.'

Hij opende zijn hand en liet Raßfeld zien wat hij had opgeraapt vlak voordat hij door Bachmann was overweldigd.

'Ik weet niet of het belangrijk is, maar dit had Sophia in haar hand.'

'O nee, alsjeblieft niet.' Raßfeld deed een stap naar voren pakte en haast met tegenzin het kleine briefje aan.

Het leek onschuldig genoeg, een propje zoals kinderen dat met een elastiekje in de klas afschieten. Maar de vingers van de psychiater begon-

nen te trillen toen hij het kleine, twee keer doormidden geknakte velletje openvouwde.
'"Het is de waarheid, hoewel de naam niet klopt,"' las hij fluisterend.
Toen legde hij zijn hoofd in zijn nek en staarde met gesloten ogen naar het plafond. Op dat moment drong de volle omvang van het drama pas goed tot Caspar door. Misschien was het Bachmanns houdgreep geweest die de herinnering had losgemaakt, of wellicht het mysterieuze zinnetje dat Raßfeld net had voorgelezen en dat hem zowel aan Greta Kaminsky's voorliefde voor raadseltjes als aan de woorden van de nieuwslezer herinnerde.
Een aanwijzing vormen mogelijk de briefjes die in de handen van elk van de drie slachtoffers zijn gevonden. Over de inhoud ervan wil de politie nog altijd geen mededelingen doen.
'De Zielenbreker,' sprak Raßfeld de gedachte uit die door Caspars hoofd galmde. De chef-arts wierp een korte blik op het inmiddels gesloten raam.
'Je weet wat je te doen staat?'
Bachmann knikte langzaam. 'De luiken.'
'We hebben geen andere keus, ben ik bang.' De medisch directeur veegde opnieuw over zijn gefronste voorhoofd en nu was het duidelijk zweet dat hij met de mouw van zijn doktersjas wegwiste. 'Ze moeten onmiddellijk worden neergelaten.'

00:41 uur

Voor de tweede keer binnen enkele uren stond Caspar in de portiersloge, waar hij naar Bachmanns bureau staarde.
Maar nu was hij op blote voeten en lag de gekantelde ziekenwagen inmiddels onder een armdikke laag sneeuw begraven, die dankzij de restlichtversterker in een groenachtig schijnsel via de bewakingscamera's zichtbaar was.
'Prettige feestdagen,' gromde de beheerder.
Hij duidde op een grijze stoppenkast aan de muur, die pas zichtbaar werd toen hij de grote kerstboom ervoor vandaan trok.

DOSSIER 131071/VL

'De luiken? Wat bedoelde Raßfeld daarmee?' vroeg Caspar nog eens. De chef-arts had hem bevolen bij de beheerder in de buurt te blijven.

Bachmann bromde weer wat, maar bleek verrassend genoeg tot een antwoord bereid.

'Een veiligheidsvoorziening, die op de hele wereld maar door drie instellingen wordt gebruikt. De Teufelsbergkliniek is de enige in Duitsland die ermee is toegerust. Hier, zie je dat ding daar?' Snuivend maakte hij het plastic deurtje van de kast open, waardoor een hele serie identieke tuimelschakelaars zichtbaar werd. Hij hield zijn dikke buik wat in, zodat Caspar de groene hendel kon zien die als enige opviel tussen de rest. Op het metalen plaatje eronder had iemand met zwarte viltstift GINA geschreven, in hoofdletters.

'Als ik die hendel overhaal, vergrendelt GINA automatisch alle uitgangen. Zo'n vijfentwintig metalen rolluiken voor alle ramen en deuren.'

Caspar herinnerde zich de zware lamellen waar hij onderdoor had moeten duiken toen hij achter Linus aan het balkon op was gestapt.

'Gina?' vroeg hij.

'De naam van mijn vrouw,' zei Bachmann. 'Als we ruzie hebben, laat die ook de luiken zakken.' Hij lachte als een boer met kiespijn.

'En wat heeft dat voor nut?' wilde Caspar weten.

'Zo kunnen we gevaarlijke patiënten of mensen met zelfmoordneigingen tegenhouden als ze willen vluchten. Dat is natuurlijk nog nooit voorgekomen, maar we laten nieuwe patiënten altijd een verklaring ondertekenen dat ze in bepaalde gevallen kunnen worden ingesloten.'

Caspar vroeg zich af of hij ook zoiets had getekend. Hij leunde met zijn hand op het bureau en voelde een lichte trilling onder zijn vingertoppen.

'Goed, maar Bruck is toch al gevlucht. We kunnen nu niet meer voorkomen dat hij weer onder de mensen komt en een nieuw slachtoffer maakt.'

'Dat is het punt niet.' Bachmanns spekbuik dijde weer uit onder zijn overall en benam Caspar het zicht op de stoppenkast.

'Wat dan wel?'

'Je hebt toch wel gehoord van de Zielenbreker?'

Caspar knikte voorzichtig.

Misschien ken ik hem zelfs persoonlijk, dacht hij, maar op hetzelfde moment besloot hij die wetenschap voor zichzelf te houden – in elk geval totdat hij begreep waarom hij in zijn dromen al een foto van Bruck bezat.

'De professor is door de politie geraadpleegd. Als psychiatrisch deskundige. Hij heeft de slachtoffers onderzocht, ook de vrouw die vandaag is overleden. Dus weet hij van ons allemaal het best waar de Zielenbreker toe in staat is. Dat is de reden om de luiken te laten zakken. Raßfeld wil de dader niet opsluiten, maar verhinderen dat hij weer terugkomt. Naar ons!'

Caspar schraapte zijn keel. In dezelfde mate waarin hij door Bachmanns woorden werd gerustgesteld voelde hij de trillingen om hen heen in kracht toenemen. De beheerder deed een stap bij de stoppenkast vandaan en Caspar zag dat de groene hendel al was overgehaald.

'Help!'

De gil van een vrouw schalde door de receptie. Pas bij de tweede keer herkende Caspar de stem van de jonge verpleegster. Yasmin rende door de hal naar hen toe.

'Wat is er?' vroeg Bachmann geschrokken.

In het vage licht van de plafondlampen had Yasmins roodgeverfde pony het effect alsof er bloed over haar voorhoofd stroomde.

'De professor,' hijgde ze met verstikte stem. 'Raßfeld is weg.'

'Weg?'

'Ja. De oordopjes waren op en Raßfeld stuurde me naar de voorraadkamer om nieuwe te halen.'

Ze opende haar rechterhand en liet hun twee gele schuimplastic dopjes zien, kennelijk bedoeld om Sophia's oren tegen het geluid van de MRI-scanner te beschermen.

'Toen ik terugkwam was hij verdwenen.'

'Verdomme.' Bachmann deed een stap opzij, bukte zich en trok de middelste van de drie bureauladen open. Even later hield hij iets in zijn hand dat aan een te groot, doorzichtig speelgoedpistool deed denken.

'Verdomme,' hijgde de beheerder nog eens en toen ging hij ervandoor. Caspar volgde hem. Het licht veranderde toen ze de hal door renden. Het leek feller te worden, maar in werkelijkheid werd de duister-

nis daarbuiten afgesloten. De straling van de plafondlampen werd sterker gereflecteerd nu ze weerkaatsten tegen iets wat langzaam voor de panoramaruiten van de receptie – en voor alle andere ramen van de Teufelsbergkliniek – zakte.
De rolluiken.
Hij was al halverwege de trap naar beneden toen hij Sophia hoorde gillen in de kelder.

00:43 uur

Haar pijnlijke gekerm, met een stem die oversloeg van paniek, was nauwelijks te verdragen. Maar nog akeliger was de onverwachte stilte waardoor haar schreeuw werd onderbroken, alsof iemand Sophia's stembanden met een mes had doorgesneden.

Ze renden de trap af, Bachmann voorop, met Caspar op zijn hielen. Zijn blote voeten kletsten op de zware stenen treden naar het souterrain van de villa.

'Hallo?' Yasmin was boven blijven staan, maar haar angstige geroep haalde hen in en echode door de smalle gang die zich aan de voet van de trap naar twee kanten uitstrekte. Aan de beide uiteinden werd het lange, benauwde gangetje begrensd door de glazen deuren van twee nooduitgangen, waarachter de luiken al bijna waren neergelaten.

Toen klonk er een doffe klap, de lamellen stuitten nog even terug en sloten zich toen. Elke blik door de ruiten was definitief onmogelijk geworden.

'O, nee!' Bachmann wees naar een bloederig voetspoor op de vloer. Ze renden naar rechts, de gang door, naar de op één na laatste deur, waarboven een verlicht zwartgeel bordje hing: RÖNTGEN. GEEN TOEGANG.

Bachmanns zware werkschoenen dreunden tegen de met metaal beslagen houten deur, en hij stormde de controlekamer van de afdeling neuroradiologie binnen. Caspar kwam achter hem aan.

'Waar zijn ze?'
Raßfeld. Sophia!

In paniek staarden ze elkaar aan, voordat ze allebei om hun as draaiden en om zich heen keken. Niemand te zien. Niets, behalve een grote glasplaat, waarin hun vermoeide gezichten weerspiegelden. Het glas! De beheerder liep naar de muur en streek in één keer met zijn hand over alle lichtknopjes. Hun spiegelbeelden verdwenen en opeens konden ze zien wat er achter het glas in het donker had gelegen.
Haar benen. Haar bewegende voeten.
'Is ze dat?' vroeg Caspar overbodig. Sophia's mooie lichaam schokte in de buis van de MRI-scanner, alsof ze onder hoogspanning stond.
Caspar volgde de beheerder, die weer naar voren was gelopen. Het kostte hun allebei moeite hun blik niet af te wenden.
De armen en benen van de arts leken teer en breekbaar, zoals ze op de schuifla lag vastgebonden.
Bachmann trok Sophia uit de buis en zag dat een van de armbanden door haar stuiptrekkingen was losgewerkt. Hij maakte nu ook het klittenband los waarmee Raßfeld de manchetten voor het onderzoek aan haar enkels had bevestigd. Maar zodra hij haar linkervoet had bevrijd, begon ze onbeheerst te schoppen, zo wild dat Caspar de luchtverplaatsing bijna voelde. Op hetzelfde moment begon ze te jammeren en verspreidde zich een geur als van oude koperen munten door de ruimte. Caspar vermoedde al wat hij zou zien toen hij naar de vloer keek. Zijn bange verwachting werd bevestigd.
'Hier ligt ook bloed.'
'Wat?'
'Hier.'
Hij wees naar de grond. Een paar dikke druppels lekten uit de buis van de MRI-scanner. Twee ervan waren uitgeveegd, alsof iemand er met een blote voet doorheen was gelopen.
'Oké, ik blijf bij haar.' Bachmann wiste het zweet van zijn vierkante schedel. 'Ga jij Raßfeld en Linus zoeken. En haal de anderen: Yasmin, die ziekenbroeder en voor mijn part de kokkin. We hebben iedereen...' Hij zweeg. 'Wat is er?'
'Hoor je dat?' Caspar hield zijn hoofd schuin.
Wat was dat?

Een nieuw geluid overstemde Sophia's stuiptrekkingen. Het klonk Caspar in de oren alsof recht boven hun hoofd een reusachtige katrol werd opgewikkeld.

'Is dat soms de...'

Caspar wachtte de rest van Bachmanns vraag niet af, maar rende de kamer uit, terug naar de gang. Het geluid zwol aan, hoe dichter hij bij de aluminiumdeur kwam.

Inderdaad. De lift.

Caspar bleef voor de liftdeuren staan en keek naar de oplichtende nummers van de verdiepingen. Iemand nam de lift vanuit de kelder naar boven.

00:47 uur

Op de overloop tussen de eerste en de tweede verdieping voelde hij steken in zijn zij, maar toch dwong hij zichzelf om door te gaan.

De lift steeg met tai-chi-achtige traagheid door de schacht, maar als Caspar nu geen eindsprint inzette, zou de cabine eerder boven zijn dan hij. Hij beet op zijn tanden en nam de trap met twee treden tegelijk.

Pling.

Caspar stormde net vanuit het trappenhuis de tweede etage op toen hij het heldere belletje van de liftdeuren hoorde.

Gelukt! Maar zijn triomf over de gewonnen race maakte onmiddellijk plaats voor angst. Want op het moment dat hij het eerste licht door de spleet tussen de twee aluminiumdeuren zag schijnen, besefte hij dat hij binnen een paar seconde ongewapend tegenover de Zielenbreker zou staan.

Nog een laatste schok en de deuren gingen open. Langzaam schoven ze weg, zodat de spiegel tegen de achterwand van de cabine zichtbaar werd. Caspar onderdrukte de neiging om te vluchten, hief zijn arm beschermend voor zijn gezicht en zag...

'Wat doe jij hier?'

Niets!

Hij draaide zich zo abrupt om dat de meeste mensen instinctief een stap naar achteren zouden hebben gedaan, maar Tom Schadeck bleef onverstoorbaar staan, zonder zelfs maar met zijn ogen te knipperen.
'Nou, laat horen! Wat doe jij hier?'
De ambulancebroeder moest zich hebben omgekleed. Toen hij Sophia in haar rolstoel had weggereden had hij nog een badjas aan gehad, maar nu droeg hij weer zijn witte spijkerbroek en de coltrui van de vorige avond. Ook zijn haar leek vers in de gel gezet.
'Dat zou ik jou ook kunnen vragen,' antwoordde Caspar. 'Was jij dat, in de lift?'
'Wát?' Schadeck keek langs Caspar heen de lege lift in.
'Ik bedoel, ben jij...' Caspar zocht naar de juiste woorden en besefte zelf hoe idioot hij moest klinken. En dan de manier waarop hij erbij liep, ongeschoren, op blote voeten, in een verbleekt T-shirt en een mintgroene pyjamabroek. Hij leek het schoolvoorbeeld van een gestoorde patiënt die 's avonds bij het uitreiken van de pillen over het hoofd was gezien.
'Doet er niet toe. Dat leg ik je later nog wel uit. Eerst moeten we Raßfeld vinden.'
'Raßfeld?'
'Ja. Die is verdwenen.'
Caspar merkte dat hij stond te bibberen. Hij keek eens omlaag naar zijn blote voeten, waarvan hij de zolen al niet meer voelde, en besefte zijn vergissing. Hij had het niet koud vanwege zijn dunne kleren, want de verwarming in de Teufelsbergkliniek stond hoog genoeg. Nee, het kwam door de tocht, die langs zijn enkels stroomde als in een ijzige windtunnel.
'En wat nu?'
Caspar staarde naar de vloer en vergat te antwoorden.
De bloedvlekken op het glimmend gepoetste linoleum namen al zijn aandacht in beslag.
'Hé, ik vroeg je wat, idioot.'
Hij liet Tom bij de lift staan en volgde het roodbruine spoor de gang door, die na twintig grote passen een bocht naar rechts maakte.

Terwijl de woedende stem van de verpleger achter hem wegebde, rende hij de hoek om, en meteen werd het nog kouder. Op hetzelfde moment hoorde hij weer een klap, maar deze keer zonder een metaalachtige bijklank – eerder een krakend geluid. En toen zag hij het.

Bij de nooduitgang aan de achterkant van de verdieping had het luik zich niet helemaal gesloten. Als een vlieg die om de twee seconden vergeet dat hij al honderd keer tegen het raam gevlogen is, herhaalde het luik zijn vergeefse pogingen om zich te sluiten, maar een metalen stang blokkeerde de onderste twee centimeter achter de verbrijzelde glazen deur.

Caspar draaide zich om en wilde Tom roepen, maar dat bleek niet nodig. De ambulancebroeder dook al achter hem op, samen met Bachmann, die blijkbaar ook de trap naar boven had genomen.

Hoe is het met Sophia? wilde Caspar vragen, maar de beheerder was hem voor.

'Heb je Raßfeld gevonden?'

'Nee, maar kijk hier eens.'

Caspar knikte naar de ijzeren stang die het rolluik tegenhield. 'Daar heeft hij misschien de ruit mee ingeslagen.'

'En vervolgens heeft hij zich aan de scherven verwond.'

Schadeck knielde op de grond en tastte onderzoekend naar de bloeddruppels, die ook hier weer rijkelijk aanwezig waren.

'Shit.' De verpleger zei wat ze alle drie dachten.

De Zielenbreker was uit het raam van zijn kamer gesprongen en een verdieping lager op een balkon geland. Hij had de glazen deur van de nooduitgang ingeslagen en met een ijzeren stang het rolluik tegengehouden, zodat het zich niet geheel kon sluiten. Nadat hij weer de kliniek was binnengekropen, had hij de stang weggeschopt, zodat het ding nu enkel nog de onderste paar centimeter blokkeerde.

'En dat betekent dat wij...?'

'Ja,' antwoordde Caspar de onuitgesproken vraag van de beheerder.

'Haal het dan weer op! Nu meteen!' eiste Tom, wijzend naar het luik. Hij had al tevergeefs geprobeerd om het met de stang omhoog te wrikken.

'Nee.' Bachmann schudde zijn hoofd.
'Wat nee? Zie je het dan niet? Het bloed loopt bij het raam vandaan. We hebben de Zielenbreker niet buiten- maar binnengesloten.'
Hier. Bij ons.
'Nee,' herhaalde Bachmann en hij keek net zo gelaten als hij klonk. 'Dat is onmogelijk.' Hij ademde zwaar uit. 'Ik kan het luik niet zomaar ophalen.'

01:12 UUR – TWEE UUR EN ZESENTWINTIG
MINUTEN VOOR DE ANGST

Caspar wist dat de sneeuwkristallen die de storm op dit moment van buiten tegen de gebarricadeerde ramen van de Teufelsbergkliniek joeg een lange reis achter zich hadden. Hoog aan de hemel, in een ijzige kou van vijftig graden onder nul, waren kleine waterdruppels aan stofdeeltjes vastgevroren. Bij hun val door de wolken waren die deeltjes aanvankelijk nog maar één tiende millimeter groot, zodat hun geringe oppervlakte niet voldoende was om ze door de wrijvingswarmte van de val te laten smelten. Pas op drieduizend meter hoogte, als ze een luchtlaag van min vijftien graden passeerden en er steeds meer waterdamp rond hun condenskern bevroor, kregen ze hun karakteristieke stervorm. Caspar wist ook dat de zes punten van elke afzonderlijke ster identiek waren, ondanks de turbulentie en de verschillende invalshoeken van de wind tijdens de val. En toch waren er sinds het begin van de mensheid nog nooit twee dezelfde sneeuwvlokken op de grond neergedaald. Ze waren allemaal verschillend – een wonder van de natuur waarin Aristoteles zich al had verdiept. Al dat soort nutteloze feitjes kon Caspar zich herinneren, maar zijn eigen achtergrond was hem nog altijd een raadsel. Hoe was hij in deze villa terechtgekomen? Waarvan kende hij de man die net had geprobeerd Sophia te vermoorden? En wie had hij, met zijn belofte om hulp te halen, daarbuiten alleen gelaten? Caspar voelde een steek in zijn borst toen het tot hem doordrong dat de uiterlijke situatie een spiegelbeeld was geworden van zijn innerlijke toestand. Rolluiken maakten het hem onmogelijk uit zijn gevangenis te ontsnappen om zijn naamloze dochter te gaan zoeken.

'Ik weet niet hoe het jullie vergaat.'

Caspar probeerde zich te concentreren op de woorden van de beheerder, die nu een geforceerd vrolijke toon aansloeg. 'De laatste keer dat ik in de kerstnacht zo vroeg naast mijn bed stond, was toen ik mijn ouders om een autoracebaan had gevraagd.' Bachmanns poging de ondraaglijke spanning te breken met een grap ging jammerlijk de mist in. Niemand lachte. Integendeel. Acht paar ogen keken hem wantrouwend aan. Terwijl Schadeck hem een afkeurende blik toewierp, leek de kokkin ieder moment in huilen te kunnen uitbarsten. Ook Yasmin had haar gebruikelijke onverschilligheid afgelegd en krabde nerveus aan de aders op haar pols.

'Hou toch op, Bachi. Zeg liever wat we moeten doen,' beet de verpleegster hem toe.

'Kalm maar, Yasmin. Hier in de bibliotheek zijn we voorlopig veilig.' Bachmann haalde een leesbrilletje met een draadmontuur uit de borstzak van zijn overall en zette die op zijn door grove poriën ontsierde neus. Waarschijnlijk hoopte hij dat een meer intellectuele uitstraling zijn geloofwaardigheid als crisismanager zou vergroten. In werkelijkheid leek het brilletje op zijn kaalgeschoren schedel net zo op zijn plaats als een verkeerslicht in de woestijn. En het leidde nauwelijks de aandacht af van zijn angst en nervositeit. Om zijn bevende vingers onder controle te krijgen klemde hij zijn zweethanden nog steviger om de plastic handvatten van Sophia's rolstoel en reed haar een eindje naar voren.

'De bibliotheek heeft een zware eikenhouten deur. Hier komt niemand zomaar binnen. Er is dus geen enkele reden voor paniek.'

'Geen reden voor paniek?' bauwde de verpleegster hem na en ze liet een spottend lachje horen. 'Dokter Dorn ligt half in coma, Raßfeld is verdwenen en ik moest de patiënten op hun kamers opsluiten omdat er een psychopaat bloedend door de kliniek zwerft. Misschien overdrijf ik het, maar als dat geen reden voor paniek is, waarom hebben wij ons dan allemaal hier verschanst?'

Yasmins woedende blik tastte als de onzichtbare straal van een infraroodalarm de hele omgeving af. Deze ruimte op de begane grond waar ze zich nu bevonden was bedoeld als eetzaal van de kliniek. Alle patiënten die daartoe in staat waren kwamen hier eten, maar met zijn metershoge kasten tot aan het plafond leek de zaal eerder op de rooksalon van een Britse herenclub. Daarom sprak iedereen van de 'bibliotheek'. In alle hoeken waren mogelijkheden om je terug te trekken, naar keuze op een comfortabele divan, een wijnrode clubfauteuil of een rechte stoel, hoewel de meeste patiënten en bezoekers de voorkeur gaven aan de gestreepte leunstoelen voor de open haard. Op dit moment stonden ze allemaal bij een zware houten tafel, die lang genoeg leek voor een gezamenlijke avondmaaltijd.

'Een bloedende psychopaat?' vroeg de kokkin. Sybille Patzwalk had een slaaptablet genomen en was dwars door al het rumoer heen geslapen. Niemand had haar nog uitgelegd waarom ze midden in de nacht uit haar bed was gehaald om zonder make-up in haar nachthemd naar de bibliotheek te komen. En ook nu was er weer niemand die op haar lette.

Schadeck nam het woord: 'Ik begrijp het nog altijd niet. Waarom kunnen we de rolluiken niet optrekken en hulp halen?'

Tom liep op zijn zware schoenen naar het hoofd van de tafel. Op warme dagen stonden de glazen deuren naar de tuin altijd open, maar nu werd het zicht op het besneeuwde park belemmerd door de muisgrijze lamellen van het luik.

Bachmann schraapte zijn keel en tastte onbewust naar het gaspistool in zijn broekzak, waarmee hij zich in zijn kantoortje had bewapend. Het was maar een 9-mm alarmpistool, maar de beheerder had verklaard dat het, van dichtbij afgevuurd, zware of misschien wel dodelijke verwondingen kon aanrichten.

'Ik ken de code niet.'

'Wat? Ik dacht dat je alleen maar een hendel hoefde over te halen.'

Het viel Caspar nu pas op dat Tom iedereen met jij en jou aansprak, zonder onderscheid des persoons.

'Ja. Naar beneden moet het snel, om te voorkomen dat bijvoorbeeld een zelfmoordkandidaat de benen neemt. Maar omhoog is een ander verhaal. De patiënt mag zich niet zelf kunnen bevrijden voordat we hem hebben gekalmeerd. Daarom moeten de luiken met een code worden gedeactiveerd.'

'En die ken je niet? Dat druist toch tegen alle brandvoorschriften in!' Schadeck staarde de beheerder verbijsterd aan.

'Natuurlijk is er een noodplan. Om veiligheidsredenen moeten altijd twee dienstdoende artsen de actuele combinatie kennen. Alleen...' Weer schraapte Bachmann zijn keel. 'De ene is verdwenen en de andere niet meer aanspreekbaar.'

Caspar keek op Sophia neer. Haar hoofd was een eindje opzijgezakt en ze scheen in een eeuwige, droomloze slaap verzonken.

'Maar zelfs als ze weer wakker wordt – wat hebben we dan aan die code?' vroeg Bachmann. 'Daarbuiten woedt de storm van de eeuw.'

'Je bedoelt dat we hier vastzitten?' vroeg Yasmin.

'Nou, zes uurtjes maar. Dan begint de ochtenddienst en zullen onze collega's wel hulp halen als ze zien wat er aan de hand is.'

Schadeck schudde nadrukkelijk zijn hoofd. 'Dat slaat toch nergens op? We moeten zorgen dat we naar buiten komen om die psychopaat te grijpen. Hij heeft jullie baas nu in zijn macht!'

'En Linus,' vulde Yasmin aan.

'Linus?' vroeg Caspar. Bij de gedachte aan de muzikant kreeg hij het gevoel dat hij nog iets heel anders over het hoofd zag.

'Ja. Hij was niet op zijn kamer toen ik hem wilde insluiten. Greta wel. Die sliep gelukkig al.'

Yasmin wierp Caspar een nijdige blik toe, alsof ze hem er nog eens aan wilde herinneren dat hij geen recht had om hier te zijn. Hij had geweigerd om op zijn kamer te blijven en ten slotte had Bachmann hem tot de bibliotheek toegelaten, met de rest van de groep – waarschijnlijk omdat hij een mannelijk tegenwicht tegen Schadeck nodig had om zijn rol als woordvoerder te kunnen volhouden.

'Goed. Raßfeld en Linus zijn dus verdwenen,' zei Bachmann, 'maar als we nu naar hen op zoek gaan, bieden we ons als schietschijf voor de Zielenbreker aan.'

'De Zielenbreker?' hijgde de kokkin. Huiverend sloeg ze haar armen voor de omvangrijke boezem die zich onder haar nachthemd aftekende. Ondanks haar vragen maakte ze niet de indruk dat ze echt wilde weten wat voor lugubere zaken zich in de kliniek afspeelden. Caspar zag dat ze het al erg vond om Sophia in een rolstoel te zien. 'Betekent dat...'

'Ja, helaas.' Bachmann haalde zijn schouders op en ademde zwaar. Toen pakte hij een willekeurige krant van de zware salontafel voor de met kerstslingers versierde haard. Hij hoefde niet lang te bladeren. 'Hier. Drie vrouwen, alle drie jong, knap en midden in het leven.'

Net als Sophia, vulde Caspar in gedachten aan, toen hij zich net als de anderen over de eettafel boog om de foto's van de slachtoffers te bekijken.

'Ze werden een voor een ontvoerd en doken na een paar dagen als uit het niets weer op, zonder zichtbare verwondingen, maar geestelijk volkomen kapotgemaakt. Niemand weet wat de dader met die vrouwen doet, aan welke psychische martelingen hij hen onderwerpt. Maar kijk eens goed naar deze foto.'

Hij tikte op een verbleekte zwart-witfoto van Vanessa Strassmann, het eerste slachtoffer, dat die dag was overleden.

'Dezelfde apathische uitdrukking op haar gezicht als bij dokter Dorn.'

'En dat zou Bruck hebben gedaan? Uitgesloten.'

Alle ogen richtten zich op Schadeck, die nu met zijn achterwerk tegen de eettafel leunde en zijn voeten over elkaar sloeg. Als hij door de gebeurtenissen uit het lood was geslagen, wist hij dat meesterlijk te verbergen. Om zijn dunne lippen speelde zelfs de suggestie van een glimlach.

'Waarom?' Bachmann hoestte nerveus in zijn vuist.

'Toen ik in het motel aankwam, lag Bruck in een plas wodka naast zijn bed. De man is alcoholist. Een drankorgel. De manager wilde hem nog voor de feestdagen zijn zaak uit hebben. Dat komt wel vaker voor. Tegen de kerstdagen zijn wij een soort vuilnisophaaldienst van menselijk uitschot.'

Het lachje om Schadecks lippen werd breder, maar de beheerder schudde zijn hoofd.

'Dat klopt niet. Professor Raßfeld had het over "dokter Jonathan Bruck", en ook dokter Dorn scheen hem te kennen.'

'Nou, dan hebben ze leuke collega's,' zei Schadeck honend.

'Oké, ik begrijp het ook niet allemaal. Waarom lag Bruck stomdronken in dat motel? Waarom heeft hij zich een mes in zijn hals geramd?

En waarom is hij gevlucht en toen weer teruggekomen?' De beheerder schetste met zijn vlezige vingers een vraagteken in de lucht. 'Ik heb geen idee, maar één ding weet ik zeker: dokter Dorn is het vierde slachtoffer van de Zielenbreker.'

Caspar wist wat er komen ging. Ook als niemand het wilde horen, zou Bachmann zijn beschuldiging nu staven met een hard bewijs.

'Bij alle vrouwen werd een briefje aangetroffen.' Hij zocht in zijn zak.

'Zoals dit.' En hij gaf het aan Schadeck.

'"Het is de waarheid, hoewel de naam niet klopt,"' las hij voor.

'Ja. Een raadsel.'

'Het viel uit Sophia's hand toen ik haar in de badkamer vond,' verduidelijkte Caspar.

'O, mijn god!' Sybilles stem brak. Waarschijnlijk had ze dezelfde tv-reportage gezien als Caspar die middag in Greta's kamer. Ze veegde de tranen weg die langs haar roodgeaderde wangen liepen en knielde tot Caspars verbazing recht voor de rolstoel.

'Het arme kind,' snotterde ze, terwijl ze Sophia's bewegingloze hand pakte. 'Uitgerekend zij. Maar waarom? Waarom?'

'Ja. Wat wil hij van ons?' vroeg Yasmin.

'Van ons? Helemaal niets,' fluisterde Caspar en hij had meteen de volle aandacht. Hij tikte met twee vingers op de krant die nog altijd opengeslagen op de eettafel lag en schraapte zijn keel.

'Hier staat dat de slachtoffers alleen nog reageren op extreme uitwendige prikkels. Verder vertonen ze geen enkele reactie en zeggen ze geen woord. Bij dokter Dorn is dat anders. Zij lag te beven. We hebben haar zelfs horen gillen. In elk geval heeft Raßfeld nog een pupilreflex vastgesteld, die volgens dit krantenbericht bij alle andere vrouwen aanzienlijk was beperkt.'

'Misschien was het dan niet de Zielenbreker, maar gewoon een ongeluk?' opperde Sybille hoopvol.

'Nee, het betekent alleen dat de Zielenbreker nog niet klaar is. Linus heeft hem gestoord. Ik denk dat hij ons uit de weg wil ruimen om eindelijk weer met Sophia alleen te kunnen zijn. Daarvoor is hij teruggekomen – om af te maken wat hij begonnen is. Wat dat ook mag zijn.'

Het verwonderde Caspar dat hij nog de kracht had om zo rustig dit afschuwelijke vermoeden uit te spreken. Want als hij gelijk kreeg en ze Sophia vannacht niet tegen de Zielenbreker konden beschermen, zouden ze met haar niet alleen de code verliezen voor deze gevangenis waarin ze zichzelf hadden opgesloten, maar zou hij ook nooit te horen krijgen wat Sophia over zijn identiteit had ontdekt. En over zijn dochter.
Ik wil eerst zekerheid.

Alsof Sophia zijn angstige gedachten wilde onderstrepen, begonnen opeens de metalen delen van de rolstoel te rammelen toen er een heftige stuiptrekking door haar heen ging. Het volgende moment werd het onheilspellende gerammel overstemd door nog iets veel ergers. Sophia opende haar mond en begon te spreken.

01:22 uur

Nopor. Eén enkel woordje maar, even kort als onbegrijpelijk. Misschien was het wel *schopor* of *ropor*. In elk geval had Caspar het niet verstaan, en ook de rest van het onvrijwillig verzamelde groepje staarde haar verbaasd aan. Caspar knielde voor Sophia neer en streelde zacht haar wang. Ze beantwoordde de voorzichtige poging tot contact door haar kin tegen zijn hand te drukken. Toen opende ze haar uitgedroogde lippen, die enigszins over haar voortanden waren teruggeweken.
 'Dokter Dorn? Sophia?'
 Voor het eerst scheen Caspars stem tot haar door te dringen, hoewel hij niet wist of dat een reden tot vreugde was. Bij comapatiënten gold iedere reactie als een mijlpaal op weg naar genezing. Maar stel dat het niet meer was dan een korte oprisping, een laatste opflakkering van haar levensgeest?
 'Kun je me horen?' vroeg hij zacht.
 Sophia's oogbollen draaiden onder haar gesloten oogleden, als kevers die onder een hoeslaken van de ene naar de andere kant kropen.
 Bachmann dook met een zorgelijk gezicht naast hem op.
 'Ze heeft het koud,' stelde Caspar vast.

Iemand, vermoedelijk Yasmin, had Sophia's doktersjas gehaald en haar die aangetrokken, over haar dunne nachthemd heen. Toch zat ze te rillen. De beheerder knikte zwijgend en stapte weer opzij.

'Heb jij verstaan wat ze wilde zeggen?' vroeg Schadeck vlak bij zijn oor.

Caspar had niet eens gemerkt dat de verpleger naast hem was neergeknield.

'Nee, het was...' Hij kromp ineen en verloor bijna zijn evenwicht.

Opeens had Sophia haar hoofd naar hem toe gedraaid, als een cafégast aan de bar die een hele tijd in zijn glas heeft staan staren en zich abrupt omdraait om een gesprek met zijn buurman aan te knopen.

Wat wil ze me zeggen?

Caspar fronste zijn wenkbrauwen, terwijl Sophia hem nog altijd recht aankeek. Voor het eerst sinds het incident in Brucks kamer had ze haar ogen weer scherpgesteld: op hem. Na de leegte van het afgelopen uur had haar blik nu een intensiteit waarmee ze een spijker in de muur had kunnen slaan.

'Sophia?' vroeg Caspar nog eens, heel zacht. Tom zwaaide met zijn hand als een ruitenwisser voor haar gezicht om haar aandacht te trekken.

'Shn... nhnn... shhhtopoohr...' kreunde de arts hees. Het was nog steeds niet te verstaan.

Eén moment bekroop Caspar het onwezenlijke gevoel dat de mysterieuze klanken uit Sophia's mond voor zijn gezicht in rook oplosten – een rook met de geur van berkenhout. Toen zag hij de reflectie van de vlammen in haar pupillen. Bachmann had de haard aangestoken.

'Goed idee.' Caspar stond op, knikte dankbaar naar de beheerder en reed de rolstoel voor de open haard. Yasmin had een bruine plaid opgediept, die ze voorzichtig om Sophia's schouders legde. Daarbij neuriede ze een droevig wijsje, dat Caspar merkwaardig bekend voorkwam. Hij wist niet van welke band het nummer was, maar hij had de tekst uit zijn hoofd kunnen meezingen.

Yesterday I got so old
I felt like I could die
Yesterday I got so old
It made me want to cry.

Op Sophia scheen de melodie een kalmerende uitwerking te hebben. Ze sloot haar ogen.

'Ik hoop dat ze geen pijn heeft,' zei Yasmin en zong toen zachtjes verder.

Go on, go on
Just walk away
Go on, go on
Your choice is made.

Het tafereel werd steeds onwerkelijker – de zingende verpleegster, de brandende haard, de met dennentakken en donkergroene kerstballen versierde schoorsteen en de vrouw onder de plaid in de rolstoel bij het vuur. Het leek allemaal zo vredig, wat voor Caspar het gevoel van dreigend gevaar alleen nog groter maakte.

Met zijn vingertoppen raakte hij voorzichtig Sophia's droge lippen aan. 'Ze raakt gedehydrateerd,' stelde hij vast.

'We hebben hier geen water,' zei de kokkin met heldere stem. Haar tranen leken voorlopig overwonnen en ze scheen zichzelf weer in de hand te hebben. Misschien reageerde ze wel werktuiglijk, zoals mensen die na een ongeluk in shock verkeren.

'Water alleen zou ook weinig helpen. Ze is nauwelijks in staat om zelf te drinken. Wat ze nodig heeft is een infuus,' verklaarde Yasmin.

'Dat klinkt verstandig.' Tom knikte. 'Bij voorkeur een infuus met elektrolyten.'

'Ik weet niet...' Bachmann masseerde zorgelijk zijn kale achterhoofd. 'Is dat echt nodig?'

'Geen idee. Moeilijk te zeggen, zolang we niet weten wat Bruck met haar heeft gedaan.' Caspar voelde Sophia's voorhoofd. 'Een fysiologische oplossing met keukenzout kan in elk geval geen kwaad. Maar als ze een toxische shock heeft, moet ze zo snel mogelijk cortisonen krijgen.'

'Nee, we mogen geen risico nemen.' Bachmann wreef nerveus in zijn ogen onder zijn bril. 'We kunnen hier beter nog even blijven en afwachten.'

'Wat een onzin,' zei Schadeck luid. 'Ik ga me hier niet verstoppen als een mietje.'

Caspar zag dat de beheerder nauwelijks merkbaar ineenkromp, alsof hij zich persoonlijk aangesproken voelde. Misschien was dat wel zo. Zijn leesbril, de pogingen om zich zorgvuldig uit te drukken, de bedekte zinspelingen op zijn problematische huwelijk – het kon wijzen op iemand die niet goed in zijn vel zat, misschien zelfs iemand die zijn ware aard verloochende.

Schadeck deed een stap naar Bachmann toe. 'Pas maar op. Ik zal je vertellen wat ik van mijn vader heb geleerd. Die was beroepsbokser.'

'Ik heb zo'n vermoeden wat er komen gaat.'

'Wacht maar af. Mijn vader heeft nooit een gevecht verloren, en weet je waarom?'

'Nee, maar lijkt je dit het juiste moment voor anekdotes?'

'Omdat hij alleen maar zwakkere tegenstanders koos om tegen te vechten,' negeerde Schadeck de wedervraag. 'Hij bokste voornamelijk tegen mijn moeder.' Tom grijnsde als iemand die kort voor de clou nog even de spanning opvoert. 'Eén keer, toen ik twaalf was, overdreef hij het. Hij vond de aardappelpuree niet zout genoeg. Dus boog hij zich over de keukentafel en gebruikte het hoofd van mijn moeder om ermee armpje te drukken. Kabóém!' Schadeck maakte een bijbehorende beweging met zijn eigen arm.

'Ik dacht dat mijn moeder nooit meer overeind zou komen, zo hard sloeg ze met haar hoofd tegen de tafel. De aardappelpuree vloog door de keuken. Ik stond twee meter verderop bij het aanrecht en kreeg nog die gele troep in mijn haar.' Schadecks ironische grijns was nu verdwenen. 'Maar toen keek mama op. Het bloed spoot uit haar neus, over de restanten van de aardappelpuree. Ik weet niet wat er in meer splinters gebroken was, het bord of haar onderkaak. Mijn vader lachte alleen en zei dat ze de puree nu helemaal verpest had. En dus moest ik in het telefoonboek weer het adres zoeken van een ziekenhuis waar we nog niet eerder waren geweest.' Schadeck keek om zich heen. 'Duidelijk, nietwaar? Om vervelende vragen te vermijden waarom zijn vrouw twee keer achter elkaar een ongeluk had gehad.'

'Ja, dat is een vreselijk verhaal,' zei Bachmann, 'maar wat heeft dat met onze situatie hier te maken?'

'Die avond heb ik gezworen nooit meer werkeloos toe te zien. Ik bedoel, toen waren we nog maar kinderen. Maar met mijn moeder samen waren we toch met ons vieren. En hij was maar alleen. Begrijpen jullie?'
'Wat heb je gedaan?' vroeg Sybille zacht.
'Iedereen heeft zijn duistere geheimen.' Schadeck glimlachte spottend en opeens keek hij Caspar aan.
'Een fraai verhaal,' zei Bachmann. 'Maar toch kunnen we beter tot morgen wachten...'
Opeens staarden ze allemaal zenuwachtig naar het plafond. De beheerder zweeg.
'...tot de ochtenddienst begint en... Verdomme, wat was dat?'
Caspar hoorde het nu ook, een soort jankend geluid uit een klein plastic kastje tegen het plafond, dat hij voor een rookmelder had aangezien. Het gehijg en gesteun was vanwege de metaalachtige bijgeluiden nog onbegrijpelijker dan Sophia's klaaglijke geroep. Het klonk alsof iemand het laatste gerochel van een koffiezetapparaat nadeed.
'Waar komt dat vandaan?' vroeg Schadeck.
'Dat is onze omroepinstallatie. Er zit een speakerbox in elke openbare ruimte.'
'Lieve god, is híj dat soms...?' riep de kokkin, en Caspar knikte werktuiglijk. Natuurlijk was hij dat. Zijn stembanden waren gewond. Zo moest iemand klinken die met een mes zijn eigen stembanden had doorgesneden.
'De Zielenbreker praat tegen ons!' riep Yasmin met overslaande stem.
'Ssst! Stil nou even.' Schadeck gebaarde geërgerd met zijn hand, ging op een van de rechte stoelen staan en hield zijn hoofd schuin. 'Het is heel wat anders,' verklaarde hij ten slotte, terwijl hij op de anderen neerkeek. 'Op de achtergrond.'
Verdomme, nu hoor ik het ook, dacht Caspar en hij voelde zich misselijk worden. Nu wist hij wat hij in alle consternatie over het hoofd had gezien – wie deze gepijnigde geluiden maakte via het omroepsysteem.
Eerder die avond, toen hij zo vlak bij hem had gezeten, had hij hem niet herkend. Maar nu het geblaf van zo ver weg kwam, vervormd door een luidspreker, wist hij het plotseling zeker. Hij had dit jammerende ge-

luid al eerder gehoord, niet uit een speakerbox, maar uit een gedeukte sloopauto aan de rand van een vlooienmarkt. Caspar sloot zijn ogen en het gejank werd luider.

Het was weer zomer, en het zilvergrijze wrak weerkaatste de warme zon zo fel dat hij zijn hand boven zijn ogen had moeten houden toen hij die kant op keek. De wielen waren al gestolen en de trieste restanten van de verroeste sloopauto rustten nog slechts op de velgen. Alles was vernield; de koplampen, de voor-, achter- en zijruiten waren ingeslagen en zelfs de kofferbak zag eruit alsof iemand er een koelkast bovenop had gesmeten. Op de achtergrond hoorde Caspar het geroezemoes van buitenlandse stemmen, de lach van een jonge vrouw om een geslaagd handeltje en het voortdurende getoeter van het vrachtverkeer. Twee vuile kinderen speelden in de goot, maar verdwenen toen hij dichterbij kwam om het grove touw te onderzoeken waarmee het kofferbakdeksel aan de bumper was vastgebonden. Hij hield zijn aansteker erbij, het deksel klapte omhoog en hij staarde de dood in het gezicht. Vier honden, pups nog maar, uitgedroogd, van binnen verschroeid, van dorst gestorven. Buiten was het een graad of dertig, in de kofferbak moest het minstens twee keer zo heet zijn. Ze waren een langzame, gruwelijke dood gestorven – allemaal, op één na, een hondje waarvan het linkeroog was uitgestoken.

De hond die ze hier allemaal Mr. Ed noemden en die op dit moment weer net zo klaaglijk door de luidspreker jankte als vlak voor zijn toevallige bevrijding.

01:31 uur

De duisternis had een verhelderende, bijna louterende uitwerking. Caspar hoorde, rook en voelde de onzichtbare omgeving waar ze doorheen slopen net zo intens alsof de receptie met een zoeklicht werd verkend. In werkelijkheid had de Zielenbreker al het licht in dit deel van de benedenverdieping gesaboteerd.

'Links aanhouden,' fluisterde Schadeck dicht achter hem, toen het vervormde gejank boven hun hoofd even verstomde. De verpleger had erop gestaan om met hem mee te gaan bij zijn expeditie naar de apotheek van de kliniek.

'Klopt het wat Yazzie zegt? Ben je je geheugen kwijt?' Voorzichtig tastten ze langs de gelakte muur om in het donker de weg niet kwijt te raken. Caspar wist niet wat hem het meest verbaasde, dat Tom hun onheilspellende tochtje vanuit de bibliotheek als een gelegenheid voor kletspraatjes zag, of dat hij al een koosnaam had voor de indiscrete zuster.

'Amnesie, geheugenverlies, black-out. Dat past wel bij die hele situatie hier, vind je niet?' Schadeck lachte kort. 'Toch hoop ik dat die psychopaat geen nachtkijker heeft, anders kunnen we ons geniale plannetje wel vergeten.'

'We halen snel de noodzakelijke spullen voor dokter Dorn, zoeken dan Mr. Ed en schakelen die verrekte luidsprekers uit,' had Caspar tegen de beheerder gezegd.

Bachmann had grimmig geknikt toen ze vertrokken, maar niet zonder hun een waarschuwing mee te geven: 'Raßfelds kantoor heeft een rechtstreekse verbinding met de apotheek van de kliniek. En een van de twee microfoons van de omroepinstallatie staat op zijn bureau. Jullie hebben dus vijftig procent kans dat Bruck jullie daar zit op te wachten.'

Caspar sloop langzaam verder en botste bijna tegen een watercooler met mineraalwater op. Als zijn herinnering hem niet bedroog, moest het plastic ding vlak bij hun doelwit staan. Nog maar twee deuren verder.

Het gejank boven hun hoofd nam wat af toen ze zich van de luidspreker in de receptie verwijderden. Toch zag Caspar in gedachten steeds duidelijker het beeld van een gestikt dier in een oververhitte kofferbak.

'Kijk.' Onverwachts daalde Toms arm zwaar op zijn schouder neer.

'Wat?'

'Nou, daar.'

Oké, dan ziet hij het dus ook.

De eerste keer had Caspar het rood knipperende lichtje nog voor gezichtsbedrog aangezien – een reflectie die ontstaat als je je ogen in het donker te stijf op elkaar klemt. Maar blijkbaar was het echt. Achter de kier onder de deur van Raßfelds kantoor knipperde met regelmatige tussenpozen een rood lampje, alsof iemand daar op de grond lag en met de LED-aanwijzer van een afstandsbediening morseseinen onder de deur door zond.

'Dat was er daarnet toch niet?' vroeg Tom. Caspar knikte en vergat in alle opwinding dat Schadeck dat in het donker niet kon zien.

'En nu?' wilde hij weten, hoewel hij het antwoord van de verpleger wel kon raden.

'Hoezo? We gaan naar binnen.'

01:33 uur

Het was geen afstandsbediening, geen zaklantaarn. Het waren geen morsetekens. In zijn eerste schrik hield Caspar het voor een bom, die met een knipperende ontsteker midden op Raßfelds bureau stond te wachten om te ontploffen. Maar na een paar seconden herkende hij het onschuldige ding.

'Die vuile rotzak!' riep Schadeck uit, en hij lapte al hun voorzichtigheid aan zijn laars door op het lichtknopje naast de deur te drukken. Caspars ogen wenden al snel aan het felle licht van de plafondlampen, die hun schijnsel door het grote, onopgeruimde kantoor van de medisch directeur wierpen. Maar behalve bergen patiëntendossiers, wankele stapels boeken, een lege pizzadoos en twee hopeloos uitpuilende kasten was er niets bijzonders te zien. In elk geval niets levends. Ze waren de enigen. Van Raßfeld en de Zielenbreker was geen spoor te bekennen.

'Hij speelt met ons.' Schadeck had het dicteerapparaat naast de microfoon van het omroepsysteem gepakt. De LED-display lichtte elke keer op als de randomgenerator een van de verschillende opnamen koos en afspeelde.

'Hier...' Hij wierp Caspar het apparaat toe. 'Hij moet de hond hebben getreiterd en die smeerlapperij op de band hebben opgenomen.'

Caspar bekeek het dicteerapparaat, dat zo groot was als een mobieltje. Zonder erbij na te denken drukte hij op een versleten knopje aan de zijkant, en het pijnlijke gejank van Mr. Ed verstomde. Hij voelde zich duizelig worden en moest met beide handen op het bureau steunen. De dictafoon viel op de grond.

'Wat heb je?' vroeg Schadeck.

'Ik...' Caspar aarzelde. Hij wist niet goed wat hij moest antwoorden en koos toen maar voor de waarheid: 'Ik weet het niet.'

Hij kende deze kamer niet, was er nooit eerder geweest, maar toch kwam alles hem zo vertrouwd en bekend voor. Zoals bijna alle grotere kamers van de villa was natuurlijk ook het kantoor van de chef-arts voorzien van een haard, waarboven talloze ingelijste oorkonden en wat familiefoto's hingen, die Caspar kende, maar toch ook niet. Hij wilde een stap naar de schoorsteen doen, haalde diep adem, en opeens was het zover.

Het gebeurde zonder enige waarschuwing. Plotseling zette een biochemische baanwachter op het rangeerterrein van zijn geheugen de eerste wissel om. De trein van zijn herinneringen denderde veel te snel over het lamgelegde spoor waarop hij door Caspars geheugen stormde, en Caspar hield er al rekening mee dat hij de betreffende gedachten nooit zou kunnen achterhalen. Maar toen remde de locomotief af en steeg er een dichte, naar brandend papier ruikende rooksliert uit zijn schoorsteen op – naar boven, steeds verder omhoog vanuit de diepten van zijn afgesloten langetermijngeheugen, om zich voor Caspars geestesoog te materialiseren. *Een bureau! Een schrijftafel waaraan hij zichzelf zag zitten, met een dictafoon in zijn hand, net zo'n ding als Tom hem net had toegeworpen.*

'Het kan beginnen. Uw dochter is zover,' *hoorde hij een vrouwenstem uit een intercom zeggen, en hij zag hoe hij opstond, de stoel van het bureau terugschoof en nog een laatste blik wierp op de foto in het dossier dat hij wilde dichtslaan. De foto van een meisje met blond haar. Zijn dochter?*

'We hebben alles gereedgemaakt, meneer...'

'Hallo, is daar iemand thuis?'

'Wat? Hoe...? O, ja... Alles in orde,' stamelde Caspar weinig overtuigend en het geluid van de intercom verstomde in zijn oor.

Tom nam hem wantrouwend op. 'Heb je je iets herinnerd?'

'Nee, ik... ik ben een beetje nerveus, dat is alles.'

Voordat hij zelf wat meer begreep van zijn langzaam terugkerende geheugen wilde hij niemand op het verkeerde spoor zetten – zeker niet deze man, die toch enige vijandigheid naar hem uitstraalde.

'Hou je wat voor me achter?' vroeg Schadeck.

'Nee.'

'Ja, dat doe je wel.'

Caspar had geen zin in bekvechten en wrong zich langs Schadeck heen naar de verbindingsdeur tussen Raßfelds kantoor en de apotheek van de kliniek. De deur zat op slot, maar Bachmann had hun een sleutel meegegeven.

Toen Caspar de ruimte binnenkwam, die geen ramen had, schakelde een bewegingssensor automatisch het plafondlicht in. Besluiteloos bleef hij voor de glazen kasten en metalen rekken staan waarin de medicijnen werden bewaard.

'Dit is wat we nodig hebben.' Schadeck was hem gevolgd en opende een koelkast met een ruit in de deur. Hij haalde twee infuuszakken tevoorschijn, schudde ermee als met een cocktailshaker en ging toen verder met de discussie van daarnet.

'Ik durf bijvoorbeeld te wedden dat we hetzelfde soort werk hebben.'

'Waarom denk je dat?'

'Infuus, gedehydrateerd, cortisonen...' somde de ambulancebroeder op, terwijl hij in een ladekast naar infuusnaalden en pleisters zocht. 'De woorden die jij gebruikt. Je bent óf een hypochonder, of je leest ook beroepsmatig bijsluiters door. Bovendien zag het er heel ervaren uit.'

'Wat?'

'Hoe je haar hand pakte en haar pols voelde. Ik durf zelfs te wedden dat je wel eens een infuus hebt aangelegd.'

Schadeck liet een paar voorverpakte infuusnaalden in zijn broekzak glijden en draaide zijn hoofd naar hem om. 'Als je maar niet vergeet dat ik je in de gaten hou. Ik weet namelijk ook van die bewakingsvideo.'

'Welke video?' vroeg Caspar, hoewel hij vermoedde waar Schadeck het over had.

'Je hing bij de oprit rond en bent pas met je hond de weg opgelopen toen Bachmann, onze grote kleuter, met de chef-arts het terrein af reed. Dat is voor mij het bewijs dat je hier niet toevallig bent. Daar steekt meer achter.'

'O, en dat heb je allemaal van "Yazzie" gehoord?' vroeg Caspar, geërgerd dat zijn toon lang niet zo onverschillig klonk als zijn bedoeling was. Maar daarvoor was de spanning veel te groot, en het stomme was dat hij Schadecks suggestie niet kon ontkennen noch bevestigen.

'Ja, en die heeft het weer van Bachmann.'

'Onverdachte bronnen, dus.' Caspar keek op zijn pols, hoewel hij geen horloge droeg. 'Maar we staan onze tijd te verdoen. We moeten terug, en snel. Jij begrijpt toch ook wel waarom de Zielenbreker die dictafoon hier voor ons heeft neergelegd?'

'Om ons uit onze schuilplaats weg te lokken!' Tom draaide zich nu helemaal om.

'Precies.'

Als om dat te bevestigen sloeg er ter hoogte van de bibliotheek een deur dicht. De hoge gil van de kokkin galmde door de gang.

01:37 uur

Ze renden terug, de gang door, die op Caspar nu als een donkere tunnel werkte, waar aan het eind een schommelende mijnlamp hing. Had de receptie, die ze nu weer passeerden, eerst nog een donker gat geleken dat hen wilde verzwelgen, nu hadden ze een dunne streep licht om zich te oriënteren – een wegwijzer die er niet hoorde te zijn als de deur van de bibliotheek gesloten was geweest.

'Voorzichtig,' waarschuwde Caspar toen ze de plek naderden waar rechts de zijgang was naar de bibliotheek. Naar het licht.

Waarom heeft Bachmann dat gedaan? Waarom heeft hij die deur geopend?

Het gegil van Sybille Patzwalk was verstomd, wat Caspar geen gunstig teken vond. Om te kunnen gillen had je lucht nodig. Pijn voelde je alleen als er nog bloed door je hersens stroomde. Hij schaamde zich voor zijn perverse smeekbede om de kokkin in elk geval te horen rochelen. Toen kwamen ze de hoek om en besefte hij zijn vergissing. De deur zat nog dicht. Het licht kwam niet uit de bibliotheek, maar uit een kleine kamer schuin ertegenover.

'Het is een valstrik,' fluisterde Schadeck. Op hetzelfde moment trok hij een lang voorwerp, dat zilverachtig glinsterde in het bleke licht. Blijkbaar had hij de briefopener van Raßfelds bureau gepakt toen Caspar door zijn mysterieuze herinneringen werd bestormd. Het volgende moment wierp hij zich plat op de grond en kroop soepel naar voren, alsof hij in zijn vrije tijd de tijgersluipgang oefende. Het mankeerde er nog aan dat hij de briefopener tussen zijn tanden klemde.

Wat een waanzin. Caspar draaide zich naar rechts en rammelde aan de deurkruk van de bibliotheek. 'Hé, doe eens open!'

'Ben je alleen?' antwoordde de beheerder meteen. Blijkbaar stond hij met zijn oor tegen de deur van de eetzaal.

'Ja. Nee. Ik weet het niet,' antwoordde Caspar met een blik naar de andere kamer, waar het nu ritselde alsof er een paar ratten over een goedkope plastic zak liepen. Hij herinnerde zich dat hier ergens de keuken moest zijn. 'Laat me erin.'

'Waar is Sybille?' drong Bachmanns stem dof door het zware eikenhout van de deur.

'Geen idee. Dat moet jij toch...' Caspar draaide zich bliksemsnel om. Het geritsel werd luider en veranderde van karakter. Het klonk nu als een uitpuilende vuilniszak die over een stenen vloer werd gesleept.

Ook Tom aarzelde en bleef midden in een amfibische beweging doodstil liggen, nog maar een meter bij de andere kamer vandaan. De ziekenbroeder tilde zijn hoofd op en draaide het opzij, zodat hij met zijn rechteroor boven de grond zweefde. Toen trok hij weer een knie op om verder te kruipen en een blik in de kamer te kunnen werpen, maar op dat moment werd alles donker.

Nog sneller dan de scherven van de versplinterde gloeilamp in de kamer de grond raakten daalde de inktzwarte nacht over de hele benedenverdieping neer.

Niets. Geen enkel flakkerend of knipperend lichtje. Caspar zag geen hand voor ogen meer en moest op zijn gehoor vertrouwen. Het slepende geluid kwam nu recht op hem toe – en ook *enkel* dat geluid, dat een afstotelijk beeld bij hem opriep van een met maden gevulde vuilniszak die zich kronkelend en met slangachtige bewegingen door de gang bewoog.

Hij wilde schreeuwen, maar merkte dat hij al stond te brullen. Zijn longen deden net zoveel pijn als zijn gekneusde tenen, waarmee hij een paar keer tegen de deur had geschopt om Bachmann ertoe te bewegen eindelijk open te doen, zodat ze hier weg konden – weg uit deze nacht, deze duisternis, die steeds dieper leek te worden naarmate het slepende geluid aanzwol. Ook klonk er nu een benauwd gehijg. Caspar hoopte dat Schadeck de Zielenbreker de weg had versperd en zijn strottenhoofd had verbrijzeld, waardoor Bruck nu die rochelende geluiden maakte. Maar toen besefte hij dat het net zo goed andersom kon zijn. En als Tom dat gevecht op leven en dood verloor, zou hijzelf het volgende slachtoffer zijn.

Wat is er aan de hand? Waarom doet Bachmann de deur niet open? dacht Caspar, terwijl hij een metaalachtige smaak in zijn mond kreeg. Hij merkte niet dat hij op zijn tong had gebeten, evenmin als hij het messing van de deurkruk voelde waaraan hij panisch stond te rammelen.

'Wat wil je van ons?' riep Caspar ten slotte, veel zachter dan zijn bedoeling was. En opeens gebeurde alles tegelijk.

Het begon met een vuurflits die zijn haar schroeide en zijn slaap maar op een millimeter miste. Caspar rukte zijn hoofd opzij en vroeg zich af waarom hij niet met zijn voorhoofd tegen de deur knalde maar zijn evenwicht verloor. Toen, terwijl hij voorover stortte naar het licht, ving hij een glimp op van het lichtgroene katoen dat hij ook al bij de lichtflits van het wapen had gezien.

Het nachthemd. Bruck!

Ten slotte sleurde iemand hem met geweld naar achteren en dreunden zware schoenen vlak langs zijn gezicht. Een ervan trapte hem in zijn maag, de andere op zijn bovenarm.

Later, toen de blauwe plekken opkwamen, zou Schadeck zijn spijt betuigen dat hij in paniek over hem heen de bibliotheek in was gevlucht, maar op het moment zelf voelde Caspar zelfs geen pijn, alleen een grenzeloze opluchting dat Bachmann eindelijk de deur had opengedaan. Het was een verlossend, euforisch gevoel om op het nippertje aan de dood te zijn ontsnapt, maar die vreugde was onmiddellijk verdwenen toen de beheerder de deur achter hen vergrendelde en onbeheerst begon te huilen.

Heden, 12:34 uur

Heel veel later, vele jaren na de angst

HET SNEEUWDE NOG ALTIJD NIET. VOLGENS DE WEERSVERWACHting zou de eerste sneeuw die middag moeten vallen, maar voorlopig joeg de wind enkel wat gescheurde plastic zakjes en dorre bladeren over de bevroren grond.

De winter heeft een reinigende ziel, dacht de professor, en hij leunde met een hand tegen het kozijn van de glazen deur naar het park – of wat de tijd daarvan had overgelaten. Het ooit zo keurig verzorgde grasveld leek nu een trapveldje.

De kou rukt de bladeren van de boom der waarheid en laat ons de dingen daarachter zien.

Hij legde zijn hand tegen het raam en staarde naar de paar kale bomen in de tuin. Met uitzondering van een onverwoestbare treurwilg waren ze allemaal afgestorven of door schimmels overwoekerd. Een berk was door de storm halverwege omgeknakt, maar niemand had de moeite genomen de stam tot brandhout te hakken. Waarom ook? De open haard hier werd al jaren niet meer gebruikt.

Niet sinds...

'Professor?'

Geschrokken kromp hij ineen en draaide zich om. 'Ja?'

Heel even was hij de twee studenten achter zich vergeten.

Patrick Hayden sloeg zijn dossier dicht en stond op. Hij wees eerst naar de lege kasten tegen de vuile muur en toen op de met hoezen bedekte stoelen die voor de haard stonden opgestapeld.

Ten slotte roffelde hij met zijn knokkels op het blad van de houten tafel.

'Dit is toch die bibliotheek, of niet?'

'Wat?'

'Caspar, Schadeck, de Zielenbreker... die waren in deze kamer. Het heeft zich allemaal hier afgespeeld!' Het klonk minder als een vraag of feitelijke vaststelling dan als een beschuldiging.

'Heel slim, hoor. Wat dacht je dan?' snoof Lydia, voordat de professor kon antwoorden.

'Het verhaal speelt zich af in een verlaten villa op de Teufelsberg. Dat was vanaf de eerste bladzijden al duidelijk.'

'O ja?' De student haalde een slordig opgevouwen vel papier uit zijn achterzak. 'Op de uitnodiging voor dit experiment stond daar helemaal niets over.' Hij wapperde met het tweezijdig bedrukte papier, waarvan de voorkant bijna geheel in beslag werd genomen door een tweekleurig kaartje.

'Van de universiteit heb ik alleen deze routebeschrijving gekregen. Daar staan geen straatnamen op, geen Teufelsberg. En ik kan me ook niet herinneren dat ik beneden aan de weg een bordje heb gezien.'

'Je komt niet uit Berlijn?' vroeg de professor, terwijl hij zijn leesbril pakte. Hij stond weer op zijn plek aan het hoofd van de tafel.

'Nee,' antwoordde Patrick nijdig.

'Dan kon je het ook niet weten.' De professor keek op. 'De oprit is een particuliere weg, en de Teufelsberg wordt niet op alle plattegronden bij naam genoemd.'

'O, geweldig.' Patrick klapte in zijn handen en greep zijn rugzak, die hij op de stoel naast hem had gelegd. 'Eerst moeten we deze geheimzinnige tekst lezen, geschreven door een of andere idioot, en vervolgens blijkt dat wij op dezelfde stoelen zitten waarop al die mensen hier op hun beul hebben gewacht.'

'Wat wil je nou?' vroeg Lydia opgefokt. Haar hoge stem klonk veel nerveuzer dan aan het begin van het experiment.

'Ik ga weg.'

'Wat?'

'Een sigaretje roken,' helderde hij het misverstand op.

Patrick klemde de rugzak tussen zijn knieën om zijn handen vrij te hebben en zijn donkerblauwe gevoerde jack aan te trekken. Eén arm had hij al in de mouw. 'En als ik terug ben, wil ik eindelijk weten waar dit experiment werkelijk om draait.'

'Dat zal niet gaan, ben ik bang,' zei de professor vriendelijk maar beslist. Hij wreef in zijn vermoeide ogen zonder zijn bril van zijn neus te nemen.

'Hoezo? Is er in het park ook al een rookverbod?' vroeg Patrick.

De professor glimlachte toegeeflijk. 'Nee, maar in dit stadium van het experiment mag je de zaal helaas niet verlaten.'

'Waarom niet?' vroegen Lydia en Patrick bijna gelijktijdig.

'Niet voordat je het einde hebt gelezen.'

'U kunt ons hier toch niet tegen onze wil vasthouden?'

'Nou, misschien is het je ontgaan, maar die bepaling heb je zelf ondertekend. En nog los daarvan... zelfs als je nu naar huis zou gaan, zou het experiment daarmee nog lang niet afgelopen zijn. Je kunt het niet eenzijdig afbreken.'

'Waarom niet? Daar begrijp ik niets van.' Patrick legde de rugzak weer neer.

De professor glimlachte. 'Dat is een onderdeel van het experiment. Om het te laten slagen, mag je niet te lang pauzeren en moet je achter elkaar doorlezen, tot aan het eind – wat ik je trouwens toch al dringend wil aanraden. Maar van nu af aan met wat meer concentratie, als je wilt.'

'Hoe kunt u beoordelen hoe geconcentreerd ik ben? U hebt al die tijd uit het raam staan staren,' zei Patrick, wat minder agressief nu. Hij leek onzekerder geworden.

'Ik merk het aan je reactie. Als je vanaf het eerste begin met meer aandacht had gelezen, zou je nu geen pauze willen houden. De waarheid...' De professor pakte het oorspronkelijke dossier van de Zielenbreker. '...de waarheid is te vinden in één enkel zinnetje. Op één enkele bladzijde. Maar je hebt eroverheen gelezen.'

'Wat een onzin.'

'Probeer er maar achter te komen.' De professor pakte een fles water, die hij voor algemeen gebruik op tafel had gezet, en schonk een glas in, dat hij Patrick vragend voorhield.

'Goed dan,' zei Lydia en ze trok haar vriend aan de lege mouw van zijn jas. 'Dan gaan we door. Jij wilt toch ook weten hoe het afloopt, of niet?'

Patrick aarzelde, streek door zijn zwart geverfde haar en probeerde Lydia's hand af te schudden. Maar ze hield hem vast en keek hem diep in zijn ogen. Seconden verstreken zonder dat er een woord gezegd werd.

'Ach, wat geeft het ook,' verbrak hij ten slotte de stilte en hij slofte op zijn open schoenen naar de deur. Twee meter ervandaan bleef hij staan en pakte zwijgend de fles water. Toen liep hij naar zijn plaats terug en ging weer zitten. 'Een uurtje meer of minder maakt ook niet uit.'

Lydia reageerde met een flets lachje.

Ik ben bang dat die mensen hier in de bibliotheek het op dat moment heel anders zagen, dacht de professor met een droevig waas voor zijn ogen. Hij keek naar de grond, zodat de anderen niet zouden merken hoe de hele zaak hem aangreep – hoe hij half had gehoopt dat Patrick zijn jack zou aanhouden om samen met zijn vriendin uit de villa te vertrekken. Maar hij herstelde zich, haalde diep adem en zei met doffe stem: 'Goed, dan wil ik jullie na deze onvoorziene pauze vragen om zonder verdere onderbrekingen met het experiment door te gaan.'

Hij kuchte eens, maar het brok in zijn keel wilde niet verdwijnen. Het werd zelfs nog erger toen hij zag hoe eerst Lydia en toen haar vriend het dossier weer opensloeg. En doorbladerde. Naar bladzijde 107.

01:41 UUR – HONDERDZEVENTIEN MINUTEN VOOR DE ANGST

Bladzijde 87 e.v. van patiëntendossier nr. 131071/VL

'Het is mijn fout. Allemaal mijn schuld,' zei Bachmann met verrassend heldere stem.

Zijn tranen waren net zo snel gedroogd als Caspar nodig had gehad om weer overeind te krabbelen en het stof van zijn pyjamabroek te slaan.

'Wat is hier in godsnaam gebeurd?' vroeg Schadeck, die naast de eettafel stond en iets in zijn hand hield wat op het eerste gezicht op een sporttas leek.

De beheerder borg zijn leesbril op en hoestte droog. 'Ze wilde... Ik bedoel, ze wilde nog even naar de provisiekamer.'

Tom en Caspar keken elkaar vragend aan. Bachmann hoefde haar naam niet uit te spreken. Ze wisten wie hij bedoelde. Ze hadden het gegil van de kokkin gehoord, en de stoel waarop Sybille Patzwalk had gezeten was nu leeg.

'Maar wat zocht ze daar dan?' vroeg Caspar.

'Dit hier,' zei Schadeck, en hij kiepte de inhoud van de tas over het glimmende tafelblad uit. 'Hiervoor heeft die dikzak haar leven gewaagd.'

Caspar keek ongelovig hoe een gedeukt blik ravioli en wat blikken groente over de tafel rolden.

'Hoe kom jíj daar nou aan?' vroeg hij stomverbaasd.

Schadeck kreunde en sloeg met zijn vlakke hand op de tafel. 'Wat doet dat ertoe, verdomme? De Zielenbreker heeft die gloeilamp stukgeslagen en Sybille de kamer uit gesleept. In haar doodsstrijd heeft ze zich blijkbaar aan die tas vastgeklampt. Weet ik het? Ik probeerde die gek bij zijn voeten te grijpen, maar mijn handen waren... Nou...' Hij draaide zijn met bloed besmeurde handpalmen naar buiten, zodat de anderen ze konden zien. 'Ze waren zo glibberig dat ik haar niet te pakken kreeg. In plaats daarvan viel die tas op mijn hoofd. Ik dacht dat het een wapentas was, of zoiets. Daarom heb ik hem meegenomen. Maar wat maakt het uit? De vraag is wie onze kokkin zomaar heeft laten gaan om daar in haar dooie eentje rond te spoken?'

Tom deed een stap op Bachmann toe en trok dreigend zijn schouders naar achteren, als een voetballer die een bal wilde inkoppen. 'Hé, meneer de beheerder, ik heb het tegen jou!'

Schadecks witte spijkerbroek vertoonde een natte plek ter hoogte van zijn kruis, en Caspar vroeg zich af of de verpleger het van angst in zijn broek had gedaan. Maar toen herinnerde hij zich de infuuszakken, die Tom aan zijn riem had gebonden voordat ze uit de apotheek waren teruggerend naar de bibliotheek. Een van de twee zakken moest bij het kruipen zijn gescheurd.

'Toen jullie weg waren begon ze weer te praten,' antwoordde Bachmann aarzelend, en hij keek naar Sophia in haar rolstoel. 'Topor, zei ze, of zoiets. Nou ja, je weet wel wat ik bedoel. Sybille dacht dat ze misschien honger had.'

Caspar knikte. Het was heel goed mogelijk dat Sophia's spraakcentrum was gestoord. Aan de andere kant had hij het vermoeden dat hem iets belangrijks ontging, maar die gedachte verdrong hij weer toen Bachmann verderging.

'Ik was er natuurlijk tegen, maar de provisiekamer ligt hier recht tegenover en Sybille zei dat er een tas met eten voor het grijpen stond. Daarom ben ik overstag gegaan.'

'Ik geloof er geen woord van.' Schadeck spreidde theatraal zijn armen. 'Je hebt een weerloze vrouw voor wat blikvoer in de armen van de Zielenbreker gedreven!'

'Kalm nou even,' probeerde Caspar tussenbeide te komen, maar Bachmann viel hem in de rede.

'Weerloos? Helemaal niet. Ik heb Sybille het pistool meegegeven. Voor alle zekerheid.'

'Wát?'

Nu was ook Caspar buiten zichzelf. Met klamme vingers tastte hij naar zijn slaap, waar zijn haar was verschroeid.

'God! Je bent nog lijper dan die patiënten hier,' brulde Tom, met een gezicht alsof hij elk moment boven op de tafel kon springen. Zijn halsslagader klopte wild. 'Nu heeft die gek daarbuiten nog een wapen ook!'

'Het is maar een gaspistool.'

'Stil!' maakte Caspar woedend een eind aan de discussie. Toen liet hij zijn stem weer dalen. 'Hoe vervelend het ook is, Tom, we kunnen het niet meer ongedaan maken.' Hij keek de ziekenbroeder recht aan. 'Bovendien hebben wij de deur van de apotheek opengelaten. Daar ligt genoeg spul voor hem om een wapen van te maken.'

'Ja, zelfs een verdovingspistool,' fluisterde Bachmann.

'Shit, en dat zeg je nou pas?' Schadeck gaf een schop tegen de krantenbak, waardoor een stapeltje roddelblaadjes over het visgraatparket vloog. 'En nu?'

'Nu moeten we doen waarvoor we naar de apotheek zijn geweest: Sophia behandelen.' Caspar vroeg Schadeck de nog intacte infuuszak eindelijk van zijn riem te halen. De verpleger gehoorzaamde met tegenzin.

'Hier, die heb je ook nog nodig.' Tom haalde een voorverpakte infuusnaald en injectiespuit uit zijn broekzak en gooide ze op de tafel.

Caspar pakte ze op en liep ermee naar de haard, waar Yasmin in kleermakerszit voor Sophia zat en de hand van de arts streelde.

Zijn blik viel op het plakband waarmee het snoer met kerstlampjes boven de schoorsteen was bevestigd. Hij maakte twee stroken los en vroeg Yasmin de rolstoel wat bij het vuur vandaan te draaien. Toen trok hij Sophia's mouw met enige moeite tot boven haar elleboog. De arts scheen het allemaal niet te merken.

'We moeten Sybille helpen,' zei Yasmin half vragend, half bevelend, terwijl Caspar Sophia's arm beklopte. 'Misschien kunnen we haar bevrijden.'

'Dan zijn we te laat, ben ik bang,' antwoordde Tom, achter haar. Zijn stem klonk opeens veel vriendelijker.

Caspar hoorde het onuitgesproken 'Yazzie' aan het einde van de zin. Hij schoof de naald op de spuit en stak die zonder lang nadenken in de goed zichtbare ader in Sophia's arm.

Ik heb dit echt al eens eerder gedaan.

'Voordat het licht uitging kon ik nog een blik in de provisiekamer werpen,' ging Schadeck verder. 'Het zag er niet goed uit. Ik denk dat hij haar nek gebroken heeft.'

'Is Sybille dood?' Yasmin slaakte een kreet en deinsde een stap terug.

'Nee, dat geloof ik niet,' protesteerde Caspar, zonder op te kijken. Hij had de spuit vervangen door het slangetje van het infuus. Sophia had gedurende de hele procedure geen enkele reactie vertoond.

'Waarom zou hij eerst de kokkin hebben vermoord en weggesleept? Waarom laat hij Linus, Raßfeld en Sybille niet gewoon liggen?'

Caspar vroeg een papieren zakdoekje aan Yasmin, vouwde het op en bevestigde het met de twee stroken plakband om de canule.

'Shit, hoe moet ik dat nou weten?' De agressie van de verpleger laaide weer op. 'Misschien verzamelt hij wel lijken.'

'Nee, ik denk eerder dat hij een spelletje speelt. Daarom laat hij ook die raadselachtige briefjes achter, en dat dicteerapparaat.' Caspar keek op. 'Hij speelt met ons. En Sophia is de inzet.'

'Nou, dan kan hij haar krijgen.' Schadeck hief zijn handen. 'Hé, dat was maar een geintje.' Zijn lachje leek verrassend oprecht en had zelfs een zweem van melancholie. Bovendien verbaasde hij Caspar door aan te bieden de infuuszak vast te houden, waaruit de eerste elektrolyten als kleine knikkertjes in Sophia's bloedbaan rolden.

'Dank je.' Caspar gaf Tom de infuuszak en liep naar het hoofd van de tafel. 'Goed, dan vat ik het nog één keer samen. We kennen de motieven van de Zielenbreker niet en weten evenmin hoe hij zijn slachtoffers in coma brengt of waarom hij het uitgerekend op Sophia heeft voorzien. En Raßfeld, Linus, Patzwalk en zelfs Mr. Ed roepen ook andere vragen op. Waar brengt hij ze heen? Zijn ze al dood, of leven ze nog?'

Bachmann ademde hoorbaar in, maar Caspar liet zich niet van de wijs brengen. 'Op al die vragen moeten we het antwoord schuldig blijven, maar we mogen bij onze speurtocht niet nog een keer ons leven wagen. Van nu af aan moeten we bij elkaar blijven en de tijd gebruiken om Sophia te helpen.'

Terwijl hij dat zei, had hij opeens het gevoel dat hij een pijl in zijn borst kreeg. Het volgende moment besefte hij met angstaanjagende zekerheid dat die stekende pijn maar één oorzaak had. Stel dat niet Sophia maar hijzelf het doelwit van de Zielenbreker was? Stel dat de moordenaar had willen voorkomen dat Sophia hem zou zeggen wat ze over zijn dochter wist?

Hij probeerde niets te laten merken en ging verder met zijn betoog. 'Net als wij allemaal zal dokter Dorn de komende uren moeten overleven, totdat er redding komt. Maar zij is ook de sleutel tot onze vrijheid, omdat ze de code kent.'

De code tot mijn identiteit.

'En ze wil ons iets zeggen.'

Ik wil eerst zekerheid.

'Misschien weten we achter haar geheim te komen voordat...' Hij stokte halverwege de zin, keek naar zijn blote voeten en constateerde verbaasd dat hij opeens begon te zweten, hoewel hij niets anders droeg dan een dunne pyjamabroek en een T-shirt met korte mouwen.

Hij voelde aan zijn voorhoofd of hij misschien koorts begon te krijgen, maar in zijn hart wist hij dat deze zweetaanval niet werd veroorzaakt door een verkoudheid maar door één enkel woord – een woord dat hij een paar seconden geleden had gehoord, maar nu pas begreep.

'Wat is er met je?' hoorde hij de beheerder vragen.

'Ik eh... Wil je dat nog eens herhalen?' Hij keek van Schadeck naar Bachmann en toen naar de boekenkast schuin achter Sophia's rolstoel.

'Ik vroeg wat er met je is.'

'Nee, nee, nee. Ik bedoel wat je eerder zei. Wat heeft dokter Dorn gezegd toen wij weg waren?'

'Hetzelfde als daarvoor. Eén woord maar, als het er een is.'

Nee. Het was niet hetzelfde.

'Herhaal het nog eens, als je wilt.'

'Topor. Maar wat...?'

'Lieve god.' Caspar wist niet voor wie hij op dit moment de meeste angst had, voor de Zielenbreker of voor zichzelf. Opeens was hem duidelijk wat Sophia hem al die tijd had willen zeggen.

01:49 uur

De sporten van de ladder kraakten luid onder Caspars ongewone gewicht. Vermoedelijk was het laddertje de afgelopen jaren niet meer gebruikt, omdat de boeken op de bovenste planken slechts als decoratie dienden. Ook Caspar zou nooit op het idee zijn gekomen om daar naar medische naslagwerken te zoeken als Bachmann hem niet had gezegd dat Raßfeld hier een stel van zijn afgedankte boeken bewaarde.

'Wat doe je nou?' vroeg Schadeck.

Hij stond naast Yasmin en probeerde een kromme pook in de hoofdsteun van de rolstoel te steken om de infuuszak aan op te hangen.

'Ik weet het niet zeker...' antwoordde Caspar zonder zich om te draaien. Toen trok hij het op een na laatste deel van een oude medische encyclopedie van de bovenste plank, onder het plafond, en bladerde naar de letter S. Al een paar seconden later had hij de term gevonden die hij zocht. 'Dus toch.'

'Wat?'

'Dokter Dorn is psychiater. Ze kent haar eigen diagnose.'

'En die luidt?' Bachmann keek vragend naar hem op, en ook Schadeck onderbrak zijn gepruts met het provisorische infuus.

Caspar draaide zich op de ladder opzij, hield het boek op armlengte en las voor: 'Slaapverlamming, een pijnlijke variant van een kwantitatieve waarnemingsbelemmering. Betrokkene is gevangen in een schemertoestand tussen waken en slapen, waaruit hij of zij zich slechts met behulp van krachtige, meestal negatieve prikkels – pijn, stuiptrekkingen, schreeuwen, et cetera – kan bevrijden.'

Caspar keek op en citeerde de laatste zin van het artikel, zonder nog op de bladzijde te kijken: 'Deze stoornis staat ook bekend als *topor*, Latijn voor' – hij aarzelde – '*dodelijke slaap*.'

'Dodelijke slaap?' vroeg Bachmann ongelovig. 'Bedoel je dat we haar alleen maar hoeven wakker te maken?'

Schadeck lachte honend, maar Caspar knikte bevestigend. Toen boog hij zich gevaarlijk ver naar rechts om een ander deel uit de kast te pakken, een langwerpig boek, dat aan een te dik uitgevallen schoolatlas deed denken. *Neuropsychologie, 2de druk*, prijkte in zwarte letters op de oranjekleurige band. Omdat het boek te groot was om op de ladder te kunnen openslaan, daalde hij weer af en legde het voor de stapel uitgestorte etensblikken op de tafel. Na een korte blik in het register sloeg Caspar bladzijde 502 op en tikte op de laatste alinea:

'Bij slaapverlamming gaat het om een verlamming die ontstaat tijdens de overgangsfase tussen slapen en waken. Deze toestand duurt gewoonlijk maar kort, maar kan zich ook uitstrekken tot twintig minuten. Bijna één op de twee mensen heeft wel eens een slaapverlamming ondergaan.'

'Ja, dat ken ik!' riep Yasmin opgewonden. 'Heel raar is dat. Ik droomde een keer dat er een man in mijn kamer was en ik wist dat hij weg zou zijn zodra ik wakker werd. Maar ik kreeg gewoon mijn ogen niet open. Ik kon geen vin verroeren en ik moest mezelf wakker schreeuwen.'

'Zo heb je jezelf uit die slaapverlamming bevrijd,' beaamde Caspar.

'Zitten jullie me nu te belazeren?' vroeg Schadeck, met een blik op Sophia. Omdat het hem nog steeds niet was gelukt het infuus aan de kromme pook te bevestigen, had hij de arts in haar rolstoel naar de tafel gereden, waar hij Yasmin de infuuszak weer in de hand drukte. 'Twintig minuten? Dan zou onze patiënte toch allang wakker moeten zijn?'

'Klopt. En daarom weten we nu ook wat de Zielenbreker met zijn slachtoffers doet.'

'Hè?'

'Hij brengt ze in een dodelijke slaap. Ik heb geen idee hóé, maar Bruck moet een psychologische methode hebben gevonden om mensen heel lang gevangen te houden in die verlamming tussen een nachtmerrie en wakker worden. Sophia zit vast in een horrorscenario, om het zo maar uit te drukken. Dat probeert ze ons al steeds te zeggen.'

Tom fronste sceptisch zijn wenkbrauwen, haalde zijn vingers door zijn met gel bewerkte haar, streek het weer glad en klakte toen verachtelijk met zijn tong. 'Oké, Sherlock Holmes, vertel me dan nog eens iets.'

Caspar zette zich schrap voor de vraag die onvermijdelijk ging komen en waarop hij geen antwoord had. *Nog niet.*

'Waar heb jij dat allemaal vandaan? Hoe weet je zo veel van eerste hulp, hoe heb je de knappe dokter zo handig een infuus aangelegd en hoe citeer je blindelings uit psychiatrische handboeken?'

'Geen idee.' Nu was het Caspar die zijn handen spreidde. 'Misschien ben ik wel arts, apotheker of psycholoog. Je zei zelf dat we collega's konden zijn of dat ik in elk geval goed had opgelet bij mijn cursus EHBO. Ik wou dat ik het wist.'

'Ja, dat zal wel. Verstop je maar achter je geheugenverlies. Ik geloof je niet.' Tom draaide zich om naar Bachmann. 'Wanneer is hij hier binnengebracht?'

De beheerder krabde weer peinzend aan zijn bakkebaarden. 'Tien dagen geleden, geloof ik.'

'En wanneer stopten die seriemoorden van de Zielenbreker?'

'Wat wil je daarmee zeggen?' Caspar klapte woedend het boek dicht en sprong van de tafel op. 'Jíj heb die gek hier binnengehaald en jíj hebt ervoor gezorgd dat we geen hulp meer konden halen door met je ziekenwagen de telefoonkast aan gort te rijden.'

Caspar onderstreepte het 'jij' met nijdige armgebaren, als een scheidsrechter die een neergeslagen bokser uittelde. Maar zijn verbale aanval leek langs Schadeck af te glijden. De verpleger knipperde niet eens met zijn ogen. Toch wilde Bachmann de twee kemphanen uit elkaar halen en stapte snuivend tussen hen in.

'Hé, hé, hé... daar schieten we niets mee op. We moeten samenwerken. En elkaar vertrouwen.'

Vertrouwen? Caspar herinnerde zich hoe Linus hem de gesaboteerde benzineleiding had laten zien en Bachmann op dat moment achter de sneeuwmobiel was opgedoken.

Ik kan hier geen mens vertrouwen, dacht hij. En ik ken hier niemand, ook mezelf niet.

Hij ging weer aan de tafel zitten, drukte met beide handen zijn trillende knieën tegen elkaar en staarde naar het tijdschrift dat Bachmann opengeslagen had laten liggen.

Terwijl Schadeck en de beheerder achter zijn rug verder discussieerden, zag hij de letters voor zijn ogen zwemmen. Hij had geen zin om te luisteren of nog iets te zeggen. Opeens was hij doodmoe. Zijn hersens moesten eerst een tandje terugschakelen, bij voorkeur naar de vrijloop, om zich na een korte pauze misschien opnieuw in deze waanzin te storten.

Hij dwong zich om nergens aan te denken en het eerste ogenblik leek dat te lukken. Maar toen beging hij de fout zijn ogen te sluiten. En omdat hij iets te lang naar de foto van het tweede slachtoffer in het tijdschrift had gekeken, gloeide het beeld van de lerares nog op zijn netvlies na. Meteen was het gedaan met zijn rust. Deze keer hoorde hij het geratel van de rails, nog voordat de scherpe rook van de locomotief weer in zijn neus drong. Hij opende zijn ogen en de trein van herinneringen stormde op hem toe.

Echoruis

'Ze is altijd al een heel stil meisje geweest. Veel te stil. Ik maakte me zorgen, juist omdat ik me geen zorgen moest maken, als u begrijpt wat ik bedoel.'
'Ja, natuurlijk.'
Hij staarde naar de roestbruine theerandjes in zijn lege kopje en bedankte voor nog een kop.
'Hier, kijk eens.' De vrouw opende een gelamineerd boekje, dat ze speciaal voor het bezoek moest hebben opgezocht en klaargelegd op de bank. Er stak zelfs een papiertje tussen de bladzijden. Ze sloeg de map open. 'Ziet u wat ik bedoel? Alle anderen lachen, maar zij kijkt niet eens naar de camera.'
De vrouw draaide het jaarboekje om, zodat hij het beter kon zien, maar dat was niet nodig.
Hij kende dat blonde meisje met haar beugel. Hij had een foto van haar die hij altijd in zijn portefeuille droeg, een pasfoto – waarop ze ook niet lachte.
Hij sloot zijn ogen. De aanblik van zijn dochter riep zo'n geweldige weemoed bij hem op dat het pijn deed.
'Gaat het?' vroeg ze, en haar lippen trilden onzeker. Hij gaf geen antwoord en keek weer naar de klassenfoto in het jaarboek, waarop ook de vrouw zelf was afgebeeld. Ze stond helemaal aan de rand en droeg een strakke spijkerbroek, die in kniehoge zwarte laarzen staken. Naast haar hoofd zweefde een klein sterretje. Hij keek omlaag, vond de bijpassende asterisk en las de voetnoot.
Katja Adesi, klassenlerares van 5B, Waldgrunschool, Berlijn.

'Klopt er iets niet?'
'Nee. Alleen, het is...'
Hij zocht naar een zakdoek in zijn broek, vond het verfrommelde treinkaartje dat hij die dag in Hamburg had gekocht en wilde alle vragen op de lerares afvuren die hem zo bezighielden: Wanneer hebt u dit voor het eerst gemerkt? Hoeveel van die schokkende tekeningen heeft ze op school gemaakt? Zijn er nog andere aanwijzingen?
'Het lijkt me beter dat u nu gaat.' Katja Adesi stond op. 'Ik heb al te veel gezegd. Ik wil niemand valselijk beschuldigen, begrijpt u? Misschien zie ik wel spoken.' Ze keek hem bijna medelijdend aan en haalde haar schouders op. 'Het spijt me.'
Hij merkte dat hij de kracht niet had zijn tong te bewegen om ook maar één enkele vraag te stellen.
'Hoor je me?' Haar glimlach was verdwenen. 'Hallo, is daar iemand thuis?' Het regelmatige gezicht van de lerares vertrok en Caspar kromp bijna als een geslagen hond ineen toen ook haar stem nog oversloeg.

01:58 uur

'Hé, ik heb het tegen jou, geschifte idioot...'
Caspar opende zijn ogen en keerde met een klap in de werkelijkheid terug. Schadeck stond dreigend tegenover hem.
'Wat is er nu weer?' hoonde de verpleger. 'Was je Caesar, of dacht je terug aan je leven als filmster?'
'Laat hem toch met rust, Tom,' nam Yasmin het onverwacht voor hem op, voordat Caspar kon antwoorden. 'Of dacht je soms dat hij toneelspeelt? Hij was bewusteloos, man. Caspar is een patiënt!'
Ze draaide opgewonden aan de ring om haar duim en deed een stap bij Schadeck vandaan. Maar toen scheen ze zich weer haar plicht als ziekenzuster te herinneren en reed ze Sophia voorzichtig in haar rolstoel naar de haard terug.
Caspar volgde haar, terwijl hij Schadecks woedende blikken in zijn rug voelde priemen.
'Hoe gaat het met haar?' vroeg hij zacht.
'Niet zo goed. Je hoort het zelf.'
En inderdaad vroeg Caspar zich af hoelang hij wel afwezig was geweest dat Sophia zo sterk achteruit had kunnen gaan.
Haar eerst zo regelmatige ademhaling klonk nu als het gehijg van een astmatische hond. Ze moest voortdurend hoesten en bracht zo de infuuszak, die nu eindelijk aan de ijzeren pook hing, gevaarlijk aan het slingeren. Haar handen waren ijskoud en haar pols leek veel te zwak.

'Het vuur gaat uit,' zei Caspar.

Schadeck stond op en kwam naar hem toe met de etenstas van de kokkin. Hij haalde er een kleine heupfles uit, draaide de dop eraf en gooide de sterk alcoholische inhoud in de haard. Daarna wierp hij een blok berkenhout op de steekvlam.

'Hier, je kunt wel een opwarmertje gebruiken,' zei hij toen, met een blik op Caspars blote voeten. Hij stak hem de fles toe, waarin nog een slokje zat.

'Nee, dank je, ik drink niet.' Caspar verwonderde zich over het akelige gevoel dat als een opkomende depressie bezit van hem nam. Het moest wel iets te maken hebben met Sophia's toestand.

'Toch lijkt het me verstandig,' zei Schadeck, met zijn handen nog steeds in de tas uit de provisiekamer. 'Het duurt nog vijf uur voordat de ochtendploeg komt, en met wat brandewijn...' – hij haalde nog een flesje drank tevoorschijn – 'gaat de tijd misschien sneller.'

Vijf uur?

Verdomme, dat was veel te lang. De tijd kroop voort met de traagheid van vloeibaar glas, terwijl Sophia steeds verder wegzakte in haar dodelijke slaap. Vanessa Strassmann was pas twee weken later gestorven, maar wie kon zeggen hoe diep Sophia al in zichzelf verloren was en wanneer ze te ver heen zou zijn om nog uit de gevangenis van haar eigen lichaam te ontsnappen – en de informatie over zijn dochter met zich mee zou nemen?

'Hé, wat is dat?'

Schadeck liet de jutetas op de grond vallen. Caspar keek op en zag voor het eerst een spoor van angst in Toms ogen. Met tegenzin liet hij Sophia's vingers los en stond op. 'Laat eens kijken.'

Schadeck reikte hem het papiertje aan. 'Het lijkt me weer een groet van onze Zielenbreker,' zei de verpleger zacht, meer bij zichzelf dan tegen de anderen.

'Waar heb je dat gevonden?' vroeg Bachmann opgewonden.

'Hier, in die tas, tussen het eten,' antwoordde Tom. 'Bruck moet dat briefje erin hebben gelegd, meteen nadat hij de kokkin had overvallen.'

Caspar knikte.

Dat lijkt logisch. Bruck houdt zich aan zijn werkwijze: een slachtoffer in ruil voor een raadsel.

Caspars vingers trilden. Het briefje was net zo opgevouwen als de andere. Met de keuze van het papier scheen de Zielenbreker zijn slachtoffer te bespotten. Het was duidelijk dat hij in Sophia's kantoor was geweest en dit raadsel op haar eigen receptenblok had geschreven. De hanenpoten van de moeilijk leesbare hoofdletters deden het ergste vermoeden over zijn psychische toestand.

'Wat staat erop?' vroeg de beheerder ongeduldig.

'Ik wil het helemaal niet weten.' Yasmin drukte haar handen tegen haar oren en wendde zich af. Maar Caspar vouwde het papiertje open en las de raadselachtige tekst hardop voor:

> FINISHED FILES ARE THE RESULT
> OF YEARS OF SCIENTIFIC STUDY COMBINED
> WITH THE EXPERIENCE OF YEARS

'Wat?'

Schadeck kreunde geïrriteerd, maar Bachmanns stem sloeg bijna over van spanning: 'Wat betekent dat?'

Caspar keek op, wreef met de rug van zijn hand een haartje uit zijn ooghoek en haalde diep adem.

'Ik heb geen idee,' zei hij eerlijk en hij liet zijn hand met het mysterieuze briefje weer zakken. 'Maar er is iemand aan wie we het kunnen vragen.'

02:07 uur

De naderhand in de villa ingebouwde lift was groot genoeg om een ziekenhuisbed te transporteren, dus konden ze er allemaal in. Caspar had erop gestaan dat ze samen bleven. Buiten, in het bos, vormde een groep dieren een bewegende kudde die een jager geen duidelijk mikpunt bood – zolang niemand zich maar onderscheidde door een opvallend kenmerk.

Caspar keek eens naar de fonkelende, verchroomde spaken van de rolstoel en wist wie het roofdier als eerste zou kiezen als ze Sophia niet in hun midden beschermden.

'Waar komt dat eigenlijk uit?' vroeg Caspar en hij knikte naar het bordje naast de koperen knop met het minteken voor de twee.

'In de tweede kelderverdieping,' antwoordde Bachmann. 'Raßfelds laboratorium. Ik kan me voorstellen dat Bruck zich daar verborgen houdt.'

'Waarom?' vroeg Caspar, en hij drukte op de vier.

'Om helemaal beneden te komen heb je een extra sleutel nodig. En die heeft alleen Raßfeld. Begrijp je?'

De liftdeuren sloten zich en Bachmann drukte op de onderste knop, die maar één keer kort oplichtte.

'Ik wil niet naar boven of naar beneden,' mokte Yasmin toen de cabine zich met de gebruikelijke traagheid in beweging zette. 'Je zei zelf dat we beter in de bibliotheek konden blijven.'

Caspar kreunde. 'Nee, ik zei alleen dat we niet meer uit elkaar moesten gaan.' Gelukkig spraken de anderen hem niet tegen. De beheerder omdat hij blij was dat hij na het drama met Sybille geen eigen besluiten meer hoefde te nemen. En Tom omdat hij liever in beweging bleef dan passief in een of andere val te lopen.

'Misschien heb je gelijk, Yasmin. Maar ken je het gedicht over verkeerde beslissingen?' vroeg hij de ziekenzuster. Ze veegde de pony voor haar ogen weg en keek hem niet-begrijpend aan.

'Moet ik dat dan kennen?'

'Het gaat zo:

Ja?
Nee?
Ja?
Nee?
Ja?
Nee?
Ja?'

Hij wachtte even en besloot toen:

'Te laat.'

Yasmin keek hem aan alsof hij haar in het gezicht had gespuwd.

'Wat ik daarmee wil zeggen is: terwijl wij werkeloos in de bibliotheek zitten af te wachten en moeten toezien hoe Sophia zich steeds verder in zichzelf verliest, sluipt de Zielenbreker ongehinderd door het ziekenhuis en kan zich bewapenen. Dan heb ik het niet alleen over messen, verdovingsmiddelen en scalpels, maar ook over brandbare chloor, flessen formaldehyde en andere medicinale alcohol, waarmee hij molotovcocktails kan maken om ons uit te roken. En wat doen we daartegen? Zelfs een twintig millimeter dikke houten deur zal ons niet helpen tegen de Zielenbreker. Dan bezwijken we aan de rook in deze afgesloten kliniek.'

Ze passeerden de derde verdieping.

'Het is mogelijk dat Bruck heel andere plannen heeft, maar anders dan wij hééft de Zielenbreker een concreet plan, ben ik bang. Dus kunnen we maar twee dingen doen: erachter zien te komen wat zijn bedoeling is, of bliksemsnel een nog veiliger plek opzoeken dan de bibliotheek.'

'Bijvoorbeeld het radiologielab,' had Bachmann voorgesteld kort voordat ze vertrokken. De ruimte van de MRI-scanner was voorzien van een brandwerende deur en een eigen ventilatie.

'Ja, ja, het is al goed,' kreunde Yasmin geïrriteerd. 'Ik begrijp het. Maar toch...'

De lift kwam schokkend tot stilstand en de verpleegster slikte haar protest in toen de deuren opengingen.

Vierde etage.

Anders dan op de begane grond functioneerden de bewegingssensors hierboven wel. Het licht in de gang ging aan toen de eerste van het groepje de lift uit stapte.

'Goed, zoals we hebben afgesproken,' zei Caspar. 'We blijven hier maar kort en verdwijnen dan onmiddellijk weer naar beneden.'

'Shit,' vloekte Schadeck, die al twee stappen vooruit was.

'Wat is er?' wilde Bachmann weten, maar toen zag hij het, op hetzelfde moment als Caspar.
De deur.
'...O, nee.'
De deur van Greta Kaminsky's kamer stond wagenwijd open.

02:10 uur

'Is ze dood?'
'Ik weet het niet.' De wit gelakte dakbalken weerkaatsten het bleke licht uit de gang en gaven het gezicht van de roerloze gestalte een wasachtige tint. De oude dame lag als een opgebaarde heilige midden op bed en vanuit zijn gezichtshoek kon Caspar niet bepalen of de deken over haar lichaam nog bewoog of niet.
Hij sloop nog een stap naar voren, haar kamer in, en vroeg zich af waarom ze eigenlijk fluisterden. Als de Zielenbreker haar iets had aangedaan, hoefden ze zich niet meer druk te maken over haar privacy.
Daar. Wat was dat? Hadden haar dunne, bijna doorschijnende neusvleugels heel even getrild?
'Ik geloof dat ze...' Yasmin sprak zo zacht dat Caspar het laatste woord niet kon verstaan. Maar dat was ook niet nodig, want hij had het zelf gezien. Geen twijfel mogelijk. Greta Kaminsky had haar ogen opengedaan.
'Wat is er aan de hand?' vroeg ze en het lampje op haar nachtkastje ging aan. Haar stem klonk rustig, zonder een zweem van vermoeidheid, en als ze het vreemd vond dat er midden in de nacht een paar personeelsleden en een medepatiënt aan haar bed stonden, wist ze dat goed te verbergen.
'Er is iets gebeurd,' antwoordde Caspar, die niet goed wist hoe hij deze waanzinnige toestand – waar ze blijkbaar gewoon doorheen geslapen was – moest uitleggen. 'Trek iets aan. U moet onmiddellijk met ons mee.'
'Wie zegt dat?'

'Dat zal ik u wel uitleggen als –'

'Onzin, jongeman!' viel ze hem in de rede. 'Ik mag je wel, Caspar. Je hebt mijn tv weer aan de praat gekregen, maar daarom stap ik nog niet om twee uur 's nachts mijn bed uit om door de kliniek te gaan dwalen. Zeker niet met een hele horde vreemden op sleeptouw.' Ze wierp Tom een onderkoelde blik toe.

'En wie mag u wel wezen, meneer?'

'Tom Schadeck. Ik ben ambulancebroeder en ik heb gisteravond het slachtoffer van een ongeluk hier afgeleverd. De Zielenbreker.'

'Wie zegt u?'

Schadeck deed een stap opzij en Yasmin reed de rolstoel voor Greta's bed, zodat ze een blik kon werpen op de ineengedoken gestalte die erin zat.

'Grote god!' Greta sloeg haar beide handen voor haar mond. 'Dit is geen grap? Dit hoort niet bij mijn angsttherapie, of toch?'

'Nee, helaas.' Caspar beschreef hoe hij Jonathan Bruck uit zijn kamer had zien vluchten en hoe ze de rolluiken hadden laten zakken toen ze Sophia in het bad hadden gevonden.

Hij vertelde haar over de verdwijning van Raßfeld, Linus, Sybille en Mr. Ed, en ten slotte lukte het hem zelfs om in een paar woorden hun theorie over de dodelijke slaap samen te vatten.

'En al die tijd hebben jullie mij hierboven in mijn eentje laten liggen?' Greta sprong voor haar leeftijd verrassend lenig uit bed en stak haar knokige voeten in een paar pantoffels met roze pompons op de neuzen.

'U was ingesloten,' zei Caspar en op hetzelfde moment vroeg hij zich af waarom haar deur open had gestaan. Als de Zielenbreker de moeite had genomen de deur open te krijgen, waarom had hij Greta dan gespaard? Het antwoord kwam sneller dan hij had verwacht.

'Nee, de deur was niet dicht. Ik ben helemaal niet bij haar geweest,' gaf Yasmin zachtjes toe.

'Wát?' riepen Bachmann en Caspar in koor.

'Ik was te bang. Hé, juist jij hoeft me niet zo verwijtend aan te kijken.' Ze stak haar kin in Bachmanns richting. 'Jij hebt zelf ook fouten gemaakt.'

Ze mokte als een klein meisje. 'Ik was in Linus' kamer, en opeens bonkte er iemand op het rolluik.' Ze wees naar het donkere raam. 'Van buiten! Er stond iemand op het balkon.'

'En dat vertel je ons nu pas?' vroeg Caspar.

'Ik ben me doodgeschrokken. Daarna durfde ik niet meer naar Greta om te gaan kijken en ben ik meteen weer naar beneden gevlucht.'

Geen wonder dat ze in de bibliotheek wilde blijven.

'Hoor eens, we moeten geen tijd verspillen aan ruziemaken,' probeerde uitgerekend Schadeck te sussen, waarschijnlijk om zijn 'Yazzie' in bescherming te nemen.

Greta trok een zijden ochtendjas aan en zette haar handen op haar ronde heupen. 'Goed dan. Jullie dachten dat ik hier veilig lag ingesloten. Maar waarom zijn jullie dan nu naar boven gekomen om me te halen?'

Caspar gaf haar de twee briefjes die ze bij Sophia en in Sybilles tas hadden gevonden. 'We hebben uw hulp nodig.'

Greta slofte naar haar nachtkastje en stak de versleten poten van haar leesbril achter haar oren. '"Het is de waarheid, hoewel de naam niet klopt"?'

'Ja. Dat hebben we bij Sophia gevonden. Met de oplossing van het raadsel kunnen we haar misschien uit haar doodsslaap wekken.'

'Het arme kind,' verzuchtte Greta, met een blik op Sophia. Toen schudde ze spijtig haar hoofd. 'Ik ben dol op raadseltjes, maar hier weet ik geen antwoord op.'

Schadeck klapte in zijn handen. 'Mooi, dan hebben we weer twintig minuten verloren op onze weg door de waanzin. Laten we nou eindelijk naar de kelder verdwijnen, voordat –'

'Maar dít is al een oude,' viel Greta hem in de rede. Ze zwaaide met het tweede briefje als met een zakdoek bij het afscheid nemen op een station.

'O ja?'

'Ja. Geeuw, zoals mijn achterneefje zou zeggen. Volgens mij staat het zelfs in een van mijn oude raadselboekjes.'

'En wat betekent het?'

FINISHED FILES ARE THE RESULT
OF YEARS OF SCIENTIFIC STUDY COMBINED
WITH THE EXPERIENCE OF YEARS

Caspar kende de tekst inmiddels uit zijn hoofd, zo vaak had hij de regels al gelezen.
'Nou, ik spreek zelf niet goed Engels, maar dat hoeft ook niet, om dit raadseltje op te lossen.'
'Wat is het dan?' vroeg Bachmann.
'Je moet de F's tellen.'
'De F's?'
'Ja, de letter F. Hoe vaak komt die in de tekst voor?'
'Drie keer,' zei Schadeck verveeld. Hij had het briefje weer van Greta overgenomen en las het nog eens voor.

FINISHED FILES ARE THE RESULT
OF YEARS OF SCIENTIFIC STUDY COMBINED
WITH THE EXPERIENCE OF YEARS

Eerst gaf hij het papiertje aan Bachmann, die het aan Caspar doorgaf.
'Ik tel er vier,' zei die en hij gaf het briefje aan Greta terug, nadat Yasmin een afwerend handgebaar had gemaakt.
'En daarmee behoor je tot de bovenste tien procent. Het is namelijk een intelligentietest. De meeste mensen...' Ze wierp Tom over haar bril nog een vernietigende blik toe. 'Normale stervelingen tellen er drie. Een klein aantal, zoals Caspar, telt er vier. Maar in werkelijkheid zijn het er zes.'
'Zes? Belachelijk. Waar staan die dan?' lachte Tom.
Met een triomfantelijk gezicht gaf ze hem het briefje terug.
'In het woord "OF". Maar daar heb jij overheen gelezen, zoals zo veel mensen.'
Caspar keek over Schadecks schouder, en nu leken de zes F's inderdaad als fakkels op het papiertje op te lichten.

FINISHED FILES ARE THE RESULT
OF YEARS OF SCIENTIFIC STUDY COMBINED
WITH THE EXPERIENCE OF YEARS

'Maar dat kan toch niet?' fluisterde Tom.
'Ja, hoor. Menselijke hersens denken altijd in beelden. En bij het woord "OF" kun je geen passend beeld bedenken, dus lees je eroverheen, hoewel de letters recht voor je ogen staan.'
Caspar schudde verbijsterd zijn hoofd en vroeg zich heel even af of Greta het nu over het raadseltje of over zijn herinneringen had.
'Zes F's?' Tom kon het blijkbaar nog steeds niet geloven en telde ze nog eens na. 'Oké. Maar wat moeten we daaruit afleiden?'
'Nou, ik heb er ook maar drie geteld, maar op die vraag weet ik voor de verandering wél het antwoord.' Bachmann haalde een zware sleutelbos uit de broekzak van zijn overall en bekeek een aantal plastic labeltjes.
'Hier,' zei hij ten slotte en hij hield een sleutel met een groen label omhoog. 'Dit is de sleutel van kamer Zes F.'
'Zes F?' vroeg Yasmin ongelovig. 'Daar heb ik nog nooit van gehoord. We hebben maar vier verdiepingen. Waar moet dat dan zijn?'
'Dat is een soort grap tussen mij en Raßfeld. Zes F staat voor *six feet*. Je zal het niet geloven, maar Raßfeld heeft best gevoel voor humor. *Zes voet onder de aarde*. In de kelder.' Toen Bachmann zag dat de anderen het nog altijd niet begrepen, legde hij uit: 'Dit is de sleutel van het pathologielab.'

02:16 uur

De ruimte had de gezellige uitstraling van een abattoir op zondag. Zo nu en dan kwamen Raßfeld en zijn studenten hier om studieobjecten te ontleden. Caspar had het gevoel dat de sfeer van botzagen, hersenspatels, wondspreiders en scalpels tot diep in de muren van het pathologielab was doorgedrongen. *De gewonde ziel van de omgeving*, kwam er een zinnetje bij hem boven dat hij ooit in een populairwetenschappelijk tijdschrift had gelezen. Dat herinnerde hij zich dus wel: nutteloze feitjes over feng-shui, in plaats van bruikbare aanwijzingen over zijn ware identiteit.

Caspar voelde zich innerlijk verscheurd, als een kleuter die nog niet eens weet in welke straat zijn mama en papa wonen, maar wel uit zijn hoofd een verhandeling over negatieve energie kan houden – over de opvatting dat traumatische gebeurtenissen niet enkel hun sporen nalaten in de psyche van de mens, maar ook in de levenloze materie om hem heen. Als een onzichtbare vingerafdruk van het kwaad, die je meteen aanvoelt zodra je op een plaats delict of de eerstehulpafdeling van een ziekenhuis komt. Een afdruk die iets uitstraalt wat door esoterici 'aura' en door realisten 'sfeer' wordt genoemd, en die afhankelijk van iemands gevoeligheid benauwenis, kippenvel of angst kan oproepen. De meesten van het groepje in deze kelder leken al die emoties tegelijk te ondergaan. Zelfs Sophia's adem ging sneller, bijna hortend, hoewel er niets veranderde in haar lege, starende blik.

'Hier wil ik nog niet eens liggen als ik dood ben,' fluisterde Yasmin, terwijl ze de rolstoel naast het fonteintje aan het hoofd van de snijtafel parkeerde. In het halfdonker van de noodverlichting hadden ze de rechthoekige ruimte met enige fantasie voor de keuken van een futuristische excentriekeling kunnen houden, met zijn grijze stenen vloer, witte tegelwanden en een werkbank van mat aluminium in het midden. Behalve dat de afzuigkap in werkelijkheid een halogeenstraler was en de verchroomde koelvakken niet voor levensmiddelen maar voor ontlede lijken waren bedoeld.

Bachmann deed de reliëflampen in het plafond aan, wat de onheilspellende atmosfeer nog versterkte.

'En wat zoeken we hier?' vroeg Schadeck.

'Aanwijzingen.'

Caspar onderzocht de vloer op bloedvlekken, maar anders dan bij Radiologie leek de Zielenbreker hier geen sporen te hebben achtergelaten.

'Waarvoor heeft een psychiatrische privékliniek zo'n lijkenkelder nodig?' wilde Schadeck weten.

'Ik geloof dat dat verplicht is. Elk ziekenhuis moet daarop zijn ingericht, voor het geval er patiënten overlijden.' Bachmann krabde zich peinzend op zijn kale hoofd. 'Maar dat is nog nooit gebeurd.'

Tot nu toe, dacht Caspar.

'En dan meteen negen koelvakken voor die lichamen? Verdomme, zo veel kamers zijn hier niet eens.' Tom tikte minachtend tegen zijn voorhoofd.

'Raßfeld heeft zich gespecialiseerd in virtopsie,' zei Bachmann en het scheen hem genoegen te doen dat Schadeck die vreemde term niet kende.

'Om sectie te verrichten heb je een rechterlijke uitspraak of toestemming van de nabestaanden nodig,' verklaarde hij. 'Maar veel mensen willen niet dat er in hun familie wordt gesneden. Daarom wordt steeds vaker besloten het lichaam in een MRI-scanner te schuiven. Helaas duurt de volledige scan van een lijk een paar uur, en dikwijls de hele nacht. Normale MRI-scanners zijn niet geprogrammeerd voor zo'n langdurige operatie. Ook vanwege de geluidsbelasting wordt zo'n onderzoek liever uitbesteed, en Raßfeld heeft al vroeg ontdekt dat er met virtopsie een aardige cent te verdienen valt. Soms zijn alle koelvakken hier bezet.'

Kaboem.

Caspar kromp ineen en draaide zich om naar de muur achter hem, waar Greta Kaminsky zojuist een koelvak had geopend.

'Verdomme, wat doe je?' vroeg de ambulancebroeder, die zich blijkbaar ook een ongeluk was geschrokken.

'Nou, wat denk je, jongmens?' En Greta trok de metalen la naar voren. 'Jullie staan hier zo'n beetje te fluisteren alsof het een kathedraal is. Uit respect voor de doden? Laat me niet lachen. Jullie zijn gewoon doodsbang. Maar als de Zielenbreker werkelijk een aanwijzing voor ons heeft verstopt, dan moet die hier wel ergens liggen, of niet?'

Kaboem. Ze schoof het koelvak weer dicht en opende het volgende.

De verpleger lachte droog. 'Zei je niet dat je was opgenomen voor een angsttherapie?' Schadeck draaide zich met opgetrokken wenkbrauwen naar de anderen om.

'Nou, die pillen wil ik ook,' beaamde Bachmann.
Ondanks alles moest Caspar lachen, net als Yasmin. Het scheelde niet veel of ze kregen de slappe lach, als nabestaanden die na een begrafenis moppen tapten om het tranendal dat zich voor hen uitstrekte met geforceerde vrolijkheid te overwinnen.

Kaboem.

'Ook niets.' Greta gooide de derde van de negen luchtdichte deuren dicht. En weer kromp het groepje ineen, maar nu vanwege een nieuw en heel ander geluid, afkomstig van de tegenoverliggende muur.

Caspar was de eerste die zich herstelde. 'Wat is dat?' vroeg hij, wijzend op de vierkante plastic kist aan de andere wand van het lab, die op het eerste gezicht aan een vrieskist deed denken.

'Gewoon, een koelbox,' antwoordde Bachmann.

'Dat zie ik ook wel. Ik bedoel dat geluid.' Caspar liep voorzichtig langs de snijtafel.

'De koelvloeistof.' Bachmann deed moeite een geruststellend lachje in zijn stem te leggen. 'Het klinkt als een gorgelende grasmaaier, dat weet ik, maar het is een heel oud ding. Ik dacht dat die koelbox al was uitgeschakeld. Raßfeld gebruikt hem niet meer.'

'Aha.' Schadeck was nieuwsgierig achter hem aan gelopen. 'En waarom zit de stekker van het ding dan nog altijd in het stopcontact?'

Caspar legde zijn handen op het deksel. De kist opende zich met een zuigend geluid en de kou golfde in een nevel over de randen. In een reflex sloeg hij zijn hand voor zijn mond, maar het was al te laat. De bijtende stank had zich rechtstreeks een weg naar zijn hersens gebaand. Door zijn neus.

Caspar hoestte en kreeg tranen in zijn ogen – niet door de scherpe, zoete lucht, maar vanwege de onverdraaglijke aanblik.

'En?' vroeg de verpleger achter hem nasaal. Tom kwam nog een stap dichterbij, met twee vingers tegen zijn neus gedrukt.

'Wat is dát in godsnaam?' vroeg hij, net zo verbijsterd als Caspar zich voelde.

Omdat de kist geen binnenlampje had, kon hij niet zien of het bloedeloze lichaam nog al zijn ledematen had. Maar één ding wist hij wel, nog voordat ook Yasmin en Bachmann naderbij waren gekomen. Iemand had de blinde kop van de hond voor de helft gevild.

02:18 uur

'Mr. Ed,' zei Yasmin hijgend.

Caspar dacht hetzelfde en schaamde zich omdat de aanblik van het verminkte dier hem volledig onberoerd liet.

Misschien was het toch gewoon een straathond die ik helemaal niet kende, probeerde hij zijn slechte geweten te verzoenen. Of misschien reageerde hij zo gevoelloos omdat hij iets veel ergers had verwacht.

Nee, dat is het niet.

'Moeten we hem eruit halen?' vroeg Bachmann aarzelend.

Het klopt gewoon niet, allemaal.

'De Zielenbreker heeft zijn poten afgehakt, of niet?' Yasmin kon haar ogen niet van de restanten van de hond losmaken. Zelfs de misselijkmakende lucht scheen haar niet te deren. Ze boog zich nog dieper over de kist, zodat Caspar plaats voor haar moest maken, waarvoor hij haar heimelijk dankbaar was.

'Ja, het vel is hem over zijn rechteroor getrokken, en Mr. Ed heeft geen poten meer. Allemachtig, wat voor zieke geest doet zoiets?'

'Raßfeld,' zei Bachmann en tot ontzetting van de ziekenzuster haalde hij een lepelvormig bot uit de kist. 'Hier, kijk maar.'

Yasmin en Tom staarden de beheerder niet-begrijpend aan.

'Dit is het heupbeen van de hond. Raßfeld heeft het persoonlijk afgezaagd. Maar dat is helemaal niet ziek. Het is...'

Caspar knikte. Hij begon het te begrijpen – waarom hij zo gevoelloos bleef en de dood van Mr. Ed hem zo weinig deed. Omdat...

'Het is niet Mr. Ed. Zoals ik al zei, werkt Raßfeld hier wel eens met zijn studenten. Het is gewoon een proefobject.' Bachmann gooide het bot weer in de kist en deed het deksel dicht. 'Die hond was overreden en is ons door een dierenarts ter beschikking gesteld.'

'Hoe weet jij dat zo precies?'

'Haal even dat rode haar uit je ogen en kijk wat beter, Yasmin. Mr. Ed was een bastaard, dit is een labrador. En wat er zo stinkt is formaline. Het dier heeft erin gelegen en is helemaal leeggebloed. Al zijn lichaamsvocht is daarmee vervangen. Zelfs als de Zielenbreker een preparateur is had hij dit onmogelijk in zo'n korte tijd voor elkaar kunnen krijgen.'
'Maar, maar...' stotterde Yasmin. 'Maar wat wil de Zielenbreker ons daarmee zeggen?'
'Helemaal niets. Begrijp je dan niet dat hij ons wil...'
'...vermoorden,' vulde Greta vanuit de andere hoek van de ruimte aan. Het klonk helemaal niet als haar stem, maar dat kwam doordat zij nu ook fluisterde.

Allemaal draaiden ze zich naar haar om. Niemand vroeg iets, maar dat was ook niet nodig. Het geopende negende koelvak maakte duidelijk wat de oude dame had gedaan terwijl de anderen zich met het geprepareerde kadaver hadden beziggehouden.

'Is hij... Ik bedoel, is híj dat?' vroeg Greta. Ze wees naar beneden en al haar onbevreesde luchthartigheid was verdwenen. Ze had diepe rimpels in haar voorhoofd, dat in het onbarmhartige licht bijna groen leek. Caspar was bang dat ze moest kotsen. Toen hij een stap naar haar toe deed, kwam hij op die mening terug. Zij zou het waarschijnlijk wel redden, maar van zichzelf was hij minder zeker. Hij slikte, om de karige inhoud van zijn maag, die al op de terugweg leek via zijn slokdarm, de pas af te snijden. Toen keek hij nog wat beter. Naar het hoofd dat uit het onderste koelvak stak.

Ja, hij is het.

Raßfeld was bij leven al geen mooie man geweest, maar de dood had een monster van hem gemaakt.

02:20 uur

Het leek alsof hij nog moest sterven. Alsof hij slechts had gewacht op het moment dat ze eindelijk naar beneden kwamen om het koelvak te openen en getuige te zijn van zijn laatste seconden. Zijn hoofd was naar achteren gebogen, als bij een kind dat de baan van een vliegtuig aan de hemel wil volgen zonder zich daarbij om te draaien.

Raßfeld schreeuwde. Niet met zijn mond, waaruit zijn paars aangelopen tong naar buiten dreigde te vallen, maar met zijn wijd opengesperde, dode ogen, die nog nooit zo hadden uitgepuild. Hij schreeuwde geluidloos en toch zo oorverdovend dat Caspar de paniekerige stemmen om hem heen niet meer kon horen. Hij had al moeite genoeg zijn eigen gedachten te verstaan.

Opgezwollen wangen, een blauw verkleurde, wasachtige huid, donkere afdrukken in zijn hals – de Zielenbreker moest hem onmiddellijk hebben vermoord. Lijkvlekken werden normaal het eerst daar zichtbaar waar het bloed zich na de dood het snelst verzamelde. Niet in het gezicht, maar op de rug of het zitvlak, dus op lichaamsdelen die schuilgingen onder Raßfelds ochtendjas, die hij haastig moest hebben aangetrokken toen hij het tumult in Brucks kamer hoorde.

Voorzichtig drukte Caspar met zijn vingers de oogleden van de chefarts dicht, niet uit piëteit, maar omdat hij instinctief de eerste tekenen van lijkverstijving wilde testen.

Hoe weet ik dat? Hoe weet ik dat lijkvlekken al na dertig minuten optreden, maar de tekenen van lijkverstijving pas na één tot twee uur, en het eerst waarneembaar tussen de ogen?

Hij wist het antwoord niet. Maar één ding drong pijnlijk tot hem door, net op het moment dat Yasmin achter hem woedend tegen een instrumentenkast schopte en Bachmann totaal verbijsterd zijn armen achter zijn hoofd vouwde. Voor een deel was hij blij, zelfs dankbaar, voor het drama dat zich om hem heen afspeelde. Want het leidde zijn aandacht af. Hoe luguber dit allemaal ook was, in elk geval hoefde hij zich nu niet bezig te houden met een nog verschrikkelijker monster. Hijzelf.

Ik kom snel weer terug, en dan komt alles goed, schat. Net als vroeger. Maak je geen zorgen, lieverd, oké? Ik heb een fout gemaakt, maar ik zal je hier weer vandaan halen, en dan...

Zijn maag protesteerde en hij vroeg zich af of het misselijkheid was of dat zijn ware inborst zich woedend manifesteerde.

'Mag ik even?' vroeg Bachmann naast hem, op een toon alsof hij dat al eerder had gevraagd.

Caspar stapte opzij en probeerde zich weer te concentreren op wat hier gezegd werd. Maar het lukte hem niet. Hij staarde naar Raßfelds lijk, terwijl zijn gedachten steeds verwarder werden.

Misschien ben ik maar een boodschapper, een Trojaans paard met een dodelijke lading in mijn binnenste, die het juiste moment afwacht om zich te openbaren.

De onverklaarbare oorzaak van zijn amnesie, die hem uitgerekend voor de poort van deze ingesneeuwde psychiatrische kliniek had gebracht, en het feit dat hij het gezicht van de Zielenbreker al vaker in zijn dromen had gezien leken hem opeens twee factoren in een vergelijking met drie onbekenden, die hij niet kon oplossen omdat zijn getraumatiseerde hersens steeds weer een geblokkeerd zijspoor kozen dat naar zijn dochter moest leiden.

Wat heb ik gedaan?

'Hij is gestikt,' stelde Schadeck vast. Caspar hoorde het als door een dikke wand.

Hij knikte. De ambulancebroeder had gelijk. Het opgezwollen gezicht kon geen gevolg zijn van de lijkgassen; daarvoor had Raßfeld in een te goed gekoelde omgeving gelegen. Alles wees erop dat de professor bewusteloos was geweest toen de Zielenbreker hem in het luchtdichte koelvak had geschoven.

Caspar wilde nog eens de lijkverstijving testen toen het gereutel begon. Achter hem. Hij draaide zich om, heel langzaam, ervan overtuigd dat ze in de val waren gelopen. Het geluid klonk als de rochelende adem van hun beul, het gevolg van de verwonding in zijn hals. Maar tot zijn opluchting was het niet Jonathan Bruck die hem had beslopen, maar Sophia, die zich juist op dat moment oprichtte in haar rolstoel.

'O, shit,' zei Yasmin en ze deed een stap terug.

'Wat is er met haar?' vroeg Greta, die van iedereen de grootste tegenwoordigheid van geest toonde door op Sophia af te stappen en haar met een zakdoek het speeksel uit de mondhoeken te vegen.

'Ze heeft zich verslikt, denk ik. Dat is alles,' loog Caspar. Opzettelijk verzweeg hij de definitie uit een medisch handboek die hij om onverklaarbare redenen nog uit zijn hoofd kende:

Doodsrochel. Algemene uitdrukking, meestal gebruikt door ziekenhuispersoneel, voor de karakteristieke ademhalingsgeluiden die het begin vormen van het stervensproces, zodra de patiënt zijn slikreflex niet meer beheerst. Deze fase duurt gemiddeld zevenenvijftig uur en is in de regel zo onaangenaam en verontrustend voor medepatiënten dat de stervende meestal in een eenpersoonskamer wordt gelegd.

Ik moet wel arts zijn, dacht hij niet voor de eerste keer, terwijl hij zich gelijktijdig afvroeg waarom hij dat zo'n onaangenaam idee vond dat hij er kippenvel van kreeg.
Wat is daar zo erg aan?

In elk geval vormde het een verklaring voor zijn kennis, net als de herinnering aan het dicteerapparaat, waarin hij vermoedelijk aan een bureau een verslag over een patiënt had ingesproken.

Daarom gingen er ook termen als 'catatonische verstarring', 'wakend coma' en 'locked in-syndroom' door zijn hoofd toen hij zich met pijn in het hart van Sophia afwendde.
Wat was daar zo erg aan?

'Ik geloof dat ze ons iets wil zeggen,' zei Caspar, hoewel hij niet wist of hij dat alleen beweerde om eindelijk van zijn eigen gedachten verlost te zijn.

Ondertussen stond hij naast de rolstoel. Bachmann en Schadeck waren voor het koelvak met Raßfelds lijk blijven staan. Hij keek even hun kant op.

De beheerder stond op het punt om met afschuw op zijn gezicht en het zweet op zijn voorhoofd het lichaam van de chef-arts op te tillen, zodat Tom onder zijn rug naar iets kon zoeken.
Een volgend briefje.

Caspar draaide zich om, maar de aanblik die hem nu begroette was niet minder angstaanjagend. Sophia's mond ging open en dicht als van een vis, en er vormde zich een kleine belletje speeksel tussen haar lippen. Toen schoot haar tong naar voren om de dunne cocon door te prikken.

'Toporrrrr,' rochelde ze met weggedraaide ogen en een rollende R, net als Greta. 'Ach, arm kind,' fluisterde de oude dame, bij wie de tranen in de ogen schoten. 'Arm, arm kind.'

'Hebben jullie wat gevonden?' vroeg Caspar met verstikte stem, zonder zich om te draaien.

'Een briefje met een raadsel, bedoel je?'

'Ja.'

'Nee,' antwoordde Tom. 'Hij heeft niets in zijn handen en er zitten geen zakken in zijn pyjama of zijn ochtendjas. Er ligt ook niets op het lichaam.'

'Oké.' Caspar deed twee stappen terug, nog steeds met zijn ogen strak op Sophia's geopende lippen gericht, waartussen haar tong nu wild heen en weer bewoog. En hoe hij ook walgde van die gedachte, toch vroeg hij hun: 'Hebben jullie in zijn mond gekeken?'

02:22 uur

Aanvankelijk aarzelden ze nog wie die weerzinwekkende klus mocht uitvoeren. Ten slotte was het Caspar zelf die een paar operatiehandschoenen uit een kartonnen koker haalde en aantrok voordat hij met gevoelloze vingers de starre kaak van het lichaam openwrikte. Daarna ging alles snel. Het dubbelgevouwen briefje lag duidelijk zichtbaar, als een hostie bij de eucharistie, op Raßfelds tong. Toen Caspar het weghaalde trok hij een griezelige speekseldraad mee.

Hij legde het op de snijtafel in het felle licht van de spiegelende halogeenstraler. Terwijl hij de met spuug besmeurde vingers van zijn latexhandschoenen bekeek, besefte hij dat hij nog steeds geen schoenen droeg. Vreemd genoeg voelde hij de kou bijna niet, waarschijnlijk omdat zijn hele lichaam inmiddels de temperatuur van de plavuizen onder zijn blote voeten had aangenomen.

'Wat staat erop?' vroeg Greta en ze knikte hem bemoedigend toe. Blijkbaar ging ze ervan uit dat de vinder ook het recht had om als eerste te kijken.

Hij vouwde het papiertje open, dat de Zielenbreker opnieuw van een receptenblok had afgescheurd.

'"Je gaat door één ingang naar binnen en komt er door drie weer uit."'

'Wat?'

Caspar herhaalde het.

'Ik begrijp er niets van.'

'Nee, het zegt mij ook niets...'

'Goed. Wegwezen hier, en snel...' Schadeck klapte luid in zijn handen en wees naar de deur.

'Ik weet misschien –' begon Greta, maar Tom viel haar ruw in de rede.

'Weet u het antwoord?'

'Nee, nog niet, maar als je me niet steeds onderbreekt kom ik er misschien wel op.' Greta stak uitdagend haar kin naar voren. 'Dus mag ik nou uitpraten?'

'Ja, hoor. We hebben alle tijd.'

Ze wierp de cynische verpleger een medelijdend lachje toe en richtte zich rechtstreeks tot Caspar. 'Beste jongen, ik ken het genre van dit soort raadsels. Als je er één hebt opgelost, is de rest niet zo moeilijk meer. In dit geval bijvoorbeeld gaat het om een crypto.'

'En dat betekent...?'

'...dat de woorden in het raadsel verschillende betekenissen hebben,' reageerde ze op Schadecks ongeduldige interruptie, zonder hem aan te kijken. 'Je moet dus de woorden herkennen waar het op aankomt.'

Bachmann schraapte zijn keel en deed een stap naar voren. 'Dat begrijp ik niet helemaal, mevrouw Kaminsky.'

'Dan zal ik het uitleggen. Het enige voorbeeld dat ik ken gaat als volgt: "Je koopt het alleen om het meteen weer weg te gooien."'

'Nee, hè?' hoorde Caspar de ziekenbroeder op de achtergrond mompelen toen Greta onverstoorbaar doorging met haar inleiding tot de moderne raadselkunde.

'De term "weggooien" kan veel dingen betekenen. Om te beginnen denk je natuurlijk aan afval, zeker in samenhang met "kopen". Maar zo kom je niet op het antwoord.'

'Hoezo? De oplossing zou toch een vuilniszak kunnen zijn?' opperde Yasmin.

'Nee, zeker niet. Een vuilniszak koop je om er eerst iets in te doen, niet om hem "meteen weer weg te gooien."'

'Dat begrijp ik. Dan is het dus ook geen condoom of een zakdoekje. Maar wat dan wel?' vroeg Caspar.

Greta glimlachte listig. 'Bij dit woordspelletje gaat het niet om "weg", maar om "gooien". Noem eens iets dat maar één functie heeft: om te worden weggegooid.'

'Een frisbee.'

'Oké. Of een handbal. Je ziet dus dat er meer mogelijkheden zijn. Dat zijn allemaal dingen die je koopt om ze "meteen weer weg te gooien."'

'Van wie hebt u dat?' Tom duwde Caspar opzij en kwam vlak voor Greta staan, zodat ze hem niet meer kon negeren.

'Wat gaat u dat aan?'

'Ik ken u niet, dame. U bent hier alleen omdat hij daar dat zo graag wilde.' Caspar knipperde onbewust met zijn ogen toen Schadeck een beschuldigende vinger naar hem uitstak. Heel even zag hij weer het haakvormige litteken op de handpalm van de verpleger.

'Mister Blackout, die zogenaamd zijn geheugen kwijt is en toevallig hier is binnengekomen op het moment dat de Zielenbreker even pauze hield. En nu staat u hier, dik bevriend met Meneer Anoniem, en lost het ene raadseltje na het andere op.'

'Dat vind ik nogal grof en onbeschaamd van u.' Greta schudde haar hoofd.

'En ik vind dat wij allemaal recht hebben op een verklaring. Het gaat tenslotte om ons leven. Dus van wie kent u dat raadsel?'

'Van professor Raßfeld.'

'Ja, natuurlijk. Dat zou ik ook hebben gezegd. Heel handig dat hij toevallig niet in staat is dat te bevestigen.'

DOSSIER 131071/VL

Bachmann schraapte zijn keel en mengde zich ongewoon heftig in de discussie. 'Kalm aan, Tom. Mevrouw Kaminsky is al jarenlang patiënte hier. Er is geen enkele reden om aan haar woorden te twijfelen. Ik geloof haar.'

'O ja?' Er klopte een ader in Schadecks hals. 'Ja. Raßfeld heeft de eerste slachtoffers van de Zielenbreker in het Westendziekenhuis onderzocht. Waarschijnlijk heeft hij zich toen ook in de briefjes met die raadseltjes verdiept. Misschien hebben ze zelfs samen de oplossing gevonden – alleen te laat.'

'Ja, en misschien loopt daarbuiten een vent met de hik, die hij alleen kwijtraakt door mensen te vermoorden. Klets toch niet.'

Tom pakte Yasmins arm om in elk geval een bondgenoot te hebben nu de rest van het gezelschap zich tegen hem leek te keren. Maar het meisje weerde zijn toenaderingspoging af en draaide zich naar Greta om.

'Weet u ook de oplossing van dat andere raadsel – dat van Raßfeld, bedoel ik?' Ze keek even naar het koelvak met het lijk, dat Caspar inmiddels weer gesloten had.

'Jazeker. Die weet ik.'

'Echt?' Yasmin zette grote ogen op.

'Natuurlijk,' zei Greta triomfantelijk. 'Dat zei ik al. Als je één crypto hebt opgelost, is de rest niet zo moeilijk meer.'

Caspar liep naar de snijtafel en pakte nog eens het briefje dat ze in Raßfelds mond hadden gevonden.

'"Je gaat door één ingang naar binnen en komt er door drie weer uit",' las hij voor.

'Misschien een labyrint, of een vossenhol?' probeerde Bachmann.

'Ja, hoor.' Schadeck vormde met duim en wijsvinger een pistool, dat hij tegen zijn hoofd zette.

'Onmogelijk,' antwoordde Greta. 'Hoe wil je tegelijk door drie uitgangen naar buiten komen?'

'Wat is het dan?' Ook Caspar werd steeds ongeduldiger. Het liep tegen halfdrie in de nacht, buiten rukte een sneeuwstorm aan de fundamenten van de kliniek en binnen woedde een nog veel zwaardere storm, veroorzaakt door een psychopaat die zijn slachtoffers in coma bracht, ver-

moordde of gewoonweg liet verdwijnen. Hoe je het ook bekeek, dit was niet het juiste moment voor raadseltjes in het pathologielab.
'Heel eenvoudig.' Greta keek verwachtingsvol in het rond. Alleen met Tom meed ze oogcontact. 'Een T-shirt.'
'Een T-shirt?'
'Ja. Dat hadden jullie ook zelf kunnen bedenken.'
Caspar hoorde de woorden. Zodra ze tot hem doordrongen, voelde hij opeens weer de kou waar hij door de verzengend hete adrenaline in zijn bloed even geen last van had gehad.
Natuurlijk. Je ging er van onderen in en kwam er met je hoofd en armen door drie gaten weer uit.
'Wat is er?' vroeg hij toen het plotseling stil werd om hem heen en vooral Tom hem heel wantrouwend opnam.
Caspar liet zijn blik door de kamer dwalen, keek naar de anderen en wat ze aan hadden – Greta en Yasmin een blouse, Schadeck een coltrui, Bachmann een overall – en werd zich er langzaam van bewust dat hij als enige een T-shirt droeg.

02:26 uur

'Uittrekken.'
'Je maakt een geintje, zeker?'
'Ik meen het serieus. Trek dat verrekte T-shirt uit. Nu meteen.'
'Ben je helemaal gek geworden?' kwam Bachmann hem te hulp, maar Schadeck gaf het niet op.
'Denken jullie echt dat het allemaal toeval is wat hier gebeurt? Die idioot weet iets! Misschien speelt hij wel met de Zielenbreker onder een hoedje.'
Yasmin sloeg huiverend haar armen om zich heen, maar niemand lette op haar.
'Waarom zou Bruck dan met zijn raadseltjes juist de verdenking op zijn partner leggen?' vroeg Greta verontwaardigd, wijzend op het briefje op de metalen tafel.

DOSSIER 131071/VL 121

'Bovendien zou dat betekenen dat u ook in het complot zit, want u hebt –' De beheerder deinsde instinctief een stap terug toen hij de vuist op zich af zag komen. Maar de aanval was niet op hem gericht. Ook Caspar had het zien aankomen en de klap misschien kunnen ontwijken, als zijn onderbewustzijn niet weer aan de noodrem had getrokken. Als hij zich snel opzij had gedraaid, had Tom hem niet bij zijn shirt kunnen grijpen om het open te scheuren vanaf de kraag. Hij hoorde hoe het goedkope katoen de geest gaf. Het scheurende geluid harmonieerde op een paradoxale manier met het gefluit in zijn oren. De trein van de herinnering was terug en vulde zijn neus met dichte rook.

'Shit, wat is dát?' hoorde hij de geschrokken vraag van Schadeck, voordat Caspar voelde hoe hij naar achteren tuimelde, de leegte in. Zijn tong leek verlamd, zodat hij geen verklaring kon geven voor de littekens van de brandwonden die de verpleger op zijn borst had ontdekt. Caspar miste eenvoudig de kracht zich ergens anders op te concentreren dan op de golf van herinneringen die op hem toe stormde.

Echoruis

'Het kan beginnen. Ze is zover.'
Hij zat weer aan het bureau en de vrouwenstem klonk opnieuw door de intercom.
'We hebben alles voorbereid, dokter Haberland.'
Hij legde het dicteerapparaat weg.
Haberland? Heet ik zo? Gevangen in zijn driedimensionale flashback stond hij langzaam op, liep door zijn kantoor met de medische oorkonden aan de muur en opende een wit beklede deur.
Toen spoelde de regisseur van zijn geheugenfilm de beelden snel door en zag hij enkel nog wat warrige flitsen: het kleine meisje dat met een vermoeide glimlach haar beugeltje ontblootte; haar blonde hoofd, dat slaperig terugviel op de behandelingstafel.
En toen het beven, het spastische beven van dat tere meisjeslichaam, dat kronkelde als bij een duivelsuitbanning, onder twee sterke handen, die vergeefs probeerden haar weer op de tafel terug te drukken. Zijn handen.
Caspar hoorde een klap en zijn gezicht leek in brand te staan, maar hij knipperde met zijn ogen en het werd donker. De trein van zijn herinnering was een tunnel in gedoken of reed midden in de nacht door een onbewoond gebied, misschien een bos, want een hele tijd kon hij niets meer zien. Totdat alles opeens begon te schokken, alsof de trein was ontspoord.
Zijn lichaam werd door elkaar geschud, weer klonk er een klap, nog heviger deze keer, en toen werd hij van de ene seconde op de andere in een to-

taal andere omgeving gevangen, die hem herinnerde aan de droom waaruit Linus hem een paar uur geleden had gewekt.

Nu zat hij niet meer in een trein, maar in een auto. Zijn eigen auto. Zware regendruppels sloegen tegen de voorruit. Snel, razendsnel. Nog veel sneller dan de bomen die aan weerskanten voorbij flitsten.

Waarom reed hij zo hard door dat noodweer?

Hij zette de ruitenwissers aan, maar zelfs in de hoogste stand bleef er een dunne nevel op de voorruit achter.

Ik huil! Waarom huil ik? En waarom houd ik mijn aandacht niet bij de weg, maar grijp ik... naar de stoel naast me?

Hij pakte een dossier en bladerde tot ongeveer halverwege, naar de foto's.

Het waren er twee. De grootste, die van Jonathan Bruck, viel op de passagiersstoel, naast een halflege fles whisky.

Maar daar ging het niet om. Veel belangrijker was de kleine pasfoto.

Waarom haal ik de foto van mijn dochter uit het patiëntendossier en kijk ik ernaar? Waarom houd ik mijn ogen niet op de weg, de kletsnatte weg, die ik met mijn door tranen verblinde ogen nauwelijks meer kan zien?

De twee airbags explodeerden en de gordel trok zich strak. Maar tegen de vlammen die kort daarna uit zijn dashboard laaiden waren de ingebouwde veiligheidssystemen van zijn auto machteloos. Hij probeerde zijn benen te bewegen en verfrommelde de foto van zijn dochter in zijn hand toen hij zich met veel pijn opzij wilde draaien om het portier te openen. Maar hij was... verlamd. Of hij zat klem.

Verdomme, ik zit gevangen. Ik kom hier niet meer uit. Ik moet... afwachten... Ik moet...

02:31 uur

'...wakker worden!' Hij hoorde weer een klap, wat luider nu, en voelde een branderige striem op zijn linkerwang.
'Zo is het wel genoeg. Niet zo hard,' maande een stem boven zijn hoofd.
'Hij simuleert,' zei Tom Schadeck.
Caspar sloeg zijn ogen op en op hetzelfde moment stormde er een auto met groot licht recht op zijn hoofd af. Hij stak zijn armen omhoog, die onmiddellijk door twee sterke handen werden vastgepakt. Toen knipperde hij met zijn ogen en veranderden de koplampen van de auto in een halogeenstraler. Hij moest weer bewusteloos zijn geraakt en ze hadden hem op de snijtafel gelegd. Caspar hoestte en proefde bloed.
'Alles in orde?' vroeg Bachmann bezorgd. Naast zijn hoekige schedel zweefde Schadecks jongensachtige gezicht.
'En wat heb je je nu weer herinnerd?' vroeg de verpleger scherp.
'Dat ik een ongeluk had,' antwoordde Caspar.
'Ja. Je viel achterover en kwam op je hoofd terecht,' zei de beheerder.
'Nee, dat bedoel ik niet.' Caspar schudde voorzichtig zijn hoofd. Die val kon de doffe, bonzende pijn verklaren, die nu nog erger werd. Moeizaam hees hij zich op zijn ellebogen en hoestte nog eens. 'Dat ongeluk moet al een tijd geleden zijn gebeurd.'
'Hoe ging dat precies?'

Hij overwoog of hij delen van de waarheid moest achterhouden, zoals hij tot nu toe ook zijn herinneringen aan de Zielenbreker had verzwegen.

'Ik ben bij zware regen van de weg geraakt,' gaf hij ten slotte toe. 'Mijn auto vatte vlam en ik was bijna verbrand. Vandaar die littekens.'

'Is dat alles?'

Nee, dat is niet alles, dacht Caspar, die wel begreep dat Tom hem niet geloofde.

'Wat een gelul.'

'Waarom zou hij zoiets verzinnen?' zei Greta, die zich vermoeid aan de handvatten van Sophia's rolstoel vasthield.

'Om de aandacht af te leiden van die psychopaat en zijn griezelige raadseltjes.' Schadeck stak weer dreigend zijn wijsvinger naar Caspar uit.

'Het is toch wel vreemd, niet? De oplossing van het laatste raadsel bracht ons bij Caspars T-shirt, waaronder hij littekens heeft die eruitzien alsof hij met zijn borst in een magnetron heeft gelegen.'

Greta schudde uitgeput haar grijze hoofd. 'Misschien heb ik me vergist. De oplossing zou ook "coltrui" kunnen zijn. Zoals u er een draagt.'

'Ja, maar ik heb geen brandwonden,' wierp Tom tegen. 'En zijn borst lijkt eerder gewond geraakt bij een duivels ritueel of iets dergelijks. Terwijl hij ons een verhaaltje over een onschuldig ongeluk op de mouw probeert te spelden.'

'Onschuldig? Helemaal niet. Ik was dronken.' Caspar verzamelde al zijn krachten, kwam weer overeind en zwaaide zijn benen over de rand van de tafel.

'Ja, hoor. Daarnet weigerde je nog een slok uit mijn fles, omdat je zogenaamd niet drinkt.' Schadeck lachte honend.

'Toen had ik een reden.'

'Wat dan?'

Caspar zuchtte. 'Ik weet het nog altijd niet zeker, maar alles wijst erop dat ik arts ben. Ik had een jeugdige patiënte, een meisje. Ik denk dat ze mijn eigen dochter was. In ieder geval was ze bij mij onder behandeling en heb ik iets fout gedaan.'

'Een medische fout? Je hebt je eigen dochter verkeerd behandeld?'

'Ja. Ik denk het wel.' Hij probeerde het pijnlijke beeld van haar spastische krampen te verdringen, maar in plaats daarvan schoot met de kracht van een onder water geduwde medicijnbal de herinnering aan Katja Adesi omhoog – haar klassenlerares, en het tweede slachtoffer.

'Hoe dan ook, meteen na de behandeling heb ik mijn wanhoop weggespoeld met een halve fles whisky, ben achter het stuur gestapt en tegen een boom gereden.'

Caspar tastte onder de rafels van zijn gescheurde T-shirt en streek met zijn duim over het grootste litteken, dat zich recht onder zijn borst naar zijn navel slingerde.

Hij keek omlaag. In het kunstlicht leek het onbehaarde litteken op een roze lavastroom, die zich door een opengebarsten terreinplooi naar buiten had gewerkt.

Opeens was zijn angst verdwenen, om plaats te maken voor een veel intenser gevoel: verdriet. Hij wist wat zijn littekens werkelijk betekenden. Ze waren het bewijs dat hem een gruwelijke fout was overkomen en dat hij nooit zijn belofte zou kunnen houden.

Ik kom snel weer terug, en dan komt alles goed, schat. Net als vroeger.

'Ik weet het niet precies... Ik geloof... Ik denk...' bauwde Tom zijn pogingen tot een verklaring na. 'Dus je hebt er niets mee te maken? Hoe weet de Zielenbreker dan van jouw littekens? Leg me dat eens uit.'

'Dat pik ik niet van je.' Caspar sprong van de tafel en balde woedend zijn vuisten. 'Wil jíj me soms beschuldigen, uitgerekend jij? Waar was jij toen Raßfeld verdween? Wie heeft dat briefje met het tweede raadsel uit zijn zak getoverd? Nou?' Nu deed hij zelf Toms minachtende toon na. 'Zie je? Ik kan het allemaal ook omdraaien.'

'Hou toch op met ruziemaken,' zei Greta en haar woorden schenen inderdaad enige invloed op Schadeck te hebben.

'Goed dan. Aangenomen dat jij er niets mee te maken hebt, wat heeft dat raadsel dan anders te betekenen?'

'Ik zou het niet weten.'

'Maar ik misschien wel.'

'Jij?'

Alle drie draaiden ze zich verbaasd om naar Yasmin, die zich onverwachts in het gesprek had gemengd.

'Wat is het dan?'

'Nou, ik...' Ze schraapte nerveus haar keel en begon weer aan haar ring te draaien. 'Het kwam bij me op toen ik met Sophia voor de haard zat.'

'Wat?' Schadeck, die het dichtst bij haar stond, streek de verpleegster zorgzaam een rode haarlok van haar voorhoofd.

'Het vuur,' antwoordde ze. 'Je zei toch zelf dat de rolluiken niet mochten worden neergelaten, vanwege brandvoorschriften en zo.'

'Ja, en?'

'Misschien geeft de Zielenbreker ons een aanwijzing met die stomme raadsels. Het is een soort puzzeltocht, en die littekens... van die brandwonden... zijn gewoon een volgende wegwijzer.'

'Naar de uitgang?' Caspar keek haar vragend aan.

'Ja. Ik bedoel...' Yasmin aarzelde weer en schepte toen eindelijk moed om haar plan uit te leggen. 'Waarom maken we geen vuurtje? De rolluiken zullen wel omhooggaan als de brandmelders alarm slaan.'

'Eigenlijk geen slecht idee,' wilde Caspar zeggen, maar Bachmann viel hem opgewonden in de rede.

'En als dat niet gebeurt? Nee, nee, nee. Dat is veel te gevaarlijk. Zo goed ken ik het systeem niet. We hebben het nog nooit gebruikt.'

Ook Schadeck hief afwerend zijn handen. 'Hij heeft gelijk. Als het fout gaat, worden we hier levend geroosterd.'

'Dat hoeft niet,' zei Caspar en hij wachtte even. Pas toen hij de volledige aandacht had schetste hij zijn plan.

02:36 uur

Natuurlijk was het een vergissing. Ze hadden zich nooit mogen verspreiden, tegen de oorspronkelijke afspraak in. Zodra hij het voorstelde had Caspar al vermoed dat het fataal zou aflopen.

Maar als ze iets wilden doen, was dit hun enige kans.

Toch was Greta de enige geweest die nog iets aan zijn voorstel had kunnen afdoen. Ze had met hem mee willen gaan naar het MRI-lab, waar natuurlijk geen sprake van kon zijn. Afgezien van Sophia was zij de zwakste schakel in de keten. Ze zouden al genoeg moeite hebben zichzelf in veiligheid te brengen als het zover was. Dus kon hij op zijn vlucht geen weduwe van negenenzeventig met een gammele heup gebruiken. Uiteindelijk was Bachmann met hem meegegaan, maar onder protest. De anderen waren na een korte maar verhitte discussie samen weer naar boven vertrokken om zich in de bibliotheek op te sluiten.

'Dit is een nog grotere fout dan mijn huwelijk,' mompelde de beheerder, maar toch nam hij de plastic fles van Caspar over die hij in een inbouwkast in de gang had ontdekt: *Clinix-Clean*, een met salmiak versterkte alcoholreiniger, met een zwart-gele waarschuwingsdriehoek en een kronkelend vlammetje op de voorkant.

'Wat kan er nou misgaan? Die ruimte heeft toch brandwerende deuren en een eigen zuurstofvoorziening?' Caspar knikte in de richting van de glazen ruit, die net als in een muziekstudio de controlekamer van de opnameruimte scheidde. 'Je had zelf het MRI-lab voorgesteld.'

'Ja, om ons te verstoppen, niet om het in de fik te steken.'

Caspar pakte nog een tweede fles en deed de kast dicht. Hopelijk klonk zijn stem zelfverzekerd genoeg. Bachmann mocht niet vermoeden dat hij net zo aan de hele onderneming twijfelde als de beheerder zelf.

'Als we geluk hebben, gaan de luiken omhoog zodra de rookmelders alarm slaan, zodat de anderen boven uit de bibliotheek het park in kunnen vluchten.'

Caspar wist dat hij zijn haastig bedachte plan niet goed had doordacht.

Zo had hij bijvoorbeeld geen idee hoe ze Sophia van de berg af moesten krijgen zonder dat de banden van haar rolstoel in de sneeuw bleven steken.

Maar net als de anderen kon hij niet verder dan één stap vooruit denken. Hopelijk zou hem iets invallen als ze zich eenmaal uit de gevangenis van de kliniek hadden bevrijd.

'In het ergste geval blijven de rolluiken dicht,' vervolgde hij. 'Maar omdat wij hier brand stichten in het MRI-lab, zullen de branddeuren de rest van de kliniek wel beschermen.' Hij wees naar een brandblusser aan de muur naast de deur van de gang.

'Heb je een aansteker bij je?'

'Lucifers.' Bachmann klopte op de borstzak van zijn overall.

'Oké, dan zullen we...' Caspar zweeg en keek schuin naar het plafond boven zijn hoofd.

'Wat is er?' vroeg Bachmann.

'Hoor je het niet?'

'Wat?'

'Dat geluid.'

Bachmann wilde al nee schudden, maar toen verstijfde hij, met de plastic fles in zijn hand. Het dreunende geluid was op de eerste kelderverdieping van de kliniek nauwelijks hoorbaar. Maar toen klonk het weer, onmiskenbaar, als de zware bas van een subwoofer. Vreemd genoeg bedacht Caspar dat het onheilspellende gedreun een goede begeleiding zou zijn geweest voor de herinnering aan zijn laatste autorit.

'Het lijkt wel of er een helikopter landt.' Bachmann zei hardop wat Caspar al had gehoopt. Zijn hart begon sneller te slaan en voor het eerst in al die tijd kreeg hij weer wat hoop.

Misschien heeft Linus hulp gehaald. Dat zou kunnen.

Natuurlijk. Yasmin had toch gezegd dat er iemand op het balkon stond?

Bachmann fronste zijn wenkbrauwen, liep naar de muur met de brandblusser en drukte zijn rechteroor ertegenaan.

Dat moet het zijn. Linus is Bruck gevolgd. Door de rolluiken kon hij niet meer naar binnen. Toen is hij vertrokken en heeft de politie gewaarschuwd.

Caspars hoop nam toe toen het gedreun nog leek aan te zwellen. Maar opeens schudde de beheerder zijn hoofd, met een gezicht dat alle hoop deed vervliegen.

'Het is de storm, anders niet,' zei hij spijtig. 'Die drukt van buiten tegen de rolluiken. Boven, op de derde verdieping, zijn de luiken om en om met ijzeren stangen vergrendeld. Waarschijnlijk fluit de wind daar doorheen, zodat er een onderdruk ontstaat in de hermetisch afgesloten villa.'

Onderdruk? Hermetisch afgesloten?

Caspar wist niet of het paranoia was, maar hij vond het een veel te professionele verklaring voor een eenvoudige beheerder.

Aan de andere kant kon je Bachmann niet vergelijken met een gewone ziekenhuisportier. Hij was een vertrouweling van Raßfeld en bovendien las hij boeken over retoriek om hogerop te komen. En toch... Caspar dacht terug aan het incident van een paar uur geleden, dat zijn achterdocht had gewekt.

'Hoe zat dat eigenlijk met die sneeuwmobiel?' vroeg hij en hij pakte een dik blocnote van de computertafel voor de glazen ruit.

'Hoezo?'

'Ik bedoel, nadat je Schadeck en Bruck uit die gekantelde ambulance had gehaald en naar boven gebracht. Linus liet het me zien. Iemand had de benzineslang losgetrokken.'

'Echt waar?'

Bachmann keek verbaasd en Caspar had al spijt dat hij erover begonnen was. Wat stelde hij zich voor van dit soort domme vragen? Dat hij een bekentenis zou loskrijgen? *O, sorry hoor. Ik wilde niet dat er nog iemand uit de kliniek kon wegkomen.*

'Dat moet Schadeck zijn geweest. Ik vond hem toch al verdacht.'

'Ja,' was alles wat Caspar zei. Hij klemde nog drie medische handboeken onder zijn arm. 'Het doet er ook niet meer toe.'

Ze liepen samen naar de andere ruimte.

De onderzoekskamer werd beheerst door de futuristische MRI-scanner, die in een sciencefictionfilm heel goed voor een toegangssluis naar een andere wereld had kunnen doorgaan.

Caspar bleef naast het apparaat staan en keek omhoog. 'Is dat knipperende ding wat ik denk dat het is?'

'Ja.'

'Mooi. Dan is dit de juiste plaats.'

Caspar haalde twee handdoeken van het ligbed van de scanner, knoopte ze aan elkaar en gooide ze op de grond onder de rookmelder. Toen scheurde hij een paar bladzijden uit een van de boeken, voordat hij de andere als haardblokken op elkaar stapelde.

'Giet er maar overheen,' zei hij tegen Bachmann, die de fles met schoonmaakmiddel openschroefde met een gezicht alsof hij niet kon geloven wat hij hier deed.

'Je weet toch dat dit ding een paar miljoen euro heeft gekost?'

Caspar grijnsde bleek. 'Heel jammer, maar we hoeven niet bang te zijn voor een standje van de baas, is het wel?' Hij knikte hem toe. 'Vooruit maar, voordat het ons net zo vergaat als hem.'

De alcohol klaterde met een bijna obsceen klokkend geluid over het provisorische kampvuurtje. Bachmann haalde een luciferboekje uit zijn borstzak en wilde net de eerste lucifer afstrijken toen de verbindingsdeur achter hen met een zachte klik in het slot viel.

'Verdomme, wat...'

Caspar draaide zich om, nog net op tijd om de donkere schaduw te zien die over de glazen ruit tussen de twee kamers gleed. Toen begon de MRI-scanner te knipperen en op hetzelfde ogenblik klonk er een hamerend geluid van onder uit de koker, alsof iemand met een bijl tegen een hol metalen vat sloeg. Dat alles speelde zich af in een fractie van een hartslag, precies op het moment dat Bachmann van schrik de brandende lucifer uit zijn vingers liet vallen.

02:39 uur

Twee steekvlammen schoten tegelijk naar het plafond. Een ervan bleek echt te zijn, de andere ontpopte zich na een angstige seconde als een reflectie in de glazen tussenwand. Eerst hield Caspar ook het gezicht daarachter voor een optische illusie, maar toen sloeg de halfnaakte man met zijn vuist tegen het glas en herkende hij het van woede verwrongen gezicht. Geen twijfel mogelijk. Jonathan Bruck droeg nog altijd zijn groene ziekenhuispyjama, alleen was die nu aan de voorkant met roestkleurige vlekken besmeurd, terwijl er ook heel wat bloed door het verschoven verband om zijn hals leek weggesijpeld.

Caspar begon te zweten, draaide zich om en voelde een golf van hitte.
'We moeten hier weg!' riep Bachmann overbodig. Hij had de Zielenbreker nu ook gezien en week ruggelings voor het rokende vuurtje in de richting van de deur terug.

'Dat gaat niet lukken,' schreeuwde Caspar, harder dan nodig was, tijdens een pauze in het gedreun van de MRI-scanner. Als bewijs rammelde hij aan de knop van de verbindingsdeur – tevergeefs, zoals hij al had verwacht. Vanwege het stralingsgevaar ging het automatische slot pas na het onderzoek weer open, en Bruck had het apparaat aangezet. Als de scanner op een virtopsieprogramma was ingesteld, kon dat nog uren duren!

'Laat ons eruit!' brulde Caspar en hij beukte tegen de grote ruit, die nauwelijks trilde onder de kracht van zijn blote vuisten. Maar Bruck peinsde er niet over. Alsof hij de doodsangst van zijn gevangenen nog groter wilde maken, bukte hij zich en dook weer op met een lange papierschaar in zijn hand. De man bewoog zijn lippen, sprak een paar onverstaanbare woorden, en...

O, mijn god...

...ramde de schaar in de palm van zijn linkerhand.

Wat doet hij? vroeg Caspar zich af en hij kreeg meteen het bloederige antwoord. Bruck spuwde naar de ruit en drukte zijn opengesneden handpalm tegen het glas. Caspar meende de klap te kunnen horen waarmee het gewonde vlees tegen de ruit kletste. Toen gleed de hand van de Zielenbreker langzaam naar beneden en liet een bloedspoor achter.

Hij wil ons iets zeggen! Het is een teken. Zoals ook dat mes in zijn hals een teken was.

Caspar was ontzet en gefascineerd tegelijk. Ondertussen kreeg hij het steeds benauwder, want de toenemende rook irriteerde zijn slijmvliezen. Het duurde een tijdje voordat Caspar met zijn tranende ogen kon lezen wat de Zielenbreker in spiegelschrift op de ruit schreef. Eerst dacht hij aan een slang, toen aan een sos-teken, totdat hij ten slotte op het meest voor de hand liggende antwoord kwam, ook al had Bruck voor de laatste letter geen lichaamsvocht meer over: *Sophi...*

Natuurlijk. De psychopaat had het alleen op de arts voorzien en wilde zijn werk afmaken. Daarom hadden ze er niet op gerekend dat Bruck

hen hier beneden in het radiologielab zou aanvallen terwijl zijn werkelijke doelwit boven in de bibliotheek op hem wachtte. Maar nu had hij hen klem, gevangen in een hel die ze zelf hadden veroorzaakt. Ook als nu boven de rolluiken opengingen, schoten zij daar niets mee op. Als ze niet snel een manier vonden om het vuur te doven, zouden ze hier aan rookvergiftiging bezwijken.
Maar hoe? Die ellendige brandblusser hing aan de andere kant van de deur.
Caspar keek van de vlammen weer naar de Zielenbreker.
Ik heb hem juist daar gelaten om te kunnen voorkomen dat het vuur naar een andere kamer zou overslaan.
De mogelijkheid dat iemand hen zou opsluiten nádat ze brand hadden gesticht was niet bij hem opgekomen. Bovendien was hij de tweede fles schoonmaakmiddel vergeten, die juist op dit moment explodeerde.

02:43 uur

De golf van hitte smeet hen naar achteren als een zware windvlaag en Caspar had het gevoel dat de haartjes op zijn huid verschroeiden.
'Help me!' brulde Bachmann toen zijn rechter broekspijp vlam vatte.
Caspar rukte de laatste flarden van zijn T-shirt van zijn lijf en sloeg met een paar korte, doelgerichte slagen de vlammen uit.
En nu?
Zijn shirt was nauwelijks genoeg geweest voor de broek van de beheerder. Waarmee konden ze de vuurzee te lijf gaan, die inmiddels naar de houten betimmering van het plafond was overgeslagen?
Caspar draaide om zijn as, in de vertwijfelde hoop ergens een tweede brandblusser aan de muur te ontdekken. Daarbij viel zijn blik weer op Bruck, die met een woeste blik en het schuim op zijn mond door de ruit tuurde en bijna treurig zijn hoofd schudde, alsof hij wilde zeggen: *'Het spijt me, maar jullie zijn slachtoffer van de omstandigheden.'* Caspar voelde zich als een opgesloten dier in een dierentuin, gadegeslagen door een waanzinnige bezoeker die brand had gesticht in zijn kooi en nu de enige

uitgang versperde. Caspar knielde op de grond, in de hoop dat de rook daar beter te verdragen was. Tot zijn schrik zag hij dat het vuur nu ook de met stof beklede zitting van een draaistoel had bereikt.

Zonder nog een seconde te aarzelen greep Caspar de hete metalen stang onder de zitting. Hij negeerde de stekende pijn in zijn hand en slingerde de brandende stoel recht tegen de glazen ruit. Nu trilde het glas toch wel, het kraakte zelfs, en de stoel liet een haarscheurtje na. Maar ze zaten nog altijd opgesloten.

Caspar wilde de stoel nog eens naar achteren zwaaien, maar hij kon bijna niets meer zien. De rook was nog dichter dan in de nachtmerries over zijn ongeluk en hij moest allebei zijn handen tegen zijn ogen drukken. Een hoestbui deed hem verkrampen, zo hevig dat hij dacht dat zijn longen zouden barsten, maar toen voelde hij een luchtstroom en begreep dat Bachmann de stoel van hem had overgenomen en met succes door de ruit had geslingerd.

Met knipperende ogen zag hij hoe de beheerder de rest van het versplinterde raam met zijn schoenen wegtrapte, voordat hij zich met de laatste krachten van een drenkeling over de vensterbank naar de aangrenzende ruimte hees om zich in veiligheid te brengen.

'Pak de brandblusser!' brulde Caspar. Achter hem had het vuur nu nieuwe zuurstof gekregen. Alleen de MRI-scanner was tot nu toe gespaard gebleven en produceerde nog steeds het monotone, doordringende gedreun van de magneten.

'Hallo?' schreeuwde Caspar, maar er kwam geen antwoord, dus besloot hij zichzelf maar te bevrijden. In deze verzengende hitte kon hij niet blijven, ook al zou de sprong over de glassplinters voor hem heel wat pijnlijker zijn dan voor de beheerder. Hij liep nog altijd op blote voeten.

Net als Bruck.

Caspar steunde met twee handen op de scherpe rand van het verbrijzelde raam. De huid van zijn handpalmen scheurde open en hij brulde van pijn toen hij zijn hele gewicht erop moest overbrengen om naar de andere kant te springen. Hij liet zich rollen en stortte een meter omlaag. Een nieuwe golf van pijn sloeg door hem heen, nog voordat de vorige was weggeëbd. Bij zijn val had een scherf zo groot als een spatel zich in zijn schouder geboord. Bovendien stapte hij met zijn blote voet op een splinter die als een kroonkurk in zijn vlees draaide en bij zijn eerstvolgende stap diep in zijn voet verdween.

Caspar hinkte naar de muur, greep de brandblusser en liet hem bijna vallen, omdat hij zijn krachten had overschat. Maar eindelijk slaagde hij erin de stalen cilinder op het bureau te tillen, de hefboom over te halen en het witte schuim zo lang op de verschillende vuurhaarden te richten tot alle vlammen in het radiologielab waren gedoofd.

Uitgeput leunde hij tegen de met roet besmeurde breedbeeldmonitor op het bureau. In gedachten zette hij zich al schrap voor de volgende aanval, want ergens moesten ze nog zijn: Bachmann en Bruck.

Hij wist dat hij alleen het geringste van alle dreigende gevaren had afgewend. Des te groter was zijn opluchting toen hij in de deur opeens een bekend gezicht zag.

'Tom?' vroeg Caspar en hij legde de brandblusser neer. 'Heeft het gewerkt? Zijn de rolluiken open?'

Schadeck schudde zijn hoofd en kwam binnen. Waarschijnlijk had de brand niet lang genoeg geduurd, of was de rookmelder toch niet aan het veiligheidssysteem gekoppeld.

'Wat doe je dan hier? Heeft Bachmann je gehaald?'

'Nee,' zei Schadeck en hij kwam nog een stap dichterbij. Toen trok hij een pistool en vuurde Caspar recht in zijn borst.

Heden, 13:32 uur

Heel veel later, vele jaren na de angst

EEN ZWARE WINDVLAAG DEED DE VILLA OP ZIJN GRONDVESTEN trillen, alsof er een metrotrein onderdoor reed. De professor keek op, maar zijn studenten waren te zeer in het dossier verdiept om zich te laten afleiden door het loeien van de wind. Het was donkerder geworden en ze hadden de kleine leeslamp aangedaan die hij uit voorzorg tussen hen in op de tafel had gezet.

Vanaf de andere kant van de tafel leken ze twee leerlingen die samen voor een proefwerk zaten te studeren.

Terwijl Patrick zijn hoofd in zijn handen steunde, volgde Lydia met een potlood alle regels van de tekst. Haar lippen bewogen als ze las. Rechts naast haar lag een blocnote, waarop ze zo nu en dan een aantekening maakte.

De professor stond op en strekte zijn rug. Ondanks de stekende pijn hield hij zich aan de instructies van zijn orthopeed en oefende om de twee uur de gewrichten van zijn schouders. Naar zijn idee waren de adviezen van de arts net zo nutteloos als de raad van zijn vriend, die hem ooit had overgehaald om naar die bar te gaan.

Lydia maakte weer een notitie en hij besloot een kijkje te nemen. Hij liep langs de lege kasten, waaruit alle boeken waren weggehaald, waarschijnlijk om ze op een rommelmarkt of op internet te verkopen. Eén boek, waarvoor blijkbaar geen belangstelling was, stond nog verstoft achter het gebarsten glas van een vitrine. De rug was opengehaald en met muizenpoep besmeurd, maar toch zag het boek eruit alsof het die ochtend speciaal voor de ongebruikelijke bezoekers was klaargezet.

De professor liep door, aan de ene kant omdat hij het spiegelbeeld van zijn holle, schuldbewuste gezicht in de glazen deur niet meer kon aanzien, aan de andere kant omdat hij echt niet wilde weten welk deel van de medische encyclopedie daar nog stond. Tot nu toe had hij ook vermeden naar de haard te kijken, maar nu bleef zijn blik op een platgedrukte plastic canule rusten, die als een mikadostokje tussen een verbogen tv-antenne, kabelresten en een losgeraakte tapijttegel omhoog stak.

Niet doen!

Een innerlijke stem beval de professor om de injectienaald te laten liggen.

Die stem had zich niet zo druk hoeven maken. De professor was toch al niet van plan de canule op te rapen en daardoor misschien het hele kaartenhuis van zijn psyche te laten instorten.

Zachtjes schraapte hij zijn keel, om zijn studenten niet te laten schrikken toen hij naderbij kwam. Maar het tweetal bevond zich in een andere wereld. Het bewijs voor het bestaan van telepathie, had Stephen King ooit geschreven. De auteur plant zijn gedachten in het hoofd van zijn lezers en laat hen, vaak van duizenden kilometers afstand, dingen zien, voelen en bespeuren, of plekken ontdekken waar ze nooit eerder zijn geweest.

Maar stel dat het kwaadaardige gedachten zijn?

Nog altijd onopgemerkt door zijn studenten vermeed de professor zijn schaduw over Lydia's blocnote te werpen toen hij achter haar kwam staan. Haar meisjesachtige handschrift bevestigde het gangbare cliché over het onderscheid tussen de seksen: netjes, ordelijk en vloeiend.

Caspar? stond er boven aan het grauwe vel milieuvriendelijk papier. Daaronder, tussen haakjes, had ze wat feiten gezet die ze inmiddels uit het dossier had gedistilleerd: *(Arts / vader van een dochter? / Hamburg? / Medische fout?)*

Op de volgende regel hield ze zich met de Zielenbreker bezig. De professor glimlachte verdrietig toen hij de laatste gedachte las, die Lydia van drie vraagtekens had voorzien en twee keer had onderstreept.

Zielenbreker = Jonathan Bruck (dokter, collega, zelfverminking, motief???)
Die laatste vraag was blijkbaar een aparte, half ingesprongen alinea waard: *MOTIEF?*
Sophia martelen? Voorkomen dat Sophia vertelt wat ze weet? Iets over Caspar? Over Caspars dochter?
Het volgende kon hij niet goed zien, omdat Lydia er met haar ellebogen voor zat.
Ziekenhuisopname = toeval? (Wat is de rol van Tom, en de samenhang met de andere slachtoffers?), meende hij te lezen. De laatste zin was duidelijk genoeg, en geschreven in hoofdletters:
DE WRAAK VAN DE ZIELENBREKER?

De wind drukte weer tegen de natte ruiten en Patrick keek op, heel even maar, om de waterfles te pakken die voor hem stond. Dat de begeleider van het psychiatrische experiment niet meer op zijn plaats zat maar recht achter hem stond, viel hem niet op.

Verbazend, dacht de professor, en hij wendde zich van Lydia's aantekeningen af. Verbazend hoe iemand ondanks de verkeerde gevolgtrekkingen uiteindelijk nog op de juiste, alles beslissende vraag kan komen.

Als door een onzichtbare kracht aangetrokken gleed zijn blik weer naar de haard, die hier vandaan met afval en puin leek dichtgegooid, zodat zijn vuur nooit meer een geheim zou kunnen prijsgeven.

Het papier kraakte als een broze vinger toen Lydia de bladzijde omsloeg naar pagina 137 van het dossier.

Patrick, die wat langzamer las, volgde een paar minuten later de droomwereld van Caspars herinneringen.

Echoruis

Bladzijde 137 e.v. van patiëntendossier nr. 131071/VL

In zijn droom voelde Caspar het verdriet als een levend wezen. Het bestond uit talloze kadavers, als dode teken, die zich in zijn ziel hadden vastgebeten en alle levensvreugde uit hem zogen.

Steeds als hij zijn mond opende om zijn spijt te betuigen aan zijn elfjarige dochter, die hij hulpeloos had achtergelaten, kroop er weer een legertje teken in zijn mond, bloeddorstig en uitgehongerd, om zich met scherpe kaken in de slijmwand van zijn luchtpijp en slokdarm vast te zuigen en zich te goed te doen aan zijn levenssappen. Hij wist dat hij nooit meer gelukkig zou kunnen worden. Niet na zo'n fout.

Daarom pakte hij de fles weer op en nam nog een slok, hoewel hij nauwelijks meer iets kon zien door de regen en de snelheid waarmee hij over de landweg raasde, op de vlucht voor zichzelf.

Hij had gedacht dat er niets kon gebeuren. Er was immers nog nooit iets fout gegaan bij zijn behandelmethode. Maar deze keer wel, en uitgerekend bij de belangrijkste patiënte die hij ooit had gehad.

Hij pakte zijn koffertje, haalde de foto eruit, drukte er een kus op en greep weer naar de fles.

O god, wat heb ik je aangedaan?

Hij klemde zijn hand om de pasfoto en wilde de ruitenwisser wat sneller zetten, maar greep mis. Toen zag hij de boom. Hij remde, sloeg zijn armen voor zijn gezicht en schreeuwde: 'Wat heb ik gedaan?'

Daarna werd het licht. Natuurlijk sliep hij nog. Hij hoorde zichzelf onrustig ademen, zoals alleen slapende en zieke mensen doen, maar toch kon hij niet wakker worden. Hij was nog steeds de gevangene van een nachtmerrie, toen de omgeving opeens veranderde. Nu zat hij niet meer in zijn auto, maar op een hard bed. Zijn blote benen bungelden over de rand en hij droeg een plastic polsbandje met een nummer.

'U hebt helemaal niets gedaan,' zei een stem die hij in zijn nachtmerries nog nooit had gehoord, maar hem toch bekend voorkwam.

Het klonk vriendelijk, maar met een onheilspellende ondertoon.

Het was de stem van een man, een zware roker of iemand met keelklachten. Of allebei.

'Jawel. Ik heb mijn dochter op mijn geweten.'

'Nee,' zei de stem. 'Dat is niet waar.'

Caspar zag dat er een deur openging, die daarnet nog niet in de ruimte aanwezig was geweest. Een man kwam binnen, een lange, beetje zware man die bij de stem paste. Er lag een donkere schaduw over zijn gezicht.

'Maar wie dan wel, als ik het niet was?'

'Dat is de verkeerde vraag,' zei de stem en de schaduw werd wat lichter.

'Wat is er toen in mijn praktijk gebeurd?'

'Ja, dat is beter. Een veel betere vraag. Maar die heb ik al in mijn brief beantwoord.'

Brief?

'Welke brief? Ik heb geen idee wat u bedoelt. Ik weet van geen brief. Ik kan me niet eens meer de naam van mijn dochter herinneren.'

'O ja, dat kunt u wel,' zei de stem, die voor Caspars ogen heel even tot een verschrikkelijk bekend gezicht materialiseerde.

Caspar gilde het uit toen hij Jonathan Bruck herkende. En hij schreeuwde nog harder toen de Zielenbreker opnieuw veranderde.

02:58 uur – Veertig minuten voor de angst

'Wie ben je?'
De gezwollen aderen in Schadecks hals maakten Caspar duidelijk dat de verpleger hem iets toeschreeuwde. Zelf voelde hij alleen een diffuse druk op zijn oren sinds hij weer was bijgekomen, en hoorde hij een gestaag gedreun. Hij huiverde en zweette tegelijk.
'Ik weet het niet.'
Zijn tong voelde aan als een droge pruim. Hij kon hem nauwelijks bewegen, maar dat leek op dit moment niet zijn grootste probleem.
Wat is er gebeurd? Waar ben ik?
Caspar probeerde zijn armen en benen op te tillen, maar kreeg ze hooguit een paar millimeter van hun plaats.
Ik ben vastgebonden.
Hij rukte aan de rubberen banden waarmee hij op de snijtafel was vastgesnoerd. Onmiddellijk schoot er een doffe pijn van zijn linkerelleboog via zijn schouder naar zijn slaap en werd hij misselijk. De pijn was werkelijk niet te harden toen zijn hoofd weer terugviel op de koude metalen tafel.
O god, Tom heeft het verdovingspistool uit de apotheek gehaald en me daarna neergeschoten en naar het pathologielab gesleept.
Caspar sloot zijn ogen omdat het halogeenlicht hem verblindde. Hij was bang dat hij elk moment zou moeten kotsen. Van angst. En vanwege het gif in zijn lijf.
'Wat heb je met me gedaan?' Hij wist niet zeker of zijn hese gekreun wel te verstaan was. Ook het dreunen werd steeds erger.

'Stel je niet aan. Dat verdovingsmiddel werkt maar tien minuten en die zijn nu voorbij. Dus vertel op: wie ben je? En wat heb je hier in deze kliniek te zoeken?'

Een tochtvlaag blies Caspars haar voor zijn bezwete voorhoofd. De wind kwam van een map waar Schadeck mee wapperde. Toen er een blad uit viel, herkende Caspar het patiëntendossier. *Zijn dossier.*

'Waar ik dat vandaan heb?' zei Tom. 'Het lag in de bibliotheek, gewoon op tafel. Je vriend Jonathan heeft het daar voor ons neergelegd.'

'Hij is mijn vriend niet,' zei Caspar en hij vroeg zich af waarom er een naald in zijn arm stak. Op hetzelfde moment besefte hij dat het gedreun in zijn oren uit de aangrenzende kamer kwam. De MRI-scanner. Het virtopsieprogramma liep nog steeds! De brand had het kostbare apparaat niet kunnen stilzetten.

Schadeck lachte cynisch. 'Liegen heeft geen zin meer, ben ik bang.'

Caspar knipperde een paar keer heftig met zijn ogen om de troebele nevel te verdrijven die als grondmist voor zijn ogen schoof.

'Nou, weet je het weer?'

Schadeck sloeg hem met een zwartberoete envelop tegen zijn voorhoofd en haalde er toen een bijna volledig verkoolde brief uit. Weer rook het naar verbrand papier.

'Ken je dit handschrift?'

Voor N.H., las Caspar en hij knikte. Niet omdat hij zich het zwierige schrift herinnerde, maar wel de initialen van zijn achternaam, die voor het eerst een paar minuten geleden hier in het pathologielab bij hem was opgekomen: *Haberland.*

Weer een van die puzzelstukjes uit zijn verleden, die Raßfeld en Sophia hem heel geleidelijk hadden willen aanreiken, en zeker niet in de omstandigheden waarin Tom dat nu deed. De verpleger draaide de envelop om. De initialen van de afzender leken een aanklacht: *J.B.*

Jonathan Bruck.

Caspar vroeg zich af hoe de inhoud van de envelop ernstiger kon zijn aangetast dan de envelop zelf.

'Ik moet zeggen dat je makker zich echt onderscheidt door zijn woordkeus. Voor zover je het nog ontcijferen kunt...' Schadeck sloeg een theatrale toon aan om de door vuur onleesbaar geworden alinea's en zinsdelen door dramatische pauzes te vervangen:

Beste collega...
...een tragisch incident, waaraan jij naar mijn mening geen schuld hebt, omdat...

Op dat punt was er een groot gedeelte uit gescheurd.

...daarom moet je je aan het plan houden dat wij hebben besproken. Ga nog voor Kerstmis naar de Teufelsbergkliniek... en...

Schadeck stak het vel in het patiëntendossier terug en gaf Caspar met de kartonnen map een draai om zijn oren, waardoor zijn hoofd naar rechts knakte.

'Beste collega? Ons plan? Wat heeft dat te betekenen, nou? Waarom zit dat in jouw dossier?'
'Ik weet het niet.'
'Hou toch op met die spelletjes, Caspar, of meneer N.H., of hoe ik je ook moet noemen.'

Schadeck haalde nog eens uit. Nu raakte hij Caspars voorhoofd met de scherpe kant van de map.

'Feit is dat jij de Zielenbreker kent. Jij hebt hem al eerder gezien. En hij heeft je hier naartoe gestuurd. Als zijn *collega*.'
'Nee.'
'Nou, goed... Dan maar anders...'

Tom gaf een woedende schop tegen een instrumentenwagentje, waardoor een paar voorwerpen tegen de grond kletterden. Hij bukte zich en kwam weer overeind met een grofgetande botzaag.

'Dan moet ik op een andere manier de waarheid uit je zien te krijgen.'

03:01 uur

Het ergste aan de hele situatie was dat hij niets terug kon zeggen. Minstens op één punt had Schadeck volkomen gelijk. Hij had daarnet zelfs het onweerlegbare bewijs geleverd: Caspar kende Bruck. Hij kende de Zielenbreker minstens zo goed als het tweede slachtoffer, de onderwijzeres van zijn dochter, Katja Adesi. Hij wist dat hij hen allebei vroeger al eens had gezien – ooit, in zijn echte leven, waarvan hij zich nog altijd slechts flarden kon herinneren. Maar als er werkelijk een plan bestond om hen allemaal op kerstavond in deze psychiatrische kliniek bijeen te krijgen, dan moest dat door een of andere gek zijn bedacht. Misschien wel door hemzelf.

Wat heb ik gedaan?

Caspar zag de afzonderlijke mozaïeksteentjes en had op grond van de randen en schakeringen wel een vermoeden hoe ze misschien aan elkaar moesten passen, maar het totaalbeeld ontging hem nog.

Hoe hangt dit allemaal samen?

De medische fout, en het verkeersongeluk dat hem voor altijd getekend had.

En waarom had Bachmann hem halfdood in een greppel gevonden als hij zogenaamd al uren eerder heimelijk de kliniek had willen binnensluipen – nota bene met zijn hond?

'Waar zijn de anderen?' vroeg hij om tijd te winnen.

Schadeck stond nu achter zijn hoofd, wat het nog griezeliger maakte, omdat Caspar nu niet meer kon zien wat de totaal geflipte ziekenbroeder met hem van plan was. Aan de sissende geluiden te horen sproeide hij een desinfecterend middel op het zaagblad.

'Maak je om de vrouwen maar geen zorgen; die heb ik in de bibliotheek ingesloten.'

Weer klonk er een gesis.

'En Bachmann?'

'Wil je me nou weer belazeren? Je hebt hem toch zélf het laatst gezien!'

Caspar voelde hoe zijn hoofd naar achteren werd gerukt en dacht dat hij elk moment gescalpeerd zou worden, zo hard trok Schadeck aan zijn haar. Het van woede verwrongen gezicht van de verpleger zweefde omgekeerd boven hem, vlak boven zijn eigen hoofd. Een draadje speeksel maakte zich los uit Schadecks mond en dreigde in Caspars oog te druipen.

'Zo. Dat was de warming-up. Nu kan de show beginnen.'

Het vochtig glanzende zaagblad kwam Caspars gezichtsveld binnen. Hij moest slikken en voelde zijn adamsappel pijnlijk tegen de binnenkant van zijn opgezette keel drukken.

'Stop! Niet doen. Alsjeblieft...' Caspar smeekte om zijn leven. Hij rukte aan zijn boeien, kronkelde met zijn naakte bovenlijf en schreeuwde zo hard als hij kon.

'Dat zal je niets helpen,' zei het hoofd dat boven hem zweefde. 'Het enige wat je nu nog kan redden is de waarheid.'

'Maar ik weet helemaal niets.'

'Weet je waarom ik dat niet geloof?'

Caspar schudde heftig zijn hoofd en slikte het maagzuur weer in dat door zijn slokdarm omhoogkwam.

'Omdat je me zo verrekt veel aan mezelf doet denken.' Schadeck hield de hand met het litteken voor Caspars ogen. 'Ik had je toch over mijn vader verteld?' ging hij verder. 'Op de avond dat mijn moeder niet genoeg zout in de aardappelpuree had gedaan, kwam hij ook nog op het leuke idee om mijn hand in een wafelijzer te klemmen.'

Toms hand verdween weer.

'Nadat hij mijn moeders kaak had gebroken, ging hij naar de kroeg. Toen hij weer naar huis wankelde was mama verdwenen. Ze was naar het ziekenhuis gereden, maar deze keer had ze mijn broer en zus meegenomen. Ik was achtergebleven om die kwestie met mijn vader eens en voorgoed te regelen. Maar ik had hem onderschat. Hoewel hij de halve kroeg had leeggezopen, was hij nog altijd zo sterk als een vechthond.'

Schadeck liep weer naar de zijkant van de snijtafel. 'Hij wilde weten waar zijn andere kinderen waren. Dus klemde hij mijn hand in het wafelijzer. Ik schreeuwde het uit en smeekte dat hij op zou houden. Ik probeerde me te bevrijden, maar hij lachte alleen. En weet je wat ik die dag heb geleerd?' vroeg Tom onheilspellend zacht en hij gaf zelf het antwoord: 'Dat je met grof geweld geen stap verder komt.'

Hij gooide de botzaag op het bijzettafeltje terug en Caspar haalde verlicht adem.

'De pijn was ondraaglijk, maar ik heb ze niet verraden. Papa hield pas op toen hij zelf misselijk werd van de weeë stank. Hij dacht dat ik het echt niet wist, die dronken idioot. Als hij maar één keer in zijn leven een medisch boek zou hebben ingekeken, had hij de waarheid veel makkelijker uit me kunnen krijgen.'

'Wat bedoel je?' vroeg Caspar en zijn opluchting maakte onmiddellijk weer plaats voor een vage angst. Schadeck lachte nog eens.

'Dat zal ik je laten zien. Je bent toch arts? Zegt de naam thiopental je iets?'

'Een barbituraat,' antwoordde Caspar werktuiglijk. *Een bijzonder krachtig middel, dat binnen enkele seconden tot volledige bewusteloosheid leidt. Wordt bij de anesthesie als inleiding tot een volledige narcose gebruikt.*

'Juist,' bevestigde Schadeck. 'In hogere doseringen brengt het hypnoticum je in een ander universum. Bij gering gebruik helpt het tegen kramp en maakt het je ontspannen en bijzonder spraakzaam. Daarom wordt het ook zo graag door geheime diensten toegepast bij een verhoor. Nou, wat vind je ervan? Is het niet geweldig hoe goed de apotheek hier is voorzien?'

Schadeck wees naar Caspars elleboog. 'Geen verkeerde bewegingen, anders spuit ik die thiopental in je oog in plaats van in je ader.'

03:03 uur

In de wereld van moderne mythen bekleedt de legende van het waarheidsserum een voorname plaats op de ranglijst van halve kennis. De meeste mensen denken dat er een chemische stof zou bestaan waarmee een beulsknecht de wilskracht van zijn slachtoffers kan breken – een middel dat, eenmaal in de bloedbaan gebracht, ieder nog zo goed bewaard geheim aan het licht zal brengen.

De werkelijkheid waarin Caspar op dat moment gevangenzat zag er anders uit. Veel erger. Totaal hopeloos.

Want het narcosemiddel dat hem nu werd toegediend tilde alleen het biochemische tapijt op waaronder iemand zijn intiemste geheimen verbergt; een verschijnsel dat bij iedere anesthesist bekend is. Dat maakt de narcotiseur tot biechtvader als zijn patiënt hem op het laatste moment voor de operatie onvrijwillig de zwaarste zonden toevertrouwt. Vooral vrouwen hebben de neiging hun seksuele voorkeuren op drastische wijze bloot te leggen. Thiopental verzwakt dus het controlecentrum in de hersens, maar het maakt alleen dingen los die wij opzettelijk onderdrukken, geen gedachten die onbewust in de spelonken van onze ziel liggen verstopt.

'Stop! Nee, wacht...' smeekte Caspar, vooral om tijd te winnen. Iets kouds verlamde zijn linkerarm van binnenuit. Hij kon niet zien hoeveel van de inhoud van de naald door Tom al in zijn ader was gespoten, maar het voelde als een halve liter koelvloeistof.

'Maak je geen zorgen, ik weet hoe je een injectie toedient. De eerste gaf ik trouwens aan mijn vader, toen hij zijn roes lag uit te slapen. Maar dat was een hogere dosis, als je begrijpt wat ik bedoel.' Schadeck lachte vanuit zijn keel. 'Maar nu jij. Wat heb je me op te biechten?'

De woorden van de ambulancebroeder klonken eigenaardig, als in een lege kerk. Ze versmolten met het vibrerende gedreun van de MRI-scanner, dat nu ook wat zachter leek, alsof iemand een geluiddichte deur had dichtgeslagen die al die tijd had opengestaan.

'Ik... Ik herinner me iets,' loog Caspar. De gedachte die net bij hem opkwam was alweer in de grondmist van zijn bewustzijn verdwenen. Het narcosemiddel deed zijn verwarrende werk.

'Ik luister,' zei Tom en de koude sensatie breidde zich uit.

Nu trok de kou via zijn schouder naar zijn hart.

'Je... hebt daarnet iets gezegd...' Caspar glimlachte onwillekeurig. Dit was absurd. Tom was geen professional. Als de verpleger zijn lichaamsgewicht verkeerd had ingeschat en zich maar een paar milliliter in de dosis had vergist, zou Caspar over een paar seconden ingeslapen zijn. Maar tot die tijd nam het middel zijn angst weg, terwijl allerlei gedachten zich van alle kanten aan hem opdrongen. Caspar merkte hoeveel inspanning het hem kostte zijn mond te houden.

'Hoe noemde je dat spul?' Hij staarde naar de naald in zijn elleboog en hoopte vurig dat iemand hem een emmer koud water in zijn gezicht zou gooien zodat hij bij bewustzijn bleef.

'Thiopental?' hoorde hij Schadeck zeggen, van heel ver weg, hoewel hij nog steeds naast hem stond.

'Nee, nee...'

Hij knipperde met zijn ogen, sperde ze toen open en verhinderde met al zijn kracht dat ze zouden dichtvallen.

Natuurlijk, dat is het.

Hij tilde zijn hoofd op, zo goed en zo kwaad als het ging en zijn zwemmerige misselijkheid het hem toestond. Het hielp wel. Hoe meer hij zijn nek strekte, des te verder de wissel in zijn hoofd werd omgelegd, zodat de trein van zijn herinnering het eerste belangrijke tussenstation kon nemen.

'Hypnoticum,' zei Caspar en zijn halswervel kraakte toen hij heftig knikte. 'Je zei dat het een hypnoticum is. Maak me los. Dat is de oplossing.'

03:06 uur

De druk viel weg, maar de kou bleef. Tegelijkertijd voelde Caspar een onaangename roes. Zijn hart sloeg over als een kapotte cd. Zo nu en dan klopte het normaal, dan maakte het weer rare sprongen of viel helemaal weg in zijn borst.

Het deed pijn, heel erg pijn. Die stekende pijn benam hem de adem, maar in elk geval kon hij nog praten, ook al klonk hij steeds meer als iemand die stomdronken was.

'Dat is de oplossing,' herhaalde hij.

'Wat bedoel je daarmee?' Tom moest het twee keer vragen voordat Caspar het eindelijk verstond.

'Het briefje met dat raadsel in Sophia's hand,' stamelde hij.
'"Het is de waarheid, hoewel de naam niet klopt"?'
'Ja.'
'En?'
'Het antwoord daarop...' Caspar slikte. Zijn keel brandde en zijn tong leek twee keer zo dik. 'Het antwoord daarop is "hypnose".'
'Hoezo?'
'Dat woord komt uit het Grieks. Hypnos was de god van de slaap.'
Caspar had het onwezenlijke gevoel dat hij zichzelf hoorde praten, maar met een aanzienlijke tijdsvertraging, net als bij een gestoord telefoongesprek overzee. Maar toch had hij daarnet een hele zin uitgebracht.
'Maar wat betekent het dan, verdomme?' vroeg Schadeck.
Caspar concentreerde zich op zijn ademhaling, zuchtte diep en telde bij het uitademen tot drie voordat hij antwoordde: 'Vroeger dacht de wetenschap dat hypnose een soort slaaptoestand was. Dat is niet zo. Integendeel.' Hij sloot weer zijn ogen en begon harder te praten, ook om door zijn eigen stemgeluid niet in slaap te vallen.
'De proefpersoon is wakker, maar zijn gecontroleerde bewustzijn is ingeperkt. Net als bij de slachtoffers. Net als bij Sophia. Begrijp je het niet? De Zielenbreker heeft ze gehypnotiseerd. Dat is de waarheid, hoewel de naam niet klopt.'
'Wat een wáán-zin!' Schadeck schreeuwde de lettergrepen luid door het pathologielab. Zijn stem weerkaatste blikkerig tegen de aluminium koelvakken.
Caspar opende eerst zijn ene oog, toen het andere. Een felle straal geconcentreerde hoofdpijn schoot dwars door zijn netvlies zijn hersens in.
'Waarom?' schreeuwde hij terug. Hij dacht tenminste dat hij geluid voortbracht, maar zeker wist hij het niet. 'Ik heb nu niet de kracht om het je allemaal uit te leggen. Nee, nee. Luister nou.'
Hij probeerde zich om te draaien op de snijtafel. De arm met de naald kon hij geen millimeter bewegen, omdat Schadeck hem nu met twee handen terugduwde.

'Je hebt me nuchter nodig.'

'Waarom?'

'Nopor,' hoestte Caspar. Die paar zinnetjes hadden zijn keel, die behoorlijk door de rook was aangetast, nog verder geforceerd. Hij had een ongelooflijke dorst en hoopte half dat Schadeck de rest van het narcosemiddel in zijn aderen zou spuiten, zodat die pijn in zijn hoofd eindelijk ophield. Maar als hij dit wilde overleven, mocht hij nu niet verslappen.

'Sophia heeft ons zelf de aanwijzing gegeven,' ging hij verder en hij keek Tom aan. 'De Zielenbreker brengt zijn slachtoffers onder hypnose in de doodsslaap – die verlammende spiraal tussen waken en slapen, waaruit ze zichzelf niet kunnen bevrijden.'

'Hypnose?' herhaalde Schadeck ongelovig.

'Ja.'

Afleiding, shock, verrassing, twijfel, verwarring, dissociatie.

Caspar kende de factoren die er afzonderlijk of allemaal samen voor zorgden dat een proefpersoon in een toestand raakte waarin zijn handelingen en gedachten van buitenaf konden worden gemanipuleerd.

'Zo is het wel genoeg,' riep Schadeck. 'Iedereen weet dat het niet mogelijk is iemand onder dwang te hypnotiseren.'

'Jawel!' wees Caspar hem dof terecht. Hij maakte de fout zijn kin naar voren te steken. Doordat hij zijn bewegingen niet meer onder controle had, knalde hij na een halve seconde met zijn achterhoofd op de snijtafel terug. Er schoot nog een felle flits door zijn gesloten ogen, die heel even het beeld verlichtte van een luguber moment uit het verleden, dat hij het liefst meteen weer zou zijn vergeten: de herinnering aan het blonde meisje, dat haar hoofd schudde en hem daarmee te verstaan gaf dat ze liever niet behandeld wilde worden.

O, nee. Ik heb het gedaan. Ik heb mijn dochter tegen haar wil...

'Hollywoodsprookjes,' hoorde hij Schadecks woedende, honende stem. 'Onschuldige burgers die tot moordenaars worden gemanipuleerd en op bevel bomaanslagen uitvoeren! Zoiets? Mensen die zelfmoord plegen omdat iemand "blauw hoefijzer" tegen ze zegt. Wat wil je verder nog verzinnen om je huid te redden? Dat kan toch niet, man.'

'Jawel,' zei Caspar. 'En ik kan het je bewijzen ook. Maak me maar los.'
'Droom lekker verder.' Tom pakte de spuit weer.
'Wacht, wacht, wacht.' De stroom van gedachten in Caspars hoofd had nu een kritische grens overschreden. De dijk die zijn vermogen tot communicatie beschermde, stond op het punt om door te breken. De officiële wetenschap ging er inderdaad van uit dat niemand tegen zijn wil in trance kon worden gebracht. Maar stel dat het slachtoffer niets van het begin van de hypnose merkte? Stel dat zijn wil om zich te verzetten al was gebroken door een shock, een trauma of een roesmiddel?

Hij wilde Schadeck vertellen over een CIA-project uit de tijd van de Koude Oorlog, een onderzoek naar een militair bruikbare vorm van hersenspoeling, dat tot verbijsterende resultaten had geleid. Om onduidelijke redenen kende hij dat *Artichoke Memorandum* uit zijn hoofd:

Onder het mom van een bloeddrukmeting kan de proefpersoon worden overreed zich te ontspannen. Vervolgens wordt er zogenaamd een bloedtest gedaan, om zo een drug toe te dienen. Een oogtest kan worden aangewend om de proefpersoon te vragen de bewegingen van een klein lichtje te volgen en in een flitslicht te staren, terwijl er verbale suggesties worden gedaan.

Caspar wilde Tom vertellen over de vitamine-injecties die menselijke proefkonijnen zonder hun medeweten waren toegediend en die in werkelijkheid natrium-amytal bevatten. Over de mysterieuze Alznerprotocollen, die enkel door het lezen ervan het onderbewustzijn veranderden. En hij wilde citeren uit de slotconclusie van de commissie voor ethiek:

Na het veroorzaken van de hevigste fysieke pijnen en psychische martelingen, met name door de toepassing van zware, traumatiserende shocktoestanden, is het mogelijk om met behulp van bewustzijnsveranderende drugs ontvankelijke personen tegen hun wil in een hypnotische trance te brengen en hun bewustzijn te domineren.

Dat alles, en nog veel meer, lag op het puntje van zijn tong, maar hij miste de kracht. Een koortsige vermoeidheid verlamde nu ook zijn stembanden, zodat hij alleen nog wat onvolledige zinnetjes kon uitbrengen.

'Jij ook, jij kunt...'
'Wat?'
'...dat ook.'
'Wat bedoel je?'
'Mij hypnotiseren.'

Caspar balde zijn vuist en drukte opzettelijk met zijn vinger een splinter dieper in zijn vlees. De scherpe pijn leidde hem af.

'Het hangt van de omstandigheden af. Kijk maar. Ik ben nu aan jou overgeleverd. Hoe meer gif je me inspuit, des te gemakkelijker je me kunt breken.' Hij hoestte weer, nu doordat hij zich in zijn eigen speeksel had verslikt.

'Maar toch niet weken achter elkaar?' Schadeck schopte woedend tegen de tafel. 'En zeker niet tot de dood erop volgt, zoals bij het eerste slachtoffer. Ik begin zo langzamerhand te geloven dat je toch geen arts bent. Anders moest je toch weten dat iedere mislukte hypnose op een gegeven moment in een natuurlijke slaap overgaat. De slachtoffers zouden allemaal vanzelf weer wakker zijn geworden en zeker niet gestorven.'

Jawel. Ik ben arts. Daarvan was Caspar nu overtuigd. De herinneringen kwamen steeds sneller. Als ze op Raßfelds kantoor zouden zijn geweest, had hij het kunnen bewijzen. Daar stond het *Handboek Psychiatrie*, een complete lijst van alle psychiaters. Hij zag zijn eigen naam daar ook bij staan: *Dr. Niclas Haberland, gespecialiseerd in neuropsychiatrie en medisch toegepaste diepe hypnose.*

'Je hebt gelijk,' probeerde hij Tom te verzoenen, voordat hij nog meer thiopental in hem zou pompen. 'Normaal gesproken is medisch toegepaste hypnose ongevaarlijk. Het ergste wat er kan gebeuren is verlies van contact...' Caspar verwonderde zich dat al die begrippen hem zo makkelijk over de lippen kwamen. 'Dus als de hypnotiseur zijn patiënt niet meer kan aanspreken en deze niet meer op zijn instructies reageert. Daar heb je gelijk in. Dan moet je gewoon afwachten. Op een gegeven moment wordt iedereen wel weer wakker. Er zijn natuurlijk ook onbedoelde missers. Schade door nalatigheid, verwondingen bij hypnoseshows, als een vrouw uit het publiek op handen en voeten moet kruipen als een hond en daarbij in de orkestbak valt. Maar niemand heeft ooit onderzocht of het mogelijk is iemand opzettelijk schade toe te brengen. Begrijp je het dan niet?' Caspar fluisterde nu en wist niet eens of hij dat allemaal wel hardop zei. Zijn waarnemingsvermogen was bijna tot het nulpunt afgenomen. Hij had zichzelf niet meer onder controle, paradoxaal genoeg net in de situatie waarin hij gedwongen was om college te geven over hypnosetechniek.

'Als iemand daadwerkelijk een hypnosemethode heeft ontwikkeld waarmee hij opzettelijk een slachtoffer permanent in een wakend coma kan brengen, een methode die uiteindelijk zelfs dodelijke bijwerkingen heeft, dan zullen we dat nooit uit vakpublicaties te weten komen. Want het is verboden om menselijke proefpersonen op die manier te gebruiken. En dat is precies wat hier gebeurt, ben ik bang. Hier, in deze kliniek. En wij zijn de deelnemers!'

Caspar zag dat zijn woorden op een of andere manier effect hadden. Terwijl Tom peinzend zijn handen achter zijn hoofd vouwde en hem besluiteloos aankeek, herhaalde hij nog eens: 'Maak me los. Alsjeblieft. Ik geloof dat ik weet hoe ik Sophia uit haar doodsslaap kan bevrijden en ons allemaal hier vandaan kan krijgen.'

Schadeck kneep aarzelend zijn lippen op elkaar en streek met een hand door zijn haar. Hij zuchtte eens en even later voelde Caspar de druk verminderen. De spuit stak niet meer in zijn arm, maar lag nu naast de obductie-instrumenten op het bijzettafeltje.

'Eén verkeerde beweging en je gaat eraan.'

De verpleger wilde net de band om Caspars linkerhand losmaken toen het onmogelijke gebeurde. Ergens in de kliniek ging een telefoon.

03:09 uur

Stop! Niet...' brulde hij Schadeck nog achterna, maar de ziekenbroeder was al zonder om te kijken de gang uitgerend.

Het is een valstrik, had hij hem willen waarschuwen, maar zijn stem weigerde.

Caspar steunde op zijn bevrijde linkerarm, draaide zich op zijn zij en maakte met trillende vingers de rest van zijn boeien los. De kleuren om hem heen waren veranderd, evenals de geluiden. In de aangrenzende kamer dreunde nog altijd de MRI-scanner met de beat van een psychedelische technoplaat. De doffe hamerslagen gingen steeds sneller en overstemden het gerinkel van de telefoon, dat er helemaal niet kon zijn – niet alleen vanwege de vernielde leiding, maar ook omdat het veel te schril en te hard klonk. Hier in de kelder hadden ze dat nooit kunnen horen.

Tenzij...

Caspar wilde zich oprichten, maar sloeg met zijn hand in het niets en viel op de harde stenen vloer.

Hij hoorde iets kraken in zijn linkerschouder en schreeuwde van pijn. Helaas was alleen zijn bewustzijn en niet het pijncentrum in zijn hersens verdoofd.

Hij trok het instrumententafeltje omver toen hij zich omhoog wilde hijsen. In een reflex greep hij naar een scalpel die voor zijn knieën was gevallen, maar koos op het laatste moment voor de injectiespuit. Als hij zich moest verdedigen, zou een gerichte injectie sneller effect hebben, ook al was de canule een groot deel van zijn inhoud kwijt.

Weer slaakte hij een kreet toen hij per ongeluk zijn verkeerde been belastte, waardoor de splinter nog verder in zijn voet drong. Moeizaam trok hij zich aan de snijtafel omhoog en strompelde naar de uitgang. Het was maar een paar stappen naar de deur, maar de wereld leek te zwemmen voor zijn ogen. Het eerste moment dacht hij zelfs dat de open deur zich van hem verwijderde, hoe verder hij kwam.

Caspar verloor zijn evenwicht en moest weer op zijn gewonde voet steunen; maar de pijn hield hem ook op de been.

In zijn achterhoofd woedde een bijna onoplosbare discussie. Aan de ene kant wilde hij vluchten voordat de Zielenbreker naar beneden zou komen om hem te halen, aan de andere kant zou hij het liefst ergens gaan liggen om eindeloos te slapen.

Slapen, dacht hij, en opeens kreeg hij die rook weer in zijn neus. Maar misschien kwam dat doordat hij nu in de gang stond, een paar meter van het radiologielab, waar hij zelf brand had gesticht.

Waarom valt Sophia niet in een diepe slaap?

Op de een of andere manier had hij de lift bereikt en op het knopje gedrukt. De trap kwam niet in aanmerking. Iedere afzonderlijke tree zou op dit moment een onoverkomelijk obstakel zijn geweest.

Hij leunde met zijn voorhoofd tegen de dichte deur en dacht na, terwijl hij de vibraties van de MRI-scanner en Schadecks zware voetstappen op de benedenverdieping boven hem hoorde. Het gerinkel van de telefoon was verstomd.

Tom heeft gelijk. Waarom worden de slachtoffers niet vanzelf wakker? En waarom hebben ze zo'n brief met een raadsel in hun hand?

De liftkabels kraakten aritmisch en er kwam nog een andere gedachte bij hem op.

Wacht eens even...

Het antwoord lag zo voor de hand dat Caspar het aanvankelijk niet kon geloven.

Topor. Doodsslaap. Natuurlijk.

Wat zijn wij blind geweest!

Het had zich recht voor zijn ogen afgespeeld. Sophia vertoonde alle symptomen van een patiënte die door een gewetenloze hypnotiseur was gemanipuleerd.

Bruck moest haar hebben teruggevoerd naar een traumatische ervaring uit haar verleden – naar haar grootste angst, haar zwaarste shock. Misschien naar het moment waarop haar ex haar dochter bij haar had weggehaald? Daarna had de Zielenbreker opzettelijk het contact tussen hemzelf en zijn slachtoffer verbroken, net als bij de andere slachtoffers.

Hij had bewust de verbinding gekapt en ervoor gezorgd dat Sophia niet meer op externe prikkels reageerde, zodat niemand behalve hij nog tot haar door kon dringen.

Maar vlak voor de beslissende laatste stap was hij gestoord door Linus, die onverwachts was opgedoken. Daarom gebeurde er nu met Sophia wat er normaal ook bij een mislukte hypnose zou gebeuren. Ze werd wakker! Steeds weer, steeds opnieuw.

Caspar dacht aan Sophia's trillende ogen, haar gekreun, de schaarse momenten waarop ze een reactie had vertoond en iets had willen zeggen, voordat ze weer in trance raakte.
En wij hadden haar kunnen verlossen.
Met één enkel woord hadden ze de vicieuze cirkel kunnen doorbreken om het posthypnotische bevel teniet te doen dat door de Zielenbreker was vastgesteld om zijn slachtoffers onmiddellijk weer onder hypnose te brengen zodra ze hun ogen opsloegen. Als er licht in hun pupillen viel.
O, mijn god.
Caspar hamerde op de deur van de lift, alsof die daardoor sneller naar omlaag zou komen. Maar hij zag geen enkele verandering in de cijfertjes boven zijn hoofd.
Dan toch maar de trap.
Hij wankelde opzij, wist met moeite op de been te blijven door zich op het laatste moment aan de leuning vast te grijpen, en hees zich toen tree voor tree naar boven, op één been. Het andere sleepte hij achter zich aan.
Eenvoudiger kon het niet. De oplossing van het raadsel was de oplossing van het raadsel.

03:11 uur

Hij legde zijn gewonde hand tegen zijn borst om tegendruk te geven tegen zijn hart, dat met elke stap sneller sloeg.
'Tom?' brulde Caspar. Hij wilde de verpleger vertellen wat hij had bedacht – aangenomen dat het echt ergens op sloeg.
Als hij gelijk had, zouden ze moeten wachten op het volgende moment dat Sophia weer haar ogen opende, om dan het antwoord tegen haar te zeggen. Als de psychische schade die ze inmiddels had opgelopen niet te ernstig was, zou ze dan de controle over haar bewustzijn terugkrijgen. Of in een barmhartige slaap vallen.
'Tom?'

Nog steeds kreeg hij geen antwoord, hoe hard hij ook riep.

Eindelijk bereikte Caspar de laatste tree. Zijn bloedende voeten lieten hun eerste sporen na op het dikke, crèmekleurige tapijt van de receptie.

Achter hem bonkte de liftdeur, die niet helemaal dicht zat, tegen een obstakel. Caspar overwoog of hij de houten wig moest weghalen die de deur tegenhield. Het was enigszins verontrustend dat er geen licht uit de cabine de hal in viel. Stel dat de Zielenbreker op dit moment had gewacht om hem vanuit het donker te bespringen?

Hij besloot dat hij hulp nodig had. *Waar is Tom?*

Het leek Caspar niet verstandig om de vijand tegemoet te treden met niets anders dan een injectienaald als wapen. Hulpzoekend tuurde hij de donkere gang door die naar de bibliotheek leidde.

En waarom staat de deur daar open?

Maar nog meer verwonderde Caspar zich over het glimmende ding dat een paar meter voor hem uit scheen rond te draaien en waarin het flakkerende schijnsel van de haard in de bibliotheek weerkaatste.

Toen hij een stap dichterbij kwam, zag hij wat daar gekanteld en verlaten op de grond lag. Het was Sophia's rolstoel, waarvan het spaakwiel langzaam ronddraaide.

03:12 uur

Ik ben Niclas Haberland.

Hij remde de rubberen band met zijn wijsvinger af en kneep zijn ogen samen.

'Sophia?' fluisterde hij en hij schoof met zijn blote voet de zware houten deur wat verder open.

Ik ben Niclas Haberland, neuropsychiater.

Zijn lippen bewogen zich als die van een klein kind dat geluidloos in een schoolboek leest.

Steeds opnieuw herhaalde hij dezelfde gedachte, als een bezwerende formule die het kwaad moest afwenden dat hij vreesde in de bibliotheek aan te treffen.

Ik ben Niclas Haberland, neuropsychiater en expert op het gebied van medisch toegepaste hypnose. Zijn vingers sloten zich nog steviger om de injectiespuit in zijn hand. Toen stapte hij naar binnen. Zag de gedaante voor de haard. En sloot zijn ogen.

Ik ben Niclas Haberland, neuropsychiater en expert op het gebied van medisch toegepaste hypnose. En ik heb een fout gemaakt.

Toen hij zijn ogen weer opende, was ze er nog steeds. Ze zat op een van de rechte stoelen bij het rokende vuur en haar huid had de dodelijke bleekheid aangenomen van de koude as in de haard.

Greta Kaminsky's kin rustte op haar borst, haar rechterhand bungelde levenloos omlaag en de linker lag op haar schoot.

Ze leek zo stijf en onbeweeglijk als een pop die door een klein zuchtje wind omver kon worden geblazen.

Heel even dacht Caspar dat de oude dame van de stoel zou glijden om met haar hoofd tegen de grond te slaan en voor zijn ogen tot stof te vergaan.

Hij fluisterde haar naam en deed nog een voorzichtige stap naar haar toe, twijfelend of haar borst nog rees en daalde of dat het een illusie was, veroorzaakt door het flakkerende haardvuur achter haar.

Tom? Yasmin? Waar zijn jullie? vroeg hij zich af, terwijl hij naar een levensteken bij Greta zocht – een kloppende ader in haar hals, een trilling van haar paars aangelopen lippen, wat dan ook.

Op een armlengte bij haar vandaan zakte hij door zijn knieën. Om haar niet te verwonden legde hij de injectienaald op het kleed naast haar voeten. Toen zei hij haar naam, en het volgende moment ging alles veel te snel.

Hij wist niet of hij eerst de doodskreet en daarna de metaalachtige klap had gehoord, of omgekeerd. Hij begreep niet eens hoe hij zo snel weer naar de gang was teruggerend, terug naar de lift, waar die geluiden van een meedogenloos gevecht vandaan kwamen. De liftdeur was weer open en er scheen licht naar buiten, de trillende stralen van een kleine zaklantaarn, gericht op Bachmanns portiersloge bij de voordeur. Caspar bleef staan. De gang was te smal en de lift nog te ver weg om van waar hij stond een blik naar binnen te kunnen werpen. Het enige wat hij duidelijk zag, was dat het geen houten wig meer was die het lichtslot blokkeerde. Van haar naakte benen staken alleen de enkels en voeten nog uit de lift naar buiten. De rest van Sophia's lichaam had de Zielenbreker al de donkere liftkooi in getrokken.

03:13 uur – Buiten de kliniek

De storm was enigszins geluwd. Hij beukte nog altijd met grof geweld tegen dakpannen, raamkozijnen, bovenleidingen en alles wat niet goed vast zat en in zijn baan terechtkwam, maar langzamerhand verloor hij zijn kracht, alsof hij adem moest halen om met nieuwe energie weer tv-antennes of bomen te kunnen afbreken.

Bij al die verwoestingen bleef de sneeuw zijn trouwe metgezel, een medeplichtige van de storm, die zijn witte camouflagedeken over alle schade uitspreidde en iedereen in het gezicht blies die getuige probeerde te zijn van dit vandalisme.

Hoewel de wind al een punt op de Beaufortschaal was gedaald, waagde nog niemand zich de deur uit, tenzij hij geen keus had, zoals Mike Haffner.

'De mooiste baan van de wereld. Shit,' mompelde hij bij zichzelf, want Haffner zat moederziel alleen in zijn sneeuwruimer. 'Winterdienst. Ha!' Hij sloeg met twee handen tegen het plastic stuur.

Natuurlijk had hij geweten dat hij nooit naar Schwacke had moeten luisteren. Die hasjkikker kon nauwelijks een joint van een padvindersfluitje onderscheiden, laat staan een bijbaantje regelen. 'Tweeduizend euri, man!' had Schwacke hem voorgehouden. 'Zo in het handje, zelfs als het niet sneeuwt. En we lezen allemaal de krant, toch?' Daarbij had hij met zijn middelvinger zijn ooglid omlaaggetrokken en samenzweerderig geknipoogd. 'Klimaatcrisis, CO_2, broeikaseffect, man! Voordat het bij ons gaat sneeuwen in de winter, ben ik lid van Anonieme Anabolica!'

Haffner pakte zijn mobieltje om zijn hersenverweekte schoolvriend te bellen en hem de klotenkanker toe te wensen. Nee, beter iets besmettelijks, zoals ebola. Dankzij Schwacke had hij zijn veilige baantje bij de videotheek eraan gegeven om in dienst te treden bij het particuliere sneeuwruimbedrijf van F.A. Worm.

Worm komt ook bij storm, stond er achter op de wagen, en toen twintig minuten geleden de telefoon ging, begreep Haffner dat het stomme kantoor die leus letterlijk nam. 'Zolang de wagen onderweg niet omslaat, kun je ermee uit de voeten,' had zijn opzichter hem toegesnauwd. Dus moest hij nu in deze verrekte villawijk de oprit van een of andere rijke stinkerd schoonvegen.

Geen bereik!

Mike smeet het toestel op de vloer en zette de radio aan, die ook maar gebrekkig functioneerde. De dj vond zichzelf blijkbaar erg geestig en draaide *Sunshine Reggae*. Of de muzieksamensteller was net zo gestoord als Schwacke. Toch liet Haffner de radio maar aan, hoewel je bij deze astmatische diesel en het gehuil van de wind daarbuiten toch niets hoorde. Hij trapte het gaspedaal in en draaide blind de hoek om naar een klinkerstraatje. In dit noodweer moest hij natuurlijk rustiger rijden. Bovendien maakte hij dan minder lawaai. Maar als hij moest werken, waarom zou hij die yuppen dan rustig laten slapen?

Hij gaf nog eens gas.

Verdomme, Schwacke, hier ga je spijt van krijgen, dacht hij voordat hij de eerste hobbel voelde.

Shit.

De tweede keer was er geen twijfel meer mogelijk.

Laat het in godsnaam een afgewaaide tak zijn, dacht Haffner en hij remde. Of een losgeraakte tegel.

Hij zette zijn schouder tegen het portier en viel bijna voorover de storm in.

Er zal toch niemand zo gek zijn om nu te gaan wandelen? dacht hij nog, maar een paar seconden later werd hij uit de droom geholpen.

'Verdomme, wie ben jij?' brulde hij tegen de halfnaakte man die panisch met zijn handen zwaaide toen het licht van de zaklantaarn over zijn uitgeteerde gezicht viel. Hij rilde hevig, van pijn of kou, dat was niet duidelijk, en stak zijn blauw verkleurde handen naar Haffner uit. Wat hij riep was niet te verstaan.

'Sofihelp... Sofihelpatioden!'

Haffner had geen idee.

03:15 UUR – IN DE KLINIEK

Caspar begreep nog altijd niet het plan dat erachter stak, maar de gruwelijke bedoeling was hem nu duidelijk.

De Zielenbreker had hen gemanipuleerd om het pathologielab te verlaten. Ze hadden hem zelfs het genoegen gedaan bij elkaar vandaan te gaan. Daarna was hij ongezien naar de lift gelopen om het dode gewicht van zijn vrachtje naar zijn martelkamer te transporteren – op de tweede kelderverdieping, het laboratorium waar je alleen toegang had met Raßfelds speciale sleutel, die Bruck vermoedelijk aan de dode chef-arts had ontfutseld en die op dit moment al in het slot stak, naast de messingknop met het opschrift MIN 2.

Voorzichtig naderde Caspar de lift om zijn lugubere verdenking te bevestigen. Hij zette zorgvuldig zijn ene voet voor de andere, als een kind dat niet op de voegen tussen de stoeptegels wil stappen. De broekspijpen van zijn pyjama ritselden bij elke beweging. Hij wachtte even, drukte zich tegen de muur, maar kon nog altijd niet in de lift zien, waarvan de deur schuin voor hem uit, ongeveer twee autolengtes verderop, iedere vijf seconden tegen Sophia's onderbenen sloeg, om dan weer terug te kaatsen. Caspar hoorde een reutelende zucht, toen ging er een schok door de voeten van de psychiater, haar tenen kromden zich omhoog en weer schoof haar lichaam een eindje de lift in.

Caspar begon te rennen. Als hij Sophia wilde redden, kon hij niet langer wachten. Hij moest in actie komen.

Zonder erbij na te denken dook hij naar de lift, drukte op de meldknop en onderdrukte zijn angst door luidkeels Toms naam te schreeuwen.

Hij schreeuwde nog steeds toen de deur openging en zijn hersens weigerden het tafereel te accepteren dat hij voor zich zag.

Bruck zat op de vloer geknield, met zijn beide armen om Sophia's hals geslagen alsof hij een chiropractorgreep op haar wilde toepassen.

Of haar nek wilde breken.

De zaklantaarn die de Zielenbreker onder zijn linkeroksel geklemd hield was weggegleden bij zijn poging om Sophia mee te sleuren. Daardoor viel het licht nu vooral op Brucks gehavende bovenlijf, als om het opzettelijk in een morbide schijnsel te zetten. De man zag eruit als een wandelende wond. Zijn gescheurde verband leek een bebloede sjaal om zijn hals, die op een macabere manier het opengebarsten operatielitteken onder zijn strottenhoofd benadrukte.

Hij lijkt er slecht aan toe, was Caspars eerste gedachte toen hij met zijn blote voeten op de drempel bleef staan.

Totaal uitgeput, nauwelijks meer in staat om iemand te verslepen. Laat staan te doden. Het levendigste aan Bruck waren zijn ogen, die spookachtig het licht van de zaklantaarn reflecteerden.

Voordat Caspar de kansen en gevaren tegen elkaar kon afwegen, reageerde hij al impulsief en wierp zich blindelings de lift in. De cabine met zijn spiegels wiebelde onder Caspars voeten toen hij zich met zijn volle gewicht op Bruck stortte. Daardoor smoorde hij een strijdkreet die de Zielenbreker wilde slaken en die klonk als de voornaam van zijn vierde slachtoffer. *Sophiiiiii.....*

Eerst verbaasde Caspar zich nog over het gebrek aan tegenstand. Het leek alsof ze aan elkaar gewaagd waren: twee zwaargewonden, die met hun laatste krachten zinloos om zich heen mepten, in de hoop de aanval van de vijand af te slaan. Maar toen spoot er een dun straaltje bloed uit Caspars neus. In het donker had hij de elleboog niet zien aankomen. De zaklantaarn was al uit Brucks hand gekletterd en gleed tussen hun blote voeten door.

Caspar werd steeds kwader. Zijn hand vond het gezicht van de psychopaat en klemde zich over zijn mond, hoewel Bruck hem voortdurend een knie in zijn maag ramde. Toen gleed zijn duim naar beneden en schoof in de open huid van de wond. Hij zette kracht en Brucks onverstaanbare gebrul sloeg om in een luid gekerm. Caspars duim stak nu met nagel en al in de snee van zijn hals.

Brucks weerstand nam af, maar opeens voelde Caspar een scheurende pijn in zijn onderlichaam, die dwars door hem heen trok en algauw ondraaglijk werd. Hij wilde zich omdraaien voordat Bruck hem nog eens tussen zijn benen kon schoppen, maar het was al te laat. Caspar klapte dubbel als een knipmes, sloeg met zijn voorhoofd tegen het hoofd van Sophia en bleef ineengedoken naast haar liggen. In afwachting van nog een klap beschutte hij zijn gezicht gebrekkig met zijn onderarmen, maar Bruck was ook door zijn knieën gezakt, alsof hij moest kotsen van pijn.

Caspar schoof naar achteren, tastte naar Sophia's benen en raakte daarbij onverwachts de zaklantaarn. Hij greep het ding en richtte het omhoog om de Zielenbreker te verblinden. Heel even gleed het licht daarbij over een elegante damessportschoen.

Een schoen?

Nu pas besefte hij dat ze niet alleen waren. Naast hemzelf, Bruck en Sophia lag er nog iemand in de achterste hoek van de grote lift.

Yasmin.

Ze bloedde. Tenminste, dat leek hem de enige logische verklaring waarom haar lichte blouse zo donker was verkleurd op de plaats waar een lang voorwerp met een zwarte rubberen handgreep uit haar bovenlichaam stak.

Geen tijd. Geen tijd.

Caspar spuwde het bloed uit dat zich in zijn mond had verzameld en sloeg zijn armen om Sophia's knieën. Toen hees hij zich overeind en sleepte haar in gebukte houding als een rol tapijt de lift weer uit. Daarbij trok hij een dikke pluk haar uit haar hoofd, waarop Bruck geknield zat, nog altijd met beide handen tegen zijn hals gedrukt. Ook hij had bloed op zijn mond.

Sophia was al bijna de lift uit toen haar benen hem uit zijn met bloed besmeurde vingers gleden. Hij negeerde de pijn in zijn hand, waarin hij zich in het radiologielab had gesneden, wiste het bloed van de littekens op zijn borst, greep Sophia wanhopig om haar heupen en trok haar mee.

Ook Bruck kwam weer overeind, wankelend als een aangeslagen bokser in de laatste ronde, maar de kracht voor nog een aanval leek hem te ontbreken. Hij stond daar maar, opende zijn mond, blies een grote bel speeksel en stak zijn arm uit. Maar Sophia was al buiten zijn bereik.

Gelukt. Haar hoofd sloeg hard tegen de drempel van de lift, maar toen lag ze weer in de hal. Er knarste iets, de Zielenbreker scheen nog één keer Sophia's naam te brullen, maar daarna verstomden de gepijnigde geluiden achter de dichtgevallen liftdeur.

Het laatste wat Caspar zag was het been van de verpleegster, dat onder een hoek lag. Hij had niets meer voor haar kunnen doen.

Hij ademde zwaar uit en viel half opzij, maar zonder de koude voet van de dokter los te laten. Met zijn duim streek hij over haar voetzool en hij voelde haar tenen bewegen onder zijn vingertoppen. Met dat levensteken wilde hij genoegen nemen, als hij dan nu in slaap mocht vallen, hier voor het trappenhuis van de Teufelsbergkliniek, op het tapijt van de receptie. Dat kon natuurlijk niet, zoals hij ook wel wist. Hij moest wakker blijven. Maar toch was hij bijna ingedommeld toen hij wakker schrok van zijn eigen hoestbui. Hij moest overeind komen om niet te stikken in het mengsel van bloed en speeksel in zijn mond.

Hij spuwde, en een kleine fontein van vuiligheid landde op twee zwarte schoenen die plotseling naast hem stonden.

Hij keek omhoog.

'Waar was je nou?' vroeg hij Tom met zijn laatste krachten.

'Ik zocht die telefoon. Die klootzak had zijn toestel zelf laten overgaan en het voor de microfoon van het omroepsysteem gelegd, zodat we het in de kelder konden horen.'

Caspar knikte. Zoiets had hij al vermoed. 'En dat duurde zo lang?'

'Nee.' Schadeck lachte en kwam nog een stap dichterbij. 'De rest van de tijd heb ik naar jullie staan kijken,' zei hij, en voor de tweede keer binnen een halfuur trok hij zijn verdovingspistool. Maar nu gebruikte hij alleen de kolf, om die met volle kracht op Caspars hoofd te laten neerkomen.

Echoruis

'Ho, niet zo trekken, Tarzan. Het is glad.'

Hij riep maar halfhartig naar zijn hond, die aan de riem rukte. Wat was er met het dier? Was Tarzan geschrokken? Of kwaad omdat hij hier zo lang aan de lijn had gezeten? In de kou. Waarschijnlijk dacht hij dat hij weer de deur uit was gezet. Net als door zijn vorige baas, die hem eerst een oog had uitgestoken en hem daarna met de andere pups in een autowrak had achtergelaten om te sterven.

'Rustig maar. Ik wil hier net zo snel weg als jij...' riep hij tegen het jonge dier.

De straathond had een luchtje opgesnoven, dat was duidelijk – waarschijnlijk een vos of een wild zwijn. Maar dan zou het naar Maggi ruiken. Wilde zwijnen roken altijd naar smaakversterker. Of naar ranzige reuzel, zoals hij op hun talrijke boswandelingen had ontdekt. Die lucht bleef soms nog uren hangen, lang nadat de dieren weer verdwenen waren. Maar nu rook hij niets van dat al. Hij snoof alleen de geur op van verbrand papier en houtskool – geen wonder met al die open haarden in de villa achter hem.

'Wacht nou even...' Hij vroeg zich af of hij de riem beter kon losmaken. Met elke stap die hij de helling afdaalde werd het lastiger. Er was verse sneeuw gevallen, over het ijs dat al op het asfalt lag, en de portier kon nog niet hebben gestrooid. Hij had met opzet zo lang gewacht totdat de man weg was. Hoewel hij daar niets mee opschoot.

Hij zocht in de binnenzak van zijn winterjas, maar daar was niets meer te vinden. Alles verbrand, daarnet, voor zijn ogen.

De diepe, melancholieke pijn van zijn verdriet leek een onoverwinnelijke muur op te werpen voor hem uit. Alles tevergeefs. Voor niets. Hij had een laatste poging gedaan, maar die was op niets uitgelopen, zoals verwacht. En nu stond hij op de toegangsweg, niet in staat zich te bewegen, een bres te slaan in de muur van zijn depressie, die hem verhinderde zijn gewone leven weer op te pakken.

Zijn arm schoot naar voren toen Tarzan weer een ruk gaf, maar hij bleef staan. Verstijfd. Net zo koud als de bevroren dennentakken langs de weg, die onder de last van de verse sneeuw dreigden te bezwijken. Hij wankelde een beetje en zette zich schrap tegen de kracht die aan hem trok. En toen... hoorde hij het geknetter. Terwijl hij viel, begon het om hem heen te ruisen, als een pan met overkokende melk. En dat geluid vermengde zich met een gefluister. De wereld draaide om hem heen, hij hoorde takken breken, zag de bomen opeens uit een andere hoek en merkte dat de riem zich nog strakker om zijn hand sloot. Toen kraakte het weer, hoewel er nergens een tak van de sparren brak. Op hetzelfde moment zwol zowel het geknetter als het gefluister aan. Het leek ook geen gefluister meer, maar een schelle, wat vervormde stem, die zich steeds verder van hem verwijderde.

Weer hoorde hij iets breken, een stuk hout of een bot, en hij begreep dat het gebeurd moest zijn op het moment dat zijn hoofd tegen de grond sloeg – kort voordat de vlammen kwamen, vlak voor hem. Niet vanuit het dashboard, zoals toen, op de dag waarop alles begon, maar uit de haard, waarin de takken braken en een ijzige wind het knetterende vuur door de schoorsteen deed oplaaien. En toen hoorde hij ook de stem, metaalachtig vervormd, maar verder helder en duidelijk.

'Je kunt haar krijgen,' zei de stem. 'Kom haar maar halen.'

03:20 UUR

Caspar wilde zijn ogen opslaan om aan de droom te ontsnappen, maar dat lukte niet.

Hij was al wakker. Het vuur voor zijn ogen, waar hij al een tijdje naar staarde, was net zo reëel als de woorden die hij via de omroepinstallatie hoorde.

'Kom haar maar halen!' kraakte Schadecks stem door de luidspreker boven zijn hoofd.

Tom? Verdomme, wat doet hij daar?

Caspars pogingen om van zijn stoel in de bibliotheek op te staan mislukten door verschillende oorzaken. Voornamelijk doordat hij zowel psychisch als fysiek na de martelingen en het geweld van de afgelopen uren niet meer in staat was tot de eenvoudigste dingen. Hij had bijna een rookvergiftiging opgelopen en tegen zijn wil een verdovend middel toegediend gekregen.

Nog afgezien van de snijwonden in zijn handen en voeten had de Zielenbreker vermoedelijk ook zijn neusbeen gebroken, terwijl zijn hoofdpijn, de huiveringen en misselijkheid zonder twijfel het gevolg waren van de hersenschudding die Schadeck hem had bezorgd. Caspar had gewoon de kracht niet meer om op te staan. De badjasceintuur waarmee Schadeck zijn handen achter zijn rug aan de stoelleuning had gebonden was overbodig.

'Je mag haar hebben, Bruck. Ik heb Sophia in de receptie gelegd.'

De microfoon van het omroepsysteem zong even rond voordat Schadeck de spreektoets weer losliet.

O, mijn god. Hij wil haar offeren.

Alsof Schadecks woorden zijn laatste sprankje hoop wilden smoren, doofden de vlammen in de haard opeens voor de helft en sloeg er een dichte walm de bibliotheek in.

Caspar sloot zijn tranende ogen en hoopte dat de sneeuwstorm die door de schoorsteen loeide wat zou luwen.

'Wil je haar hebben? Dan kun je haar krijgen. Ze is jouw kerstcadeau, Bruck. Pak die dokter maar en doe met haar wat je wilt, maar lazer dan op. Dat is de deal. Oké?'

Caspar probeerde nog eens om overeind te komen. Het enige wat hij ermee bereikte was dat hij bijna in de haard viel. Hij begon te zweten.

'Neem die anderen ook maar. Ze zitten in de bibliotheek, waar je Yasmin al had neergestoken. Die oma leeft nog.'

Caspar draaide zijn hoofd om en zag dat Greta inderdaad van houding was veranderd. Ze had haar mond nu dicht.

'En die maniak zit vastgebonden, dus er kan je niets gebeuren. Kom ze maar halen... of alleen Sophia... Het maakt mij niet uit. Het belangrij...'

Het woord bestierf hem op de lippen, maar hij hield de spreektoets ingedrukt.

'Shit, nee... Wat...'

Het volgende moment hoorde Caspar een geluid alsof iemand een tafelkleed van een gedekte tafel wegrukte.

Twee seconden later klonk er een klap, gevolgd door een gesmoorde schreeuw, die nog een tijdje nagalmde door de lege kamers van de villa. En door Caspars bonzende hoofd.

Je bent een idioot, Schadeck. Een stomme idioot...

Wat had Bachmann gezegd? Er waren maar twee plaatsen waar je de omroepinstallatie kon bedienen. De ambulancebroeder had net zo goed naast een schietschijf kunnen gaan zitten. De vraag was alleen of Bruck hem had uitgeschakeld voor- of nadat hij naar Sophia was gegaan.

Maar één ding staat wel vast...

Caspar rukte wanhopig aan zijn boeien en staarde naar de deur van de gang, die op een kier stond. Schadeck had de sleutel meegenomen.
...dat Bruck nu onderweg is hier naartoe!
Lang kon het niet duren. De slepende geluiden op de gang gaven hem gelijk.

03:23 UUR

Brand.
Rook.
Boeken.
Greta.

Speurend naar een kans om het onvermijdelijke te ontlopen waren zijn hersens overgegaan in de energiespaarstand. Caspar was alleen nog in staat tot gedachten van een enkel woord, terwijl zijn ogen de bibliotheek afzochten.

Raadselbriefjes.
Bruck.
Greta.
Boeken.

Terwijl hij op één niveau van zijn bewustzijn vaststelde dat het slepende geluid op de gang al een paar seconden was verstomd, gebruikte zijn overlevingsdrang de allerlaatste restjes van zijn adrenalinevoorraad. Hij staarde in het vuur, dacht aan de auto waarin hij bijna was verbrand en vroeg zich af of dat een genadiger dood zou zijn geweest. Toen sloot hij zijn ogen en zag een denkbeeldig metertje op een brandend dashboard, dat de laatste minuten van zijn leven aangaf. Het stond al in het rood.

Vuurrood.
Dat was het. Zijn laatste kans.

Haard.
Rook.
V u u r!
Caspar staakte zijn zinloze pogingen om zijn schouderbladen op te trekken en aan de ceintuur te rukken. In plaats daarvan schoof hij met zijn hele gewicht op de zitting van de stoel naar voren. Naar de rook toe.

Het vuur. Ik moet naar...
Hij wierp zich opzij. Eén keer, toen nog eens. Ten slotte overschreed hij het kantelpunt en deed de zwaartekracht zijn werk. Langzaam begon hij te vallen. Met een klap sloeg hij tegen de grond, wat hem eraan herinnerde dat hij zijn schouder al bij zijn val van de snijtafel had ontwricht. Zijn hoofd kwam wat zachter terecht in een hoop koude as, waarin zijn kreet van pijn werd gesmoord.

Ik moet naar het vuur, dacht hij en die gedachte bleef hij herhalen als een mantra, steeds opnieuw.

Hij lag nog altijd aan de stoel vastgebonden, een beetje te scheef en veel te ver bij de vlammen vandaan. Maar in elk geval had hij zo meer zicht op de deur, die nog geen millimeter had bewogen. Nog niet alles was verloren.

Hij trok zijn benen bij en gooide het haardbestek om toen hij zich ertegen afzette, maar aan de toenemende hitte in zijn rug merkte hij dat hij zijn doel toch iets dichter was genaderd.

Vervolgens wierp hij zich met al zijn kracht tegen de krakende leuning, en nog eens, totdat de pijn zonder enige waarschuwing opeens ondraaglijk werd. Caspar gilde zo hard als hij in zijn hele leven maar één keer eerder had gedaan – toen hij bijna in zijn auto was verbrand. Nu schenen de vlammen hun kans te ruiken om het karwei af te maken dat ze zo lang geleden waren begonnen. Deze keer likten ze niet langs zijn borst, maar sneden met gloeiende messen in zijn bovenarmen. Hij lag dus bijna goed.

Bijna. Nog maar een paar centimeter en het brandende haardhout zou niet alleen de huid boven zijn polsaders wegschroeien, maar ook de katoenen ceintuur eromheen.

Caspar gilde nog een keer en beet zijn tanden op elkaar. Behalve de weezoete lucht van verzengd vlees meende hij eindelijk ook die van brandend katoen te ruiken.

En inderdaad werden de boeien wat losser.

Of is het maar verbeelding? Word ik gewoon gek van pijn?

Hij trok zijn armen uit elkaar, zo goed als dat ging, om het vuur zoveel mogelijk aangrijppunten te geven.

Raken ze losser? Ik geloof het wel...

Ja.
Nee.
Ja.
Nee.
Te laat.

Hij trok zijn armen uit het vuur en keek naar de deur, die nu openstond, veel verder dan een paar seconden geleden. Een koele tochtvlaag waaide over de grond in zijn van angst opengesperde ogen, die hij niet kon afwenden van de Zielenbreker, die zojuist de kamer was binnengekomen.

03:25 uur

Caspar schoof weer bij de ondraaglijke hitte vandaan en liet zijn hoofd zakken. Zijn polsen hadden inderdaad wat meer speelruimte. Maar wat had hij daaraan?

In een tweede gevecht zou hij kansloos zijn.

Hij opende zijn vingers, greep naar de as achter zijn rug, haalde er een klein vurig kooltje uit en liet het van pijn meteen weer vallen. Volkomen zinloos.

Vanuit zijn positie, zeker met zijn handen op zijn rug gebonden, kon hij Bruck niets in het gezicht gooien. En dan nog...

We hadden door de schoorsteen omhoog moeten klimmen, ging het door hem heen, ironisch genoeg op het moment dat alle kansen waren verbruikt en alle vluchtwegen afgesneden. Bovendien zou er boven in de schacht wel een meervoudig vergrendeld rooster op hen hebben gewacht. *Of wat dan ook.* Zulke gedachten waren nutteloos, nu de Zielenbreker nog maar vijf hinkende passen bij zijn geboeide slachtoffer – bij hem – vandaan was.

Bruck hijgde. Zijn adem floot door de wond in zijn hals. Hij sleepte met zijn rechterbeen en verplaatste een glimmend voorwerp van zijn rechter- naar zijn linkerhand.

Nog vier stappen.

Een mes? Een schaar?

Het licht was te onrustig, en zonder zijn contactlenzen zag hij kleine dingen vanaf deze afstand maar heel vaag. Waarschijnlijk had Bruck een scalpel in zijn hand, die hij in de tussentijd uit de apotheek moest hebben gehaald. Misschien had hij daarmee ook Schadeck uitgeschakeld.

Nog drie stappen.

Caspar kronkelde zinloos over de grond, als een spin die een poot was uitgerukt en bij zijn poging om te vluchten alleen maar om zijn eigen as draaide. Hij hoopte op een wonder en bad dat Greta weer bij zinnen zou komen, om op te staan en de Zielenbreker van achteren de haardtang in zijn rug te rammen. Maar een blik uit zijn ooghoek vertelde hem dat haar benen nog steeds bewegingloos over de rand van de stoel hingen, een marathon van minstens drie meter bij hem vandaan.

Hij wilde om hulp schreeuwen en moest bij de rook in zijn longen paradoxaal genoeg aan het advies denken om bij dreigend gevaar 'Brand' te roepen, omdat de meeste voorbijgangers bij 'Help' meestal geschrokken de benen namen. Hij had erom moeten lachen als de dood niet zo nabij was geweest.

Nog twee stappen.

En toen, op het moment dat hij zag dat het inderdaad een scalpel was die Bruck als een potlood tussen zijn lange vingers klemde, in die seconde waarin zijn pijncentrum door een laatste golf van paniek volledig werd overspoeld, juist op dat moment begon de Zielenbreker te dansen.

03:26 uur

Het was een luguber ballet, uitgevoerd door een verloederde krankzinnige, die zichzelf niet meer in de hand leek te hebben. Het scheen Caspar toe dat de choreografie van deze dodendans oneindig traag verliep, maar in werkelijkheid duurde het maar enkele seconden.

Het begon ermee dat Brucks mond zich opende, heel langzaam, als van een vis. Zijn linkerbeen trilde spastisch, hij tilde zijn voet op en roeide tegelijk met allebei zijn armen, ogenschijnlijk om zijn evenwicht te bewaren, wat hem weinig hielp.

Toen kromde hij zich, alsof hij een stomp in zijn maag had gekregen, met zijn ene arm verstard in een cirkelende beweging, terwijl hij met de andere probeerde zijn voet te raken.

Bruck draaide zich om, alsof hij wilde dat Caspar zijn schaars behaarde benen ook van opzij zou kunnen bekijken. En daardoor zag hij het.

Dat kan niet. O, mijn god...

De injectienaald.

Natuurlijk. Die heb ik zelf op de grond gelegd toen ik Greta wilde onderzoeken.

Caspar kon zijn geluk nauwelijks bevatten. Een paar minuten geleden had Schadeck hem daar nog mee willen martelen. Nu had de Zielenbreker, één enkele stap bij hem vandaan, op het plastic cilindertje getrapt, waardoor hij de naald in zijn blote voet had gekregen, recht in de wreef. Als hij niet zo had gesloft, niet zijn ene been achter zich aan had gesleept, was de naald waarschijnlijk tussen zijn tenen blijven steken of tegen een botje afgebroken. Maar nu was de naald diep in het zachte weefsel gedrongen, waarna Bruck met zijn eigen gewicht de spuit had ingedrukt.

Vandaar die dans. Vandaar die rillingen.

Toen Bruck de naald uit zijn voet wilde trekken, was het al te laat. Thiopental was een van de snelst werkende barbituraten en zou in Brucks verzwakte toestand bijna onmiddellijk tot verdoving leiden.

De Zielenbreker sperde verbaasd zijn ogen open. Toen draaiden ze omhoog. Caspar zag nog het wit voordat de psychopaat voorover viel. Hij stortte recht over Caspar heen en bedolf hem onder zijn gewicht.

Eerst kraakten zijn ribben, toen de rugleuning van de stoel. Caspar hapte naar adem en zijn doodsangst kreeg nu ook nog een claustrofobische dimensie.

Wat nu? Wat moet ik doen?

De spuit was halfleeg geweest en de rest van de inhoud waarschijnlijk sterk verdund, dus zou Bruck binnen een paar minuten wel weer bijkomen. En Caspar zat nu dubbel bekneld onder het grote gewicht van de Zielenbreker, die met iedere moeizame ademtocht nog zwaarder leek te worden.

De scalpel, die uit Brucks hand was gevallen, lag te dicht bij de haard, buiten Caspars bereik.

Bovendien ben ik geen boeienkoning. Ik ben Niclas Haberland, neuropsychiater en gespecialiseerd in medisch toegepaste hypnose. En ik heb een fout gemaakt.

Hij hield zijn adem in, trok zijn benen op, voor zover dat mogelijk was onder Brucks gewicht, en probeerde een houvast te vinden om het bewusteloze lichaam van zich af te duwen.

Krak.

Weer kraakte er iets, maar deze keer niet een brandend houtblok of een gekneusde rib. Het was de stoel, die eenvoudig niet was berekend op zo'n dubbele belasting.

Zijn handen zaten nog steeds geboeid, maar de rug van de rechte stoel was gelukkig niet goed gelijmd en daardoor bij de val van de zitting losgeraakt.

Caspar trok weer zijn benen op, heel langzaam, totdat ze onder Brucks maag lagen. Toen beet hij zijn kiezen op elkaar, tilde de Zielenbreker, die nu als bij een gymnastiekoefening met zijn buik op Caspars knieën lag, omhoog en rolde hem opzij. Het lukte meteen. Gelukkig maar, want voor een herhaling zou hij de kracht niet hebben gehad. Dan was hij waarschijnlijk zachtjes ingeslapen in Brucks dodelijke omhelzing.

Van zijn roerloze last bevrijd zette Caspar zijn voeten tegen de vloer en schoof evenwijdig aan de haard naar achteren. Toen dat niet het gewenste resultaat had, begon hij aan zijn laatste wanhoopspoging. Hij draaide zich op zijn zij, belastte nog eens zijn ontwrichte schouder en rolde bij de haard vandaan. Hij hoefde maar één keer te draaien toen de leuning al van de zitting brak. Zijn handen waren nog wel vastgebonden op zijn rug, maar verder was hij los. Hij kon zich weer bewegen en had kunnen opspringen om het versplinterde hout af te schudden dat nog tegen zijn rug drukte, maar op dat moment wilde hij maar één ding: zijn ogen sluiten, slapen en de verschrikkelijke werkelijkheid verruilen voor een droom. Net als Bruck, die zwaar en onrustig ademend in foetushouding met zijn hoofd tegen zijn voeten lag.

Maar hoe lang nog? Tien minuten? Vijf?

Hij sloot zijn ogen en hoorde zijn eigen astmatische ademhaling toen hij probeerde het mengsel van bloed, speeksel en rookdeeltjes uit zijn keel te hoesten. Het ging met horten en stoten, in hetzelfde ritme als de MRI-scanner, beneden in de kelder, waar Sophia nu waarschijnlijk in haar eentje lag. Op sterven na dood.

Hij zag haar beeld voor zich opdoemen, het beeld van de arts die zich zo liefdevol om hem had bekommerd toen hij hulp nodig had om zichzelf te vinden – en zijn dochter, die hij in de steek had gelaten toen ze in nood verkeerde. Nu een paar scherven van zijn herinnering weer aan elkaar waren gepast, leken zij en Sophia er nog slechter aan toe dan ooit, gevangen in zichzelf, opgesloten in de gevangenis van hun eigen lichaam. *Wie weet, misschien kan ik ooit iets terugdoen,* had hij tegen Sophia gezegd toen ze hem hielp zijn pijn te verzachten, die belachelijk weinig voorstelde vergeleken met wat zij allemaal op dit moment moesten doorstaan.

Yasmin, Sybille, Bachmann, Mr. Ed, Linus, Raßfeld... Sophia.

Nog één keer sloot hij zijn ogen, om het beeld vast te houden, het gezicht van die jonge, kwetsbare vrouw, die in haar wanhoop nog maar één kans had. Hem.

In de zekerheid dat het een verloren strijd moest zijn, opende Caspar weer zijn ogen en hees zich op zijn knieën. Twee minuten later had hij zich van zijn boeien bevrijd en stond hij op om Sophia en daarmee ook zichzelf te redden.

03:29 uur

Er wordt gezegd dat de mens zijn ware ik pas leert kennen in extreme situaties, op momenten dat de omstandigheden het onmogelijk maken om volgens de vaste waarden te reageren die jarenlang door ouders, school, vrienden en andere invloeden van buitenaf zijn opgelegd. Een crisis is als een scherp fruitmes. Het verwijdert de schil en legt de kern bloot: de ongepolijste, meest instinctieve toestand, waarin het zelfbehoud de overhand heeft op de moraal.

Als die theorie zou kloppen, deed Caspar nu de verbazingwekkende ontdekking dat hij in het diepst van zijn ziel een zwakkeling was. Want hoewel het de juiste beslissing was, noodzakelijk zelfs om te overleven, en er zich waarschijnlijke geen betere kans meer zou voordoen, kon hij zich er niet toe brengen om Bruck te doden.

Caspar staarde van de bewusteloze man aan zijn voeten naar de scalpel in zijn hand, en probeerde zichzelf te dwingen de psychopaat zijn keel door te snijden of in elk geval zijn polsen open te leggen. Maar hij kon het niet over zijn hart verkrijgen. Met de beste wil van de wereld niet.

Hij draaide zich om, hinkte naar Greta toe en maakte zichzelf wijs dat hem eenvoudig de fysieke kracht ontbrak om de Zielenbreker van het leven te beroven. Maar hij kende de waarheid. Hij had nog nooit eerder een mens gedood of iemand opzettelijk schade toegebracht. Hoewel hij soms beslissingen nam die uiteindelijk dezelfde gevolgen hadden.

Ik ben Niclas Haberland en ik heb een fout gemaakt.

Greta ademde oppervlakkig door haar halfgeopende mond. Haar oogleden trilden en de kromme vingers in haar schoot trommelden op het ritme van een melodie in haar kunstmatig opgewekte dromen. Een witte viltdoek lag als een te klein uitgevallen slab op haar borst. Caspar hoefde niet eens aan het lapje te ruiken om te weten waarin het was gedrenkt.

Maar waarom? Waarom blijft Bruck niet zijn vaste methode trouw? Waarom doodt hij Raßfeld, terwijl hij Greta alleen met chloroform ver-

dooft? En waarom wil hij uitgerekend Sophia in een toestand brengen waarin ze permanent tussen leven en dood gevangenzit?

Greta gromde ontstemd toen hij de stoel naar achteren kantelde. Haar hoofd knakte gevaarlijk opzij, maar gelukkig gleed ze niet onderuit, anders zou het hem nooit zijn gelukt haar uit de gevarenzone te brengen. Ondanks haar geringe gewicht sneden de stoelpoten kleine groeven in het oude parket toen hij haar met stoel en al de bibliotheek uit sleepte.

En nu?

Op het dikke tapijt in de gang was de wrijving veel groter en kon hij de stoel niet meer met zich mee trekken. Hij bleef even staan om uit te rusten. Badend in het zweet leunde hij tegen de muur, waarachter de provisiekamer moest liggen waarin Sybille haar noodlottige confrontatie met Bruck had gehad. Hier op de gang klonk het door de wind aangewakkerde geloei van het vuur wat zachter, hoewel het dreunen van de MRI-scanner een etage lager wel duidelijker doordrong.

Klop. Klop. Klop.

Met regelmatige tussenpozen galmden de magneetgolven als pistoolschoten langs de keldertrap omhoog – als een klok die Caspar waarschuwde dat de tijd begon te dringen.

Een halve spuit verdunde thiopental. Hoe lang nog?

Hij pakte Greta onder haar armen en tilde haar op. In haar zijden ochtendjas liet ze zich op die manier veel lichter de kamer binnenslepen.

Godzijdank.

Anders dan bij de bibliotheek stak hier nog wel de sleutel in het slot. Caspar trok hem eruit en sloot de deur vanaf de buitenkant. Nu pas merkte hij dat hij onbeheerst stond te beven over zijn hele lijf. Het enige verschil tussen zijn eigen toestand en die van Sophia was dat hij nog in staat was bewuste beslissingen te nemen. Verder had hij nog niet eens om hulp kunnen roepen. Daarom was het verstandig geweest zijn laatste krachten aan te wenden om Greta in veiligheid te brengen. Bruck was gewoon te zwaar. Dan zou hij halverwege zijn gestrand.

Verder. Ik moet verder.

Caspar nam de sleutel mee en probeerde of hij ook op de bibliotheekdeur paste. Natuurlijk niet. Hij had al zijn geluk al opgebruikt op het moment dat de Zielenbreker onverhoeds in de naald van de injectiespuit was gestapt.

Klop. Klop.

Waarheen?

Hij voelde zich als een uitgedroogde marathonloper op het laatste rechte eind, zij het dat het finishlint waarin hij zich aan het eind van een genadeloze sprint zou moeten storten zich steeds verder van hem verwijderde. Toch liep hij door, de gang uit, totdat hij in de halfdonkere receptie stond. Hij keek om zich heen, maar kon niets onderscheiden, geen bandensporen in het tapijt, noch een rolstoel, en zeker geen Sophia. Als Schadeck haar hier had neergelegd, moest Bruck zijn offer al hebben opgehaald.

Maar waar is ze nu?

Klop. Klop. Klop.

Hij tuurde voor zich uit, trok met beide wijsvingers zijn wenkbrauwen naar achteren om de focus van zijn pupillen te veranderen, maar zelfs met contactlenzen had hij niet kunnen zien wat zich aan het andere eind van de gang bevond. Een dicht waas van rook en tranen vertroebelde zijn vermoeide ogen. Het leek of er recht achter de waterkoeler een lichtbalk te zien was, die door de kier van een openstaande deur viel. Raßfelds kantoor. Hij overwoog of hij sterk genoeg was zich daarheen te slepen.

Maar waarvoor? Om Schadecks leegbloedende lijk te vinden? Om te ontdekken met welke medicinale folterwerktuigen Bruck zich uit de apotheek van de kliniek had bewapend voordat hij Sophia had versleept en naar de bibliotheek was gekomen? Een daarvan, een scalpel, hield Caspar nu in zijn vuist geklemd.

Klop. Klop.

Hij draaide zich bliksemsnel om en staarde naar de lift. Zijn eerste impuls was om te vluchten voor de gedaante die blijkbaar in het donker op hem wachtte en die hem op een griezelige manier bekend voorkwam.

Vanwege zijn ernstig beperkte bewustzijn merkte hij pas toen hij zijn hand omhoog bracht dat de man die qua postuur zo op hem leek zijn eigen spiegelbeeld was.

Klop.
Voetje voor voetje liep hij op zichzelf toe, raakte toen met zijn benen in de knoop en duikelde voorover de lift in. Er knarste iets en aan de bonzende pijn in zijn grote teen te oordelen moest het de scherf van een verbrijzelde gloeilamp zijn geweest.
Klop.
Hij keek naar de display. Raßfelds zilverglanzende sleutelbos stak onder de rij knopjes van de lift.

Caspar schoten de tranen in de ogen toen hij zag wat voor hanger de Zielenbreker aan de sleutelring had toegevoegd. Sophia's halsketting bungelde als de pendel van een hypnotiseur voor zijn ogen heen en weer en sloeg nog eens tegen de messingplaat.

De amulet. Hij had Sophia's sieraad ingepikt als trofee. Nee...
Caspar herstelde zich.
Niet als trofee, maar als wegwijzer. In plaats van een raadselbriefje.
Caspar pakte de parelmoeren hanger, die vochtig aanvoelde – wat ook aan zijn zwetende vingers kon liggen.
Goed. Dan is er nu geen weg meer terug.
Hij stak zijn hand uit en drukte op MIN 2. Het leek alsof hij nog nooit van zijn leven zo'n diepe duisternis had ervaren als toen de liftdeuren zich sloten.

03:31 uur

Op zijn tocht naar de bron van alle angst kon Caspar zich niet herinneren of hij gelovig was of atheïst. Hij dacht dat hij vroeger graag kerken binnenstapte, maar dat moest al lang geleden zijn, want er wilde hem geen gebed te binnen schieten waarvan de woorden hem nu gerust hadden kunnen stellen.

Hij drukte met zijn vingers tegen zijn ogen om een reactie van zijn gezichtszenuwen op te wekken. Normaal leverde dat caleidoscopische flitsen op, die in alle kleuren van de regenboog over zijn netvlies dansten, maar zelfs die illusie liet het nu afweten. In plaats daarvan kreeg hij

last van een andere zinsbegoocheling, omdat de lift leek rond te draaien. Zijn bloedsomloop moest in de war zijn. In het donker had zijn evenwichtsorgaan het laatste houvast verloren, waardoor Caspar inwendig om zichzelf heen draaide, zonder dat zijn lichaam ook maar een millimeter bewoog.
Een halve spuit, sterk verdund.
Duizelig bedacht hij dat Bruck mogelijk op dit moment alweer bijkwam en het verwonderde hem hoe gelaten hij accepteerde dat de Zielenbreker misschien nu al zijn hand om een poot van de eettafel slingerde om zich omhoog te hijsen.
Hier in de lift ben ik veilig.
Heel even was Caspar er zelfs van overtuigd dat hij deze lift nooit meer zou verlaten. Met iedere seconde nam zijn zekerheid toe dat hij nooit meer zou stoppen, maar voor eeuwig zou afdalen in deze eindeloze schacht, waar het steeds donkerder en warmer werd.
Des te groter was zijn verbazing toen een fel licht hem opeens verblindde. De deuren gingen open.
Min twee.
Hij was aangekomen op de plek waar hij nooit had willen zijn.
Knipperend met zijn ogen stapte hij het licht tegemoet.
Tik. Klop. Tik. Tik.
De helder verlichte laboratoriumverdieping moest via de luchtcirculatie met de etage erboven zijn verbonden, want de MRI-scanner dreunde hier veel harder dan op de begane grond. Toch nam Caspar het tranceachtige gestamp vanuit het radiologielab maar heel gedempt waar, als door een akoestisch filter.
Hij beschutte zijn ogen tegen de felle halogeenspot aan het plafond, die de naakte, legergroen geschilderde betonwanden verlichtte als een projectielamp.
Tik. Klop. Tik. Tik.
Caspars oren hadden de bedrieglijk afwisselende klopgeluiden van de MRI-scanner inmiddels geaccepteerd als een onvermijdelijke storing, zoals de menselijke neus ook went aan een muffe lucht in een afgesloten ruimte die voor nieuwkomers niet te harden is. Zijn verzwakte bewust-

zijn was erin geslaagd het hypnotische gedreun achter een geluidswal ergens in zijn achterhoofd weg te schuiven.

Helaas lukte hem dat niet met het doffe, bijna dierlijke gebrul dat tot de hal van het laboratorium doordrong.

03:32 uur

Zijn innerlijke strijd dreigde hem te verscheuren. Twee oerkrachten schenen erop gebrand hun laatste, alles beslissende duel in zijn binnenste uit te vechten. Caspar voelde hoe de ene macht hem naar achteren trok om te vluchten, terwijl de andere hem naar voren duwde om Sophia te redden. Zelf was hij totaal willoos, een speelbal van tegenstrijdige instincten. Als een neutrale buitenstaander staarde hij naar het tafereel dat zijn brein niet wilde accepteren.

Op maar enkele passen bij hem vandaan zat Sophia apathisch in haar rolstoel voor de glazen deur die de kleine hal van het achterliggende laboratorium scheidde.

Een valstrik, ging het door Caspar heen. Eerst de sleutel, toen de arts. *Bruck heeft me hierheen gelokt om met me af te rekenen.*

Het geribbelde melkglas achter haar moest gepantserd zijn, want zowel de wanhopige vuistslagen als de zware trappen waarmee de deur vanaf de andere zijde werd bestookt leken aan deze kant niet meer dan een beleefd geklop.

Caspar sloop nog een stap dichterbij, zonder te beseffen dat zijn instinct tot zelfbehoud het onderspit dreigde te delven.

Sophia. Hij wilde haar redden – al was het maar om een fout goed te maken die hij zich nauwelijks meer kon herinneren.

De psychiater had haar ogen gesloten en haar hoofd leunde opzij tegen de haardpook die nog altijd in de buis voor de hoofdsteun stak. De infuuszak die eraan bevestigd had gezeten, moest bij de aanval door Bruck zijn losgerukt, want er bungelde een leeg plastic slangetje naast de rubberen banden, net zo levenloos als Sophia's armen. Geen twijfel mogelijk, de arts bevond zich in een andere wereld, waarin ze hopelijk veel gelukkiger was. In elk geval scheen ze niets te merken van het drama dat zich achter haar rug afspeelde.

Ze willen dat ik haar hier weghaal. Mijn god, wat doet Bruck haar daarbinnen aan?

Hij zag een hand die van binnenuit tegen de deur van het laboratorium werd gedrukt. De bloederige huid perste zich in de oneffenheden van het ruwe glas.

Caspar wist het niet zeker, maar de hand leek dik en grof. Zoals van... *Bachmann?*

Het volgende moment ontdekte hij een donkere vlek, ongeveer op kniehoogte van de beheerder. De vlek leek op een...

Caspar streek het vochtige haar van zijn voorhoofd.

...op een tong?

Nee. Op een neus.

Mr. Ed en Bachmann! God, ze leven nog...

Als om hem te bespotten verdwenen de schimmige gedaanten op hetzelfde moment bij de deur, en ook het geklop hield op.

Wat is de Zielenbreker met hen van plan? Waarom heeft hij hen naar het laboratorium gebracht en daar opgesloten?

Er tuimelde nog een andere gedachte door Caspars achterhoofd.

Een fout. Ik heb een fout gemaakt. Niet alleen toen, maar ook nu. Daarnet, zelfs. Ik heb iets...

Hij deed nog een stap, maar deinsde op hetzelfde moment geschrokken weer terug.

De melkglazen ruit trilde, eerst één keer, toen opnieuw. Iemand, waarschijnlijk Bachmann, wierp zich met volle kracht ertegenaan. Tevergeefs. De met metaal versterkte hoeken trilden nog minder dan het onbreekbare glas.

Ik heb iets over het hoofd gezien.

Caspar stond nu naast de deur. Hij probeerde de grijze deurkruk, maar zonder resultaat.

Zoals verwacht, had Bruck de deur afgesloten, hoewel er geen sleutelgat te zien was in het blad onder de zware kruk.

Natuurlijk niet.

Raßfeld had een intelligentere methode bedacht om onbevoegden hier te weren. Het laboratorium was vergrendeld met een elektronische magneetkaart, die de Zielenbreker aan de chef-arts moest hebben ontfutseld. Rechts naast de deurpost hing een zwart metalen kastje, dat eruitzag als het invoervak van een pinautomaat.

De code. Natuurlijk.

Als Sophia de code voor de rolluiken kende, dan misschien ook voor deze deur. Misschien waren beide codes zelfs gelijk. Dus moest hij de code achterhalen om de anderen te kunnen bevrijden voordat de Zielenbreker terugkwam.

Maar dan moet ik haar...

Caspar draaide Sophia naar zich toe en schrok van de kleine druppel bloed die uit haar neus liep.

Met een hand trok hij haar linker ooglid omhoog. Haar oogleden trilden, wat in deze omstandigheden een goed teken was. Het kon betekenen dat Sophia op het punt stond de vicieuze cirkel van de doodsslaap te doorbreken – het moment waarop Caspar haar uit de hypnose zou kunnen terugbrengen door het bevel op te heffen dat die maniak in de psyche van zijn vierde slachtoffer had verankerd.

Misschien. Mogelijk. Als. Indien, hoonden zijn eigen gedachten hem, met Toms stem.

'Sophia, hoor je me?' Hij pakte haar koude polsen en masseerde ze. 'Je moet wakker worden, versta je me? Je moet je op mij concentreren. Jij bent de sleutel.'

De sleutel! O, nee!

Haar bewegingloze polsen gleden uit zijn handen.

Hij draaide zich om, tergend langzaam, alsof hij in een woeste rivier stond en tegen de stroming moest vechten. Terug naar de lift! Waar hij die noodlottige fout had gemaakt.

In de lift ben ik veilig.

Jawel. Tot een paar seconden geleden. Tot het moment waarop hij die vervloekte sleutel had laten zitten zonder hem weer terug te draaien om de lift te vergrendelen.

Dat heb ik over het hoofd gezien.

Toen Caspar eindelijk voor de lift stond, staarde hij zijn eigen spiegelbeeld in de ogen, maar deze keer niet weerkaatst door de spiegel achter in de cabine, maar door de aluminiumdeuren, die zich allang weer hadden gesloten. De Zielenbreker had de lift teruggeroepen.

03:34 uur

Het beven begon op het moment dat de stalen kabels zich spanden. Sophia's lichaam begon epileptisch te schokken en deed de hele rolstoel rammelen.

Caspar bezat geen enkel besef van tijd meer en had er niet op gelet hoe lang de lift nodig had voor die paar etages, maar het was hem wel duidelijk dat het niet langer dan twintig wanhopige ademtochten kon duren voordat Bruck hier beneden zou zijn. Caspar hield zijn adem in, alsof hij daardoor de tijd kon stilzetten en het onvermijdelijke uitstellen.

Kaboem.

De gijzelaars achter de melkglazen ruit drukten weer hun mond en vuisten tegen de deur en schreeuwden met al hun kracht, hoewel ze nauwelijks te horen waren door het pantserglas heen. Sophia kreunde steeds luider in haar rolstoel, gooide haar hoofd in haar nek, strekte haar bovenlijf en greep zich als een drenkeling aan de plastic handvatten van de rolstoel vast. Haar zweetdoordrenkte, met stof, bloed en infuusvloeistof besmeurde doktersjas zakte van haar ene schouder. Toen sloeg haar hoofd tegen de gelakte metalen greep van de haardpook, met een geluid als van twee biljartballen die elkaar raakten. Caspar rende naar haar toe, pakte met twee handen haar hoofd en voorkwam met de rug van zijn hand een volgende klap van de ijzeren staaf tegen haar slaap. Om te verhinderen dat ze zich nog verder zou verwonden, haalde hij de pook weg. Zodra hij het ding uit zijn klem had getrokken, begreep hij dat hij misschien hun laatste kans op redding in zijn handen hield.

De lift! De deur!

Caspar verspilde geen kostbare tijd door met de ijzeren staaf op het onbreekbare melkglas in te slaan. Zo snel als hij kon sleepte hij zich naar de lift terug en keek op de display.

Eerste kelderverdieping. Nog maar een paar meter.

Dit moet werken. Lieve god, alstublieft, laat dit werken.

Het L-vormige haardbestek was ongeveer zo lang als een tennisracket en vertoonde aan het uiteinde duidelijke gebruikssporen. Gelukkig was hij aan Caspars kant taps afgeschuind, als een schroevendraaier. Als een breekijzer ramde Caspar het ding in de spleet tussen de liftdeuren.

Als die lift zoiets als een beveiliging heeft, dan...

Hij beet op zijn lip, terwijl hij met grote inspanning de deuren een paar centimeter uit elkaar drukte.

...dan moet hij stoppen zodra... Verdomme. Nee.

De pook werd hem uit zijn handen gerukt en de deuren sloegen weer knarsend tegen elkaar. Ze waren lang genoeg open geweest om hem te laten zien hoe dichtbij de dood al was. De onderkant van de liftkooi had vlak boven zijn hoofd gezweefd.

Goed dan. Nieuwe poging. De laatste...

Weer stak hij de pook in de spleet, weer zette hij zoveel mogelijk kracht, en weer openden de deuren zich een paar centimeter. Een muffe tochtvlaag sloeg Caspar tegemoet, hij rook de smeerolie in de stoffige lucht vanuit de schacht en hij hoorde het dreunen van de MRI-scanner opeens veel duidelijker, misschien doordat zijn zintuigen nu onder hoogspanning werkten, of – nog waarschijnlijker – doordat het wasmachineachtige gebonk door de geopende deuren beter tot de kelder doordrong.

O, nee...

Net toen hij dacht dat het weer zou mislukken en de pook voor de tweede keer uit zijn handen zou worden geslagen, wist hij de spleet zo ver open te krijgen dat hij zijn blote voet ertussen kon wrikken, vlak voordat de deuren dichtvielen. Hij hoorde een luid gekraak en vermoedde dat zijn tenen werden verbrijzeld, maar in elk geval had hij het gewenste resultaat bereikt. De lift bleef steken nu het digitale brein van de beveiliging het onrechtmatig openen van de deuren had vastgesteld.

Gelukt.

Geen seconde te vroeg. De cabine met Bruck bevond zich al op ooghoogte. Caspar wrong zijn nek om door de smalle spleet in de lift te kunnen kijken en zag meteen de bebloede voeten van de Zielenbreker.

Vol afgrijzen wendde hij zich af en verankerde de pook, zodanig dat de onderste poot van de L nu tussen de aluminiumdeuren stak. Toen wiste hij het zweet van zijn voorhoofd, slikte twee keer om de druk in zijn oren kwijt te raken die door de inspanning was ontstaan en draaide zich om naar Sophia.

Godzijdank.

Ze leek rustiger nu. De onheilspellende trillingen waren verdwenen en beperkten zich nu tot haar ogen. Maar dat was juist een gunstig teken. Ze werd wakker.

Of misschien toch niet?

Caspar strompelde naar haar terug.

'Sophia? Kun je me horen?' vroeg hij, terwijl hij bij haar voeten knielde.

Hij overwoog of hij zijn vingertoppen tegen haar trillende oogleden moest leggen om haar te kalmeren. Voorlopig beperkte hij zich ertoe haar lange wimpers te strelen en de korstjes weg te vegen die zich daar hadden verzameld, zodat ze gemakkelijker haar ogen zou kunnen openen.

Hij masseerde weer haar handpalmen en constateerde met stijgende euforie dat haar klamme vingers een lichte tegendruk gaven. En hij dacht aan het briefje dat die vingers hadden vastgehouden.

Het is de waarheid, alleen de naam klopt niet.

'Hypnose,' fluisterde hij de oplossing, met zijn mond heel dicht bij haar oor. Hij moest tot haar doordringen, het juiste moment benutten waarop haar onderbewustzijn zich openstelde, zodat hij het posthypnotische bevel zou kunnen opheffen. Maar hij had geen idee hoeveel tijd hij daarvoor had.

Achter hem kraakte iets, misschien de lift, of de Zielenbreker, die zich met zijn onverstaanbare gebrul bij het gedreun van de MRI-scanner en de hulpkreten van achter het melkglas had gevoegd.

Caspar hoorde het al niet meer. Hij concentreerde zich enkel op Sophia, de vrouw met wie hij op dit moment van plaats had gewisseld. Nu was hij de arts en zij de patiënte, die uit de gevangenis van haar ziel, uit haar doodsslaap, moest worden bevrijd.

Hij streek haar haar weg achter haar enigszins uitstaande oor, zoals ze zelf ook altijd had gedaan, en streelde zachtjes haar nek, in de hoop een positieve reactie op te roepen.

Weer herhaalde hij het verlossende woord: 'Hypnose.'

Steeds opnieuw fluisterde hij het in haar oor, terwijl de herrie om hem heen gestaag toenam.

'Hypnose. Hypnose. Hypnose.'

De hele kelder leek verdwenen. Hij hoorde het niet langer, het geknars, geklop, gekreun, gesteun, gejammer en gedreun. Metaalachtig, menselijk, krakend en dof. Hij hoorde zelfs zijn eigen woorden niet meer.

Hypnose. Hypnose. Hypnose.

Zijn lippen beroerden haar oorlelletje, als bij een intieme kus. En eindelijk, toen hij de moed al bijna had opgegeven, reageerde Sophia.

Ze sloeg haar ogen op.

Een tsunami van endorfinen golfde door zijn bloed toen hij haar heldere, sprekende ogen zag.

Hij had zijn doel bereikt, hij was tot haar doorgedrongen en had haar niet alleen fysiek, maar ook diep vanbinnen aangeraakt.

De tranen sprongen in zijn ogen. Hij wilde haar tegen zich aan drukken, haar omhelzen, kussen en nooit meer loslaten. En toen, het volgende moment, wilde hij schreeuwen.

Maar het lukte hem niet. Hij opende zijn mond, maar er kwam geen geluid uit toen hij de grimas op Sophia's gezicht zag.

Die afschuwelijke grijns.

'Je hebt het raadsel opgelost, Niclas,' zei ze, voordat ze moeiteloos uit de rolstoel opstond en hem een injectienaald in zijn arm stak.

03:37 UUR – EÉN MINUUT VOOR DE ANGST

'Waar waren we ook alweer gebleven met onze laatste behandeling, voordat die stomme hond begon te blaffen?' vroeg Sophia zacht, terwijl ze een klein plastic flesje uit de zak van haar doktersjas haalde. 'O ja, schat. Je oogdruppels.'

Hij wilde zich verzetten, zijn hoofd wegdraaien, maar wat ze hem in de aderen had gespoten scheen alle noodzakelijke zenuwbanen te blokkeren.

Bovendien zette ze beide knieën op zijn bovenarmen en kwam schrijlings op zijn protesterende maag zitten. Onder andere omstandigheden zou hij een dubbel zo groot gewicht moeiteloos met één hand hebben afgeschud, maar nu lag hij als verlamd, nog veel erger dan zijzelf hun al die tijd had voorgespiegeld.

Waarom?

Hij keek in haar ogen en hoopte daarin een verklaring te vinden, enige aarzeling, maar dat was een vergissing, want van dat moment maakte Sophia gebruik door een dikke druppel sterk geconcentreerde scopolamine op zijn hoornvlies te laten vallen.

Het brandde hevig en hij reageerde onmiddellijk op de alkaloïde, die oogartsen normaal gebruikten om de pupillen te vergroten voor een oogonderzoek. Nadat Sophia de procedure had herhaald door ook zijn andere pupil te vergroten, voelde hij al de bekende bijwerkingen van het extract van dit nachtschadegewas.

'Waarom?' kreunde hij, merkwaardig kalm. De druppels verlamden de parasympathicus, dempten zijn toch al verzwakte toestand en onderdrukten zijn braakneigingen. Zijn verkrampte spieren ontspanden zich en opeens voelde hij zorgelozer dan hij lange tijd was geweest, hoewel het gevaar nu zo dichtbij was.

Sophia glimlachte tegen hem en streek haar haar achter haar oren weg.

'Marie,' was het enige wat ze zei. Een simpele naam, maar genoeg om hem de verschrikkelijke waarheid duidelijk te maken.

Dus dat was het. Goed. Nu herinnerde hij het zich. *Zo heet ze. Marie!*

De blonde engel bij wie iets fout was gegaan tijdens de behandeling. Zijn eerste medische fout. Maar Marie was niet alleen zijn patiënte, ze was...

'Onze dochter,' bevestigde Sophia rustig.

Natuurlijk. Daarom had hij zich al die tijd zo tot haar aangetrokken gevoeld. Daarom had Sophia hem zo vertrouwd geleken. Omdat hij haar kende. Maar dat was al lang geleden. Al jaren.

'Je hebt haar van me afgenomen.'

Nee, dat heb ik niet, wilde hij zeggen. *Je bent zelf bij me weggegaan toen Marie drie jaar was, en naar Berlijn vertrokken. Naar je nieuwe vriend.*

'Maar nu zal ik haar wreken.'

Ik zal vechten. Binnenkort heb ik een belangrijke rechtszitting. Duim maar voor me.

Dus dat had ze bedoeld. Het was een paradox.

Hoe sterker hij zich ertegen verzette dat het gif zijn vegetatieve zenuwstelsel uitschakelde, des te duidelijker hij zich hun nare voorgeschiedenis herinnerde.

Acht jaar lang had hij Marie nauwelijks gezien. Tot dat bezorgde telefoontje kwam. Van Katja Adesi, haar onderwijzeres.

Daarom was hij naar Berlijn gegaan en had hij Marie opgehaald. Naar Hamburg. Naar zijn praktijk.

Het kan beginnen. Uw dochter is zo ver. We hebben alles voorbereid, dokter Haberland.

Hij had haar onder hypnose gebracht, zonder medeweten van Sophia, omdat hij had willen weten of zijn dochter misschien was misbruikt.

En nu sprak Sophia recht over hem, omdat Marie tijdens die hypnose een beroerte had gekregen. Sindsdien was ze verlamd en vegeteerde ze in een wakend coma waaruit ze nooit meer wakker zou worden.

Gevangen in zichzelf, als in een doodsslaap. Net als de slachtoffers van de Zielenbreker.

Maar dat was niet mogelijk. Het ergste wat bij een mislukte behandeling kon gebeuren was het verlies van contact. Wat Marie was overkomen kon onmogelijk een gevolg zijn geweest van zijn medisch toegepaste hypnose.

De krampen. Het onbeheerste schokken van haar ledematen. De voorgoed beperkte reflexen.

Daarom zaten er geen tralies voor de ramen. Niemand had zijn dochter met geweld gedwongen.

Ik ben bang. Kom je snel weer terug, papa?

De gevangenis waaruit hij haar had willen bevrijden was Maries eigen lichaam. Ze was levend in zichzelf begraven.

'Je vergist je...' probeerde hij te zeggen, maar tevergeefs. Net als alle andere spieren in zijn lichaam was ook zijn tong machteloos geworden. Toch scheen Sophia antwoord te geven. Met vaste, monotone stem praatte ze op hem in en legde hem iets uit wat hij niet kon verstaan tegen al het achtergrondlawaai. Maar hij vermoedde wel wat ze hem duidelijk wilde maken. Zij was nu zijn rechter. Zij had hem voor het gerecht gedaagd voor iets wat hij zich nu pas kon herinneren. En als rechtszaal had ze deze kliniek gekozen. Een paar uur geleden was de zaak geopend, zonder dat hij zich van zijn plaats in de verdachtenbank bewust was geweest. Het wachten was nog slechts op het vonnis, hier in deze hal van het laboratorium.

'Stop! Niet doen. Je maakt een grote fout,' wilde hij zeggen, terwijl hij bedacht hoe dom ze allemaal waren geweest. Hoe blind.

Dus dat was het. De oplossing van het raadsel.

Het was allemaal een toneelstukje geweest, een huiveringwekkende klucht. Sophia had hun al die tijd een lachspiegel van angst voor ogen gehouden, waarin ze hun de onbarmhartige waarheid had getoond, duidelijk en voor iedereen zichtbaar, maar wel spiegelverkeerd. De Zielenbreker was een vrouw, het slachtoffer een dader, beschermd door het wild waarop ze jaagde. En verblind als ze waren, hadden ze een bloedige strijd geleverd met de enige die alles wist en die hen had willen redden: Bruck. Niet hij, maar Sophia had Raßfeld vermoord en naar het pathologielab versleept. Zij was het geweest die de groep uit elkaar had gedreven om haar laatste slachtoffer – hijzelf – te isoleren.

Daartoe had ze die raadseltjes achtergelaten, in haar eigen hand, in Raßfelds mond en Sybilles tas.

Natuurlijk. We hebben nauwelijks op haar gelet. Haar aanblik was te afschrikwekkend. En waarom zouden we ook?

Het eerste briefje had ze waarschijnlijk voorbereid, de rest moest ze improviseren. Yasmin had Sophia haar doktersjas aangetrokken, waarin ze een pen en haar receptenblok had gevonden. Haar handschrift was zo slecht leesbaar geweest omdat ze onder de plaid op haar knieën had moeten schrijven.

Caspars herinneringen aan de gebeurtenissen van de afgelopen uren spatten uiteen in duizenden bloederige scherven, die onmiddellijk een heel nieuw en gruwelijk mozaïek vormden.

Vandaar al die ongerijmdheden. Dat verklaarde waarom Bruck in de lift zo weinig tegenstand had geboden. Hij had Sophia niet willen doden, maar isoleren. En hij was met die scalpel teruggekomen om Caspar te bevrijden. Bruck had hem niet willen doodsteken, maar lossnijden. Daarmee had hij kostbare tijd verloren, die Sophia had gebruikt om eerst Tom uit te schakelen en daarna de lift naar de kelder te nemen om zich hier voor de deur van het laboratorium te installeren.

'Hou op, alsjeblieft...' probeerde Caspar nog eens. 'Ik weet dat je mij de schuld geeft van de beroerte van onze dochter. Maar zo was het niet. Haar onderwijzeres dacht dat ze werd misbruikt. Marie maakte vreemde tekeningen, daarom had ze mij gebeld. Dat weet jij ook. Ik heb haar alleen onder hypnose gebracht om erachter te komen of ze werd mishandeld. En ja, daarbij is er iets fout gegaan, maar...'

Ik ben Niclas Haberland, neuropsychiater, gespecialiseerd in medisch toegepaste hypnose, en ik heb een fout gemaakt.

'...maar dat kwam niet door de hypnose. Daarom ben ik hier naartoe gegaan, om het je uit te leggen.'

Daarom was hij naar de kliniek gekomen, tien dagen geleden, om het eindelijk uit te praten. Om haar het rapport te overhandigen waaruit bleek dat de schade die Marie had opgelopen niet door een mislukte hypnose kon zijn veroorzaakt.

De brief met het rapport van J.B., Jonathan Bruck, een collega van Raßfeld en een expert op het gebied van beroerten en hersenbloedingen.

Dat wilde hij haar allemaal vertellen, terwijl zijn ex-vriendin haar hand op zijn voorhoofd legde en met de andere langs haar bloedneus veegde, die ze moest hebben opgelopen bij haar tweede gevecht met Bruck – of met Yasmin, die ze had neergestoken.

Het was onbegrijpelijk. Hij was zomaar, in zijn dooie eentje, het web van de spin binnengelopen. Hij had zelfs zijn enige redder in de lift opgesloten, met een werktuig waarop Sophia hem eerst opmerkzaam had moeten maken.

Nu zijn geheugenverlies begon op te helderen, verlangde hij hevig naar een nieuwe aanval van amnesie. Waarom kon niet alles zo onverklaarbaar blijven als de vraag wat Bruck hier eigenlijk deed? Waarom hij zich dat mes in zijn hals had gestoken en waarom Sophia ook al die andere vrouwen had moeten folteren?

Waarom bleef dat alles een raadsel, terwijl hij wel pijnlijk besefte dat Bruck hem nooit kwaad had willen doen? Integendeel. Al die tijd had hij zich door die verwonding aan zijn luchtpijp niet verstaanbaar kunnen maken, hoewel hij voortdurend Sophia's naam had gebruld en zelfs had geprobeerd die naam met zijn eigen bloed op de glazen ruit van het radiologielab te schrijven. Maar zij hadden alle signalen verkeerd begrepen en zich verzet, terwijl hij hen juist uit de gevarenzone had willen redden – weg van Sophia, naar het veilige, afgesloten heenkomen van dit laboratorium hier. Het waren geen gijzelaars geweest die op de ruit hadden gebonsd, maar mensen die zich in veiligheid hadden gebracht. En ze hadden niet om hulp geroepen, maar hem voor Sophia willen waarschuwen voordat het te laat was.

Ik ben zo dom geweest. Zo blind. Zo onnozel.

Caspar opende zijn uitgedroogde mond. Zijn ogen traanden omdat de kunstmatig vergrote pupillen nu zonder beschutting aan het schelle plafondlicht waren blootgesteld. Ze deden pijn omdat hij het reinigende traanvocht niet met zijn wimpers kon verspreiden. Het licht brak als door een prisma aan de punten van zijn verkleefde wimpers en gaf Sophia's knappe gezicht een stralenkrans van dansende regenboogkleuren.

En opeens kon hij weer horen.

Heel even stortte de akoestische geluidswal in. Het gepiep in zijn oren, waarvan hij zich pas bewust werd toen het verdween, maakte plaats voor Sophia's begripvolle stem.

'Hoe heviger je je verzet, des te dieper je zult vallen,' zei ze rustig, met haar blik op zijn starre pupillen gericht.

Wat bedoelt ze? Een laatste raadsel? Is dat het? Mijn laatste kans?

'Hoe heviger je je verzet, des te dieper je zult vallen,' herhaalde ze nog eens, en toen sleurde iemand hem bij Sophia weg.

Hij was al blij en dacht aan Bruck, die op de een of andere manier de haardpook moest hebben weggehaald, of aan Linus, die hulp van buitenaf had gehaald, maar toen besefte hij dat de beweging van zijn lichaam fysiek onmogelijk was. En hij begon te vallen – dwars door de vloer, die onder zijn rug opeens week geworden was. Het beton veranderde in drijfzand, waaruit een ijzige hand naar boven kwam die hem wilde meetrekken. En nu pas drong zijn situatie volledig tot hem door.

Nu vocht hij terug. Tegen die hypnotische blik. Tegen Sophia's rustige stem. Tegen de combinatie van thiopental en scopolamine, die zijn wil tot verzet had gebroken.

Hollywoodsprookjes, brulde Schadecks stem in zijn hoofd. *Het is niet mogelijk iemand onder dwang te hypnotiseren.*

Dat hangt van de omstandigheden af, had hij hem in het pathologielab geantwoord.

Na het veroorzaken van de hevigste fysieke pijnen en psychische martelingen, met name door de toepassing van zware, traumatiserende shocktoestanden, is het mogelijk om met behulp van bewustzijnsveranderende drugs ontvankelijke personen tegen hun wil in een hypnotische trance te brengen en hun bewustzijn te domineren.

Caspar dacht aan zijn snijwonden, zijn ontwrichte schouder, de foltering door Schadeck, zijn verbrande polsen en de angsten die hij de afgelopen uren had moeten doorstaan. Hij was zich bewust van de barbituraten die hem in een toestand van apathie hadden gebracht en hoorde via het ventilatiesysteem het psychedelische gedreun van de MRI-scanner. Allemaal voorwaarden voor de inleiding tot een hypnose waaraan hij niet meer kon ontsnappen, omdat Sophia al het contact had opgebouwd en in zijn bewustzijn een perfide bevel had verankerd dat hij niet meer op eigen kracht kon doorbreken.

Hoe heviger je je verzet, des te dieper je zult vallen.

En daarom gaf hij het op, sloot van binnenuit zijn wijd opengesperde ogen en verzette zich niet meer tegen zijn val in de leegte.

Hij viel naar beneden, door een diepe, koude, donkere schacht, waar nog nooit licht had gebrand. Op weg naar de gevangenis van zijn eigen ziel.

05:13 UUR – VIJFENNEGENTIG MINUTEN SINDS HET BEGIN VAN DE ANGST

De rook was een levend wezen, een zwerm microscopisch kleine cellen, die door zijn huid drongen om hem van binnenuit aan te vreten.

Ze hadden het vooral op zijn longen voorzien, de deeltjes die door zijn luchtpijp tot in zijn bronchiën drongen. Maar dat was nog lang niet zo erg als de vlammen. Als roodgloeiende zwaarden sloegen ze uit het dashboard, verzengden zijn overhemd en scheurden zijn huid open, die onder zijn hart al blaren vertoonde, als smeltend plastic boven een aansteker.

Hij keek omlaag naar zichzelf en gebruikte toen de kracht die de ondraaglijke pijn hem gaf om het gaspedaal in te trappen – niet om de auto weer in beweging te brengen, maar om zichzelf naar achteren te werpen. Hij moest zoveel mogelijk afstand scheppen tussen hem en het vuur.

Hij spuwde een propje bloed en roetzwart slijm in de vlammen, terwijl de gebeurtenissen die hem in deze uitzichtloze toestand hadden gebracht aan hem voorbij trokken.

Hij had Marie behandeld, zonder toestemming van haar moeder, in de absolute zekerheid dat een hypnose geen bijwerkingen kon hebben.

En toen had het meisje een beroerte gekregen. Tijdens de behandeling. Marie zou nooit meer dezelfde worden, nooit meer lachen. Haar hersenstam was dusdanig beschadigd dat ze nog van geluk mocht spreken als ze haar slikreflex terugkreeg.

Hoe had dat kunnen gebeuren?

Op de vloer hoorde hij de fles versplinteren waarin hij vergetelheid had gezocht. Ná die noodlottige behandeling. Vóór zijn laatste rit.

En nu zat hij hier, ingeklemd in een autowrak, met in zijn hand een foto van zijn dochter, die nooit meer een normaal leven zou leiden. En hij verbrandde vanbinnen en vanbuiten tegelijk.

Hij strekte zijn handen naar het vuur, alsof hij zo de dood kon tegenhouden die hem met glinsterende armen omhelsde. En toen, op het moment dat de stank van schroeiend vlees bijna ondraaglijk werd en hij zich met zijn eigen handen de huid van zijn borst wilde scheuren, werd alles doorschijnend. De auto waarmee hij op de kletsnatte weg tegen een boom was geknald toen hij in het dossier naar Maries foto zocht, verdween. De rook, het vuur en zelfs de pijn losten op, om plaats te maken voor het zwarte niets.

Godzijdank, dacht hij. Het is maar een droom. Hij sloeg zijn ogen op. En begreep het niet.

De nachtmerrie waarin hij daarnet nog gevangen had gezeten was niet verdwenen, maar enkel van gedaante veranderd.

Waar ben ik?

Op het eerste gezicht zat hij in de gang van een kelder. Twee gemaskerde mannen stonden tegenover hem, allebei met een getrokken wapen. POLITIE stond er in reflecterende hoofdletters op hun zwarte camouflagekleding.

'Kunt u me horen?' vroeg een van de twee, en hij klapte zijn vizier omhoog. Hij had een gekarteld litteken recht boven zijn linkerwenkbrauw.

'Ja,' antwoordde Haberland.

Waarom ben ik naakt? En waarom zit ik in een smerige pyjamabroek in een rolstoel tegenover een groene betonwand?

'Kijk, Morpheus, zijn pupillen.'

De man met de bijnaam kwam wat dichterbij, liet zijn machinepistool zakken en klapte ook zijn vizier omhoog.

'Hij is aan de drugs.'

'Misschien kan hij daarom niet praten,' opperde de man met het litteken.

'Jawel,' zei Haberland en hij wilde zijn hand naar zijn brandende keel brengen. Maar dat ging niet.

'We hebben hier beneden een 10/13,' hoorde hij Morpheus in een portofoon zeggen. 'Hij leeft, maar hij reageert nauwelijks. We hebben dringend een dokter nodig.'

'Hoe heet u?' vroeg de andere politieman, die nu voor hem knielde. Hij trok de bivakmuts voor zijn mond vandaan, waardoor een slecht getrimd baardje zichtbaar werd.

'Casp...' wilde hij antwoorden, maar hij herstelde zich. 'Ik ben Niclas Haberland.'

Ik ben Niclas Haberland, neuropsychiater, gespecialiseerd in medisch toegepaste hypnose, en ik heb een fout gemaakt.

Hij herhaalde het, maar de agent van de speciale eenheid schudde spijtig zijn hoofd.

'Zijn er daar beneden nog anderen?' kraakte het door de portofoon.

'Ja, zo te zien wel. Er is hier een deur naar een laboratorium of zo. Het glas lijkt gepantserd. Daarachter beweegt nog iets.'

'Er komt versterking.'

'Begrepen.'

Morpheus schakelde de portofoon uit en even later ging rechts van hem een liftdeur open. Nog minstens twee andere mannen kwamen met zware schoenen en doorgeladen machinepistolen de gang in.

'Shit, wat is hier gebeurd, Jack?' vroeg een nieuwe stem. Blijkbaar had hij het tegen de man met het litteken, die nu achter Haberlands rolstoel stond en antwoordde: 'Geen idee. Deze hier is volledig van de wereld. Niet aanspreekbaar.'

Wat is er? Waarom willen ze niet luisteren?

Haberland merkte dat hij naar achteren werd gekanteld. Zijn bovenlichaam kwam schuin te liggen, zodat hij recht in het verblindende plafondlicht keek.

'Heeft die man die jullie uit de lift hebben bevrijd al iets gezegd?' vroeg Jack aan de nieuwkomers.

'Nee, die is in shock. Bovendien heeft hij een snee in zijn luchtpijp. Hij fluit als een theeketel.'

Haberland werd in zijn rolstoel naar voren geduwd.

'En hoe ziet het er boven uit?'

'Smerig. Overal bloed en sporen van vechtpartijen. En in het radiologielab heeft blijkbaar brand gewoed. Twee doden, tot nu toe. De een is de keel doorgesneden, de ander lag in een koelvak van Pathologie.'

'Allebei geïdentificeerd?'

'Ja. Thomas Schadeck en Samuel Raßfeld. De eerste hoort bij die gekantelde ambulance op de toegangsweg, de ander was waarschijnlijk de directeur van de kliniek.'

Schadeck? Raßfeld?... Natuurlijk.

Haberland zag zijn eigen spiegelbeeld en de bloedvlekken op de bodem van de lift toen ze hem naar binnen reden.

'Ik kan het uitleggen!' schreeuwde hij. 'Ik weet wat er is gebeurd.'

'Hoorde je dat?' vroeg Morpheus. Jack drukte op de knop van de begane grond en draaide zich om. De deuren gingen dicht en de twee agenten schakelden hun zaklantaarns in.

'Wat?'

'Ik dacht even dat hij wat zei.'

Jack haalde zijn schouders op. 'Het zal de lift wel zijn geweest,' grijnsde hij, maar voor de zekerheid scheen hij toch even in Haberlands gezicht.

'Kijk eens.'

'Wat?'

'Zijn handen. Dat is toch iets?'

Haberland voelde hoe twee vingers, in een zwartleren handschoen gestoken, voorzichtig zijn hand pakten.

'Je hebt gelijk.'

'Wat is het dan?'

De lichtbundel van de lamp zwaaide bij hem vandaan.

'Een briefje,' stelde Morpheus vast.

'Wat staat erop?'

O, mijn god.

In paniek zocht Haberland naar een mogelijkheid om hun aandacht te trekken.

'Dat is raar.'

'Wat?'

'Die man hier houdt een raadseltje in zijn hand.'
'Shit, je bedoelt...'
'Ja, ja, ja,' brulde Haberland, maar tot zijn ontzetting zag hij dat de lippen van zijn spiegelbeeld in de wand van de lift geen millimeter bewogen.
'Dat was de Zielenbreker! Nee. De Zielenbreekster! Sophia Dorn.'
'"Gooi me weg als je me wilt gebruiken. Haal me terug als je me niet meer nodig hebt",' las Morpheus voor.
'Wát?'
'Een misselijke grap. Of een copy cat.'
'Hoezo?'
'Denk even na. De Zielenbreker heeft het alleen op vrouwen voorzien.'
Nee! brulde Haberland, en hij wilde van ellende zijn ogen sluiten, maar zelfs dat lukte hem niet. *Toe nou. Het is geen grap,* schreeuwde hij in gedachten. *Jullie moeten het raadsel oplossen om mij hieruit te halen. Niet uit de kliniek, maar uit mijzelf. Begrijpen jullie het dan niet?*
Nee, natuurlijk niet.
Hij wist dat hij op dit moment noch kon spreken, schrijven of lezen. Sophia had hem iedere mogelijkheid tot communicatie afgenomen. Op het messingbord lichtte de etageknop van de begane grond op. Zo dadelijk zouden ze boven zijn.
Sophia heeft het gedaan. Zij heeft me gehypnotiseerd en me naar mijn ergste trauma teruggebracht. Naar die brandende auto. Zo nu en dan word ik uit mijn nachtmerrie weer wakker in de werkelijkheid. Dan gaan mijn ogen open en hebben jullie de kans het contact te herstellen. Door het antwoord op het raadsel te geven. Begrijpen jullie het dan niet? Als jullie dat moment voorbij laten gaan, val ik weer terug. Dan begint de spiraal van de doodsslaap weer overnieuw. Alsjeblieft, help me nou!
'Heb jij enig idee wat ermee bedoeld wordt?' vroeg Jack. '"Gooi me weg als je me wilt gebruiken. Haal me terug als je me niet meer nodig hebt."'
'Geen idee,' hoorde hij de andere politieman antwoorden, maar zijn stem klonk van heel ver weg. Haberland merkte ook niet meer hoe de liftdeuren op de begane grond opengingen en hij door een arts van de eerstehulpafdeling werd opgevangen.

Een onzichtbare macht had alweer haar kille hand naar hem uitgestoken om hem terug te halen. Terug naar de plek waar hij nooit in zijn leven had willen terugkeren en die hij pas enkele minuten geleden had verlaten: de vlammenzee van zijn verongelukte auto.

Hij had nog geprobeerd de agenten een teken te geven dat ze naar Sophia moesten zoeken, zijn ex-vriendin, die hij vijftien dagen geleden heimelijk had bezocht om het eindelijk allemaal uit te spreken. Hij wilde haar om vergiffenis vragen en haar het rapport van de arts geven bij wie hij na zijn ongeluk in behandeling was geweest. Naar dokter Brucks deskundige mening zou Marie ook zonder hypnose die hersenbloeding hebben gekregen.

Maar Sophia had niet willen luisteren. Ze had de brief en het rapport in de haard gesmeten en hem teruggejaagd naar zijn hond, die hij voor de kliniek aan een boom had gebonden. Hij herinnerde zich nog hoe strak de lijn had gestaan omdat Tarzan – of Mr. Ed, zoals ze hem hier noemden – zijn lucht opsnoof. En daarna was hij gevallen. Op zijn slaap.

Dat alles kon hij niet meer vertellen aan de groep politiemensen en artsen die hij langzaam voor zijn ogen zag vervagen toen hij weer terugviel in zijn hypnotische nachtmerrie.

Terug naar de brandende auto en de vuurzee, de eeuwige straf waartoe Sophia hem had veroordeeld.

Heden, 14:56 uur

Heel veel later, vele jaren na de angst

Lydia was het eerst klaar. Haar vriend had meer tijd nodig en sloeg pas twintig minuten later de laatste bladzijde om.

'En nu?' vroeg hij, met een ongelovige blik op de achterkant van het omslag. 'Was dat het? Meer komt er niet?'

De professor zette zijn leesbril af en knikte langzaam. De laatste minuten had hij de gelaatsuitdrukking van zijn studenten aandachtig gevolgd – hoe ze zich onbewust achter hun oor krabden voordat hun blik naar de volgende alinea ging, of hoe ze een bepaald woord geluidloos meelazen.

Op de laatste bladzijden gekomen had Lydia regelmatig haar onderlip omlaaggetrokken, terwijl Patrick tijdens het lezen zijn hoofd op beide handen steunde. Nu had hij rode vlekken op zijn wangen.

'Ik heb jullie toch gezegd dat jullie in het begin niet aandachtig genoeg hebben gelezen. Nietwaar, Patrick?'

'Nou ja, hoe had je dit einde kunnen raden?' De student rekte zich vermoeid uit.

'Heel eenvoudig.' De professor tikte op het dossier. 'Het antwoord staat al op bladzijde 16 van het verslag. Herinneren jullie je nog de oplossing van Greta's eerste raadsel, dat ze Caspar had opgedragen?'

'De chirurg is een vrouw.' Lydia tikte tegen haar voorhoofd. 'Niet te geloven.'

'Oké, oké, dat is me ontgaan. Maar hoe gaat het dan verder met het verhaal?' vroeg Patrick ongeduldig, terwijl hij huiverend zijn armen om zich heen sloeg. Ook Lydia zocht haar jack.

Tijdens het lezen waren ze zich niet bewust geweest van de kou, en met de invallende duisternis was het nog killer geworden.

De professor sloeg een schrijfblok open en maakte een notitie. 'Alles op zijn tijd. Eerst wil ik graag jullie spontane gedachten horen. Wat was jullie indruk, na het lezen van de laatste zin?'

Hij knikte naar Lydia, die zwijgend op zichzelf wees.

'Nou, ik...' De studente schraapte haar keel en pakte de fles water. 'Ik vroeg me steeds af of dit echt zo is gebeurd.' Ze nam een slok.

De professor legde zijn pen neer en pakte het oorspronkelijke dossier. 'Goede vraag. Omdat dit patiëntendossier bijna uitsluitend vanuit het subjectieve standpunt van één enkele persoon geschreven is, zijn er natuurlijk lacunes en blijft er genoeg ruimte voor speculaties. Vast staat wel dat Niclas Haberland een expert was op het gebied van medisch toegepaste hypnose en dat hij zich had gespecialiseerd in de therapeutische behandeling van kinderen. Jaren geleden had hij een heftige affaire met een collega, waaruit een kind werd geboren, Marie. Er kwam snel een eind aan de verhouding, Sophia Dorn kreeg de voogdij en vertrok naar de hoofdstad.'

De professor sloeg onder de tafel zijn benen over elkaar.

'Op een dag kreeg Haberland een bezorgd telefoontje uit Berlijn. Bij tekenles maakte Marie heel verontrustende tekeningen. Haar onderwijzeres, Katja Adesi, aarzelde en wilde niet onmiddellijk de autoriteiten inschakelen. Daarom nam ze eerst contact op met de biologische vader. Haberland kwam naar Berlijn en besloot de zaak uit te zoeken.'

'Hij hypnotiseerde Marie?' vroeg Lydia.

'Hamburg is met de trein maar anderhalf uur rijden van Berlijn. Hij nam haar mee naar zijn praktijk, met de bedoeling haar nog diezelfde avond naar haar moeder terug te brengen. Maar zo ver kwam het niet. De sessie liep uit op een drama. Tijdens de behandeling kreeg zijn dochter een hersenstaminfarct.'

'Verdomme.' Patrick keek alsof hij kiespijn had. 'Dus de stekker werd eruit getrokken.'

'Wat bedoel je dáár nou mee?' vroeg Lydia en ze draaide zich om naar haar vriend. De afstand tussen het tweetal was duidelijk groter dan aan het begin van het experiment. Alsof het dossier een onzichtbare wig tussen het stel had gedreven. De professor maakte nog een aantekening.

'Nou, je vriend gebruikt hier een metafoor voor een verschijnsel dat wij het "locked in-syndroom" noemen,' zei hij en hij keek weer op. 'Een toestand waarin de hersens nog functioneren maar geen contact meer hebben met de buitenwereld. Stel je dat voor. Je kunt niet meer zien, horen, proeven, ruiken, ademen of voelen. Alleen nog denken.'

'Goeie god.'

'Nog nooit eerder was er zo'n ernstige bijwerking van een mislukte hypnose waargenomen.'

Lydia schraapte weer haar keel. 'Is dat meisje overleden?'

'Nee, erger. Marie bleef voor de rest van haar leven psychisch en fysiek gehandicapt. En ook haar moeder stortte in, maar zonder dat er uiterlijk iets aan haar te merken was. Haar vriend ging bij haar weg, korte tijd na die tragedie. Hij bestrijdt nog altijd dat hij Marie iets zou hebben aangedaan.'

Een kiezelsteentje tikte tegen de grote ruit. De aanwakkerende wind voerde alleen nog vuil en steentjes mee. De treurwilg boog door, terwijl de professor verderging.

'Eerst probeerde Sophia via de rechter genoegdoening te krijgen. Ze zocht een advocaat, Doreen Brandt, maar die zag er uiteindelijk van af een aanklacht tegen Niclas Haberland in te dienen, omdat het heel moeilijk zou zijn hem van een verwijtbare fout te betichten. Daarom stelde ze een schikking voor.'

De professor stond op en trok ook zijn schouders naar achteren om zijn spieren los te maken. Ondanks alle oefeningen zouden zijn pijnlijke gewrichten hem er uiterlijk morgen weer aan herinneren dat hij veel te lang gezeten had.

'Sophia werd steeds wanhopiger,' zei hij en hij liep naar de zachtjes pruttelende olieradiator bij de schouw.

'Wie ze het ook vroeg, steeds kreeg ze hetzelfde antwoord. Hypnose kon niet tot zulk ernstig letsel leiden. Haar verdriet sloeg om in een waan en ze beraamde het persverse plan om Marie te wreken. Ze wilde iedereen bewijzen dat het wel degelijk mogelijk was om onder hypnose iemands ziel kapot te maken. Nee, erger nog, ze wilde de schuldigen straffen door hen in dezelfde toestand te brengen waarin Marie zich bevond.'

'*Locked in.* Opgesloten in een dodelijke slaap.'

'Juist.' De professor knikte bevestigend bij Patricks interruptie.

'Tijdens haar medicijnenstudie had Sophia zich al geïnteresseerd voor medisch toegepaste hypnose, hoewel ze daar in haar therapiesessies nooit gebruik van had gemaakt. Nu begon ze te oefenen, met de wanhoop van een waanzinnige, om die techniek als wapen te kunnen gebruiken. De methode die ze ontwikkelde was eigenlijk heel eenvoudig. Onder hypnose bracht ze haar slachtoffers eerst terug naar het moment van hun ergste nachtmerries. Daarna veroorzaakte ze kunstmatig een verlies van contact.'

'Ze gooide de mensen in de hel en sloeg de deur dicht.' Patrick schudde ontzet zijn hoofd.

'Heel plastisch beschreven, ja. Sophia verloor opzettelijk de controle over haar gijzelaars en liet ze achter in een toestand waarin ze niet meer konden worden gemanipuleerd. Aangezien iedere mislukte hypnose op een gegeven moment overgaat in een normale slaap waaruit je weer wakker wordt, gaf ze haar slachtoffers ten slotte nog een posthypnotisch bevel mee. Zodra ze wakker werden, moesten ze weer inslapen.'

'En hoe deed ze dat?'

'Heb je ooit een hypnoseshow gezien, Lydia?'

'Ja, op tv. Een man werd voor het publiek in trance gebracht. De hypnotiseur vertelde hem dat hij een hond was, en achteraf kon hij zich daar niets meer van herinneren. Maar als de toeschouwers "Hasso!" riepen, moest hij drie keer blaffen.'

'En dat deed hij ook, neem ik aan.'

'Ja.'

'Dat is een vulgair, maar duidelijk voorbeeld van een eenvoudig posthypnotisch bevel, zoals Sophia dat ook bij haar slachtoffers verankerde. Alleen hoefde niemand "Hasso!" te roepen. Het was voldoende dat de slachtoffers hun ogen openden en het licht op hun netvlies viel. Dat was de sleutel. Hoe sterker het licht, des te sneller het slachtoffer korte tijd later weer onherroepelijk in een hypnose terugviel.'

'Verschrikkelijk.' Lydia trok huiverend de rits van haar jack dicht.

'Maar het werkte. Zo lukte het Sophia haar slachtoffers in een vicieuze doodsslaap te brengen, die alleen kon worden doorbroken als iemand op het moment dat ze wakker werden het juiste codewoord noemde: de oplossing van de raadsels op de bijbehorende briefjes.'

De professor legde zijn handen op de lamellen van de elektrische verwarming. Hoewel hij bijna zijn vingers brandde, drong de warmte niet verder door dan in zijn polsen.

Patricks volgende vraag bezorgde de professor kippenvel, zo hevig dat het bijna pijn deed.

'Hoe is het met Haberland afgelopen?'

Heden, 15:07 uur

'haberland?' herhaalde hij zacht en hij liep naar de glazen tuindeuren. 'Voordat ik jullie iets over zijn toekomst kan vertellen, moeten we ons eerst nog even met zijn verleden bezighouden.' Hij stond met zijn rug naar hen toe terwijl hij sprak.

'Maries beroerte was natuurlijk het ergste trauma van zijn leven. Hij kon niet bevatten wat hij zijn eigen dochter had aangedaan en bedronk zich nog dezelfde dag. Na het ongeluk met zijn dochter veroorzaakte hij daardoor een zwaar eenzijdig ongeval, dat hem bijna het leven kostte. Toen hij fysiek weer was hersteld, kwam hij in therapie bij dokter Jonathan Bruck. In die sessies spraken ze ook over Marie. Bruck had een patiëntendossier opgevraagd van de kliniek waar Haberlands dochter intensief werd behandeld.'

'Over beroepsgeheim gesproken,' hoorde hij Patrick fluisteren.

'Na een bloedonderzoek bij Marie waren de artsen ervan overtuigd geraakt dat haar hersenbloeding tijdens de hypnose was opgetreden, en niet als gevolg daarvan. Sophia was zo woedend over die diagnose dat ze haar dochter naar Berlijn liet overbrengen.'

Hij draaide zich weer naar zijn studenten om. 'Maar de artsen in Hamburg hadden gelijk. Zoals gezegd is het gewoon onmogelijk dat een mislukte hypnose tot zulke ernstige schade zou kunnen leiden.'

'Bladzijde 150 van het dossier,' zei Lydia en ze bladerde terug.

'Precies. Bruck spoorde Haberland aan een goed gesprek te hebben met de moeder van hun kind, om haar deze nieuwe conclusies duidelijk te maken. Haberland aarzelde, maar uiteindelijk ging hij kort voor Kerstmis toch op weg. Samen met zijn hond...'

'Tarzan. Alias Mr. Ed.'

De professor glimlachte welwillend bij Lydia's interruptie. 'Met het medisch rapport stapte hij op de trein naar Berlijn. Maar bij de Teufelsbergkliniek aangekomen zonk de moed hem in de schoenen. Sophia had tot dan toe ieder contact geweigerd en hem vanaf het moment van de tragedie een moordenaar genoemd. Hoe zou ze nu dan reageren? Wat zou ze doen als hij onaangekondigd voor haar stond, terwijl ze hem had verboden ooit nog in haar buurt te komen? Pas na lang aarzelen vermande hij zich en liep langs de toegangsweg omhoog om het erop te wagen.'

'Maar wat hij ook had gevreesd, het was nog niet half zo erg als wat er werkelijk gebeurde.'

De professor lachte droog. 'Inderdaad. Inmiddels had Sophia haar Zielenbrekermethode al op drie vrouwen uitgeprobeerd. Zoals jullie misschien weten, kan niet ieder mens worden gehypnotiseerd, al helemaal niet tegen zijn of haar wil. Vanessa Strassmann wel. Zij was totaal onschuldig. Haar enige pech was dat ze met Sophia een cursus amateurtoneel aan de volksuniversiteit had gevolgd. Met haar sterk esoterisch ingestelde persoonlijkheid was ze een gemakkelijke proefpersoon voor Sophia. Geen wonder dat Haberland zich haar niet kon herinneren toen hij een krantenfoto van haar zag. Vanessa had nooit contact gehad met hem of met Marie.'

Patrick keek hem vragend aan en bladerde nu ook terug naar het begin. De professor knikte hem bemoedigend toe.

'De serie begon dus met Vanessa Strassmann. Sophia lokte haar met een smoes naar een hotelkamer. Blijkbaar was Vanessa ooit verkracht en confronteerde Sophia haar onder hypnose steeds opnieuw met haar folteraar.'

'Vanaf dat punt wilde ik al niet meer verder lezen,' mompelde Patrick.

'Bemoedigd door het resultaat testte Sophia Dorn nu haar techniek op de eerste die in haar ogen werkelijk schuldig was: Katja

Adesi. Door haar vermoeden van misbruik had Maries onderwijzeres immers de bal aan het rollen gebracht.'

'En het derde slachtoffer?' vroeg Lydia. 'Doreen Brandt?'

'Zij was de advocate die geen aanklacht tegen Haberland wilde indienen,' verklaarde de professor. 'Omdat ze de zaak niet had aangenomen, kon er lange tijd geen connectie tussen haar, Sophia en de andere slachtoffers worden gevonden. Bovendien zocht de politie naar een man.'

'Oké, maar we hadden het eigenlijk over Caspar. Nou ja, over Haberland,' maande Patrick hem ongeduldig.

'Dat is waar. Neem me niet kwalijk. Hij was al die tijd Sophia's werkelijke doelwit. Hij moest haar meesterwerk worden. Op bladzijde 149 van het dossier lazen jullie met welke bedrieglijke methoden je iemand toch onder dwang kunt hypnotiseren. En al die technieken hebben één ding gemeen: het overrompelingseffect.'

'Maar dat ging verloren door Haberlands bezoek.'

'Heel goed. Je kunt je niet voorstellen wat een schok het voor Sophia moet zijn geweest toen Haberland plotseling voor haar neus stond. Nu was hij het, die háár had overrompeld. En alweer probeerde hij zichzelf met leugens schoon te praten. Hij gaf haar zelfs een rapport van de vooraanstaande arts Jonathan Bruck, dat zogenaamd zijn onschuld moest bewijzen. Ha!' De professor sloeg met zijn vlakke hand op de houten tafel.

'Sophia had immers zelf al drie keer aangetoond dat het mogelijk was iemand door middel van hypnose in een levensgevaarlijke toestand te brengen.'

'Dus gooide ze het rapport in de haard en spoot hem een verdovend middel in?' Patrick was nu ook opgestaan om de benen te strekken. Alleen Lydia kwam niet van haar plek en speelde nerveus met een haarlok.

'Ja en nee,' zei de professor. 'Ze gooide de brief in het vuur en joeg hem de deur uit, naar Tarzan, die buiten in de kou aan een boom gebonden stond. Later moet ze zich hebben bedacht en haalde ze de halfverkoolde resten van het rapport weer uit de haard.'

'En Haberlands amnesie?' Lydia kauwde zenuwachtig op de lok haar.

'Die was het gevolg van een simpele val.'

Patrick fronste zijn voorhoofd en de professor begreep dat hij wat concreter moest zijn.

'Haberland was psychisch aangeslagen. Hij had iets verschrikkelijks meegemaakt, wat hij tot elke prijs wilde vergeten. Om wat hij zijn dochter had aangedaan was hij zelfs bij Bruck in therapie gegaan. En nu was zijn eerste poging om het trauma in een persoonlijk gesprek met Sophia te verwerken mislukt. Hij was gewond, verward, kwaad en depressief. Zijn hersens schreeuwden erom die vreselijke herinneringen aan Marie te kunnen vergeten. En ze maakten gebruik van de eerste gelegenheid die zich aandiende om aan dat schuldgevoel te ontsnappen.'

'Die val langs de weg?' vroeg Lydia.

'Ja. Tarzan rukte aan de lijn, Haberland verloor zijn evenwicht op de gladde helling, en toen hij met zijn slaap tegen het asfalt sloeg, verloor hij het bewustzijn. Pas een paar uur later bracht Bachmann zijn onderkoelde lichaam naar de kliniek.'

'Terug naar de waanzin.'

De professor knikte.

'Sophia maakte van die onverwachte kans gebruik. Dankzij Haberlands geheugenverlies had zij weer het voordeel van de overrompeling. Ze nam haar' – de professor schetste twee aanhalingstekens in de lucht – '"patiënt" al bij haar eerste onderzoek alles af wat op zijn identiteit zou kunnen duiden en suggereerde daarmee indirect een roofoverval. Natuurlijk heeft ze nooit de politie gewaarschuwd. Raßfelds terughoudende behandelwijze en zijn bezwaar tegen alle invloeden van buitenaf kwamen haar bij haar wraakzuchtige plannen heel goed uit.'

'Maar waarom heeft ze Caspar niet meteen gehypnotiseerd?' wilde Lydia weten. 'Waarom liet ze hem zelfs die foto van zijn dochter zien? Dan had hij zich alles weer kunnen herinneren en zou haar plan zijn mislukt.'

'Goede vraag. Sophia werd heen en weer geslingerd tussen twee gedachten. Aan de ene kant wilde ze Haberland straffen door hem de hel op aarde te bezorgen. Maar die zou maar half zo erg zijn als hij zich Marie – en dus zijn eigen schuldgevoel – niet zou herinneren. Daarom wilde ze hem eerst uit zijn barmhartige geheugenverlies halen en vervolgens zijn ziel verwoesten. De gebeurtenissen van die nacht boden haar de kans die twee dingen te combineren.'

'En hoe kwam Bruck in het spel?' vroeg Patrick.

'Dat is toch logisch?' antwoordde Lydia uit naam van de professor. 'Als Sophia wraak wilde nemen op iedereen die haar wilde wijsmaken dat hypnose ongevaarlijk is, had Haberland haar met dat rapport een nieuw slachtoffer in handen gespeeld. Gratis en voor niets, zogezegd.'

'Heel goed geconcludeerd,' prees de professor.

'O ja?' Lydia glimlachte.

'Zo was het. Voordat Haberland bij haar kwam kende Sophia de man niet eens. Nu stond hij op haar persoonlijke zwarte lijst, als vierde kandidaat.'

'Ja, maar hoe dan?' vroeg Patrick.

'Sophia was totaal gewetenloos,' vervolgde de professor. 'Ze belde Bruck gewoon op voor een collegiaal advies over een patiënt met amnesie, die bij haar was binnengebracht. Bruck wilde wel helpen en kwam meteen uit Hamburg, omdat hij vermoedde dat het Haberland kon zijn, die zich al twee dagen niet meer bij hem had gemeld. Sophia boekte een kamer voor hem in het Teufelsseemotel, vlak bij de kliniek. Daar spraken ze elkaar.'

'En daar bracht ze hem met dwang onder hypnose.'

'Bijna.'

'Hoezo, bijna?' De rode vlekken op Patricks wangen werden nu niet veroorzaakt door zijn handen. Hoewel het kwik steeds verder daalde, steeg zijn temperatuur met de minuut. De professor maakte in gedachten een aantekening, hoewel hij niet eens wist of deze reacties wel relevant waren. Toen gaf hij antwoord op de vraag.

'Nou, het lukte niet helemaal. Sophia druppelde Bruck scopolamine in zijn ogen en bracht hem in trance. Daarna overgoot ze hem met alcohol uit de minibar, zodat hij voor een alcoholist zou worden aangezien als hij werd gevonden. Maar deze keer liep het mis. Misschien werd ze gestoord of maakte ze een fout. En niet iedereen laat zich hypnotiseren, zoals gezegd. In elk geval was Bruck een lastig slachtoffer. Sophia wist zijn communicatiecentrum lam te leggen, zodat hij bijvoorbeeld geen briefjes voor Caspar kon achterlaten, hoewel ook dat vermogen langzamerhand terugkeerde. Denk maar aan het moment waarop hij probeerde met zijn eigen bloed Sophia's naam op die ruit te schrijven.'

De twee studenten knikten.

'Hoe het ook zij, Sophia had Bruck behoorlijk in haar macht gekregen, maar niet voldoende om hem haar posthypnotische bevel in te prenten. Toen Bruck in het motel door Schadeck werd opgehaald, wist hij zich op eigen kracht uit zijn doodsslaap te bevrijden.'

'Hoe dan?'

'Door zich een mes in zijn hals te steken.'

'Wát?' vroeg Lydia vol ontzetting. Patrick staarde de professor uitdrukkingsloos aan.

'Ja. De achtergrond daarvan is niet helemaal duidelijk, maar uit onderzoek blijkt dat Bruck in zijn jeugd een keer een wesp heeft ingeslikt en door de steek in zijn luchtpijp bijna is gestikt. Ik vermoed dat Sophia dat trauma opnieuw heeft opgeroepen om hem terug te brengen in die nachtmerrie.'

'U bedoelt dat hij daarom opzettelijk zijn eigen luchtpijp heeft opengesneden?' Lydia greep naar haar strottenhoofd en moest slikken.

'Ja. Toen hij in de ziekenwagen lag zweefde hij net op het punt om uit zijn dodelijke slaap te ontwaken en dacht hij dat hij zou stikken. Maar hij wist ook dat een extreme prikkel, bijvoorbeeld een hevige pijn, een eind kon maken aan de hypnose, die zoals gezegd bij hem niet zo goed geslaagd was als bij de eerdere slachtoffers. Als arts was het hem bovendien bekend dat een snee in een luchtpijp niet levensbedreigend is, hoewel er natuurlijk snel moet worden ingegrepen. Bovendien bevonden ze zich in de buurt van de Teufelsbergkliniek, waar niet alleen de dader, maar ook haar volgende slachtoffer te vinden was: Haberland, zijn eigen patiënt. Nu moeten we gissen, want na het trauma van die nacht heeft Bruck tegenover de politie maar een heel sporadische verklaring afgelegd, die ik niet volledig heb kunnen inzien. Misschien was het toeval, of misschien wilde hij twee vliegen in een klap slaan, om maar eens een oud gezegde uit de kast te trekken. In elk geval bereikte hij het gewenste doel, hoe drastisch ook. Schadeck remde omdat hij de controle over de wagen verloor, en Bruck werd de kliniek binnengebracht.'

'En zo begon het verhaal.'

'Nog niet helemaal.'

'Hoezo?'

De professor keek voor de zoveelste maal in de vragende gezichten van zijn proefpersonen.

'Jullie vergeten Linus.'

Heden, 15:13 uur

PATRICK KEEK OP ZIJN HORLOGE, MAAR MEER ALS OVERSPRONG-gedrag, zo vluchtig was zijn blik op de wijzerplaat. Het was vandaag 23 december, een dag voor kerstavond. Maar de professor wist dat tijd op dit moment de minste zorg van zijn proefpersonen was.

'Linus, ja. Natuurlijk! Wat gebeurde er met hem?'

Sofihelpatioden.

De professor knipperde met zijn ogen en ging verder met zijn uitleg.

'Sophia had de benzineleiding gesaboteerd, zodat Bruck die nacht niet uit de kliniek kon wegkomen.'

'Waarom?'

'Om hem te doden, Lydia. Hij was haar gevaarlijkste getuige. Bovendien wilde ze tot elke prijs een ontmoeting voorkomen tussen Bruck en Haberland, die als laatste slachtoffer de kroon op haar werk moest worden. Midden in de nacht sloop ze Brucks kamer binnen, vermoedelijk om hem met een kussen te smoren, wat vanwege zijn ademhalingsproblemen een natuurlijke dood zou hebben geleken. Maar daarbij werd ze betrapt door Linus, die 's nachts slecht slapen kon en altijd nieuwsgierig door de gangen van de kliniek dwaalde.'

'Linus maakte Haberland wakker en vertelde hem wat er gebeurde: "Sofihelpatioden." Sophia wil een patiënt doden!'

'En dáármee begon het hele verhaal.' Patrick haalde zijn hand uit de zak van zijn jack en greep bevend naar het mineraalwater, maar zonder de fles aan zijn mond te zetten.

'Precies. Door die interruptie kon Sophia haar daad niet volvoeren. Bruck vluchtte door het raam en de arts moest snel een beslissing nemen. Hoe kon ze verklaren wat ze na middernacht in haar pyjama in Brucks kamer te zoeken had? Hoe kon ze Linus uitschakelen, die weliswaar gebrekkig articuleerde, maar niet geschift was? In paniek besloot ze tot een vlucht naar voren. Ze schreef een kort raadsel op een velletje papier, kleedde zich uit en ging in het bad liggen. Toen Haberland verscheen en het papiertje in haar hand vond, moest hij wel aannemen dat Sophia niet de dader, maar het vierde slachtoffer van de Zielenbreker was. In werkelijkheid wilde ze alleen maar tijd winnen, de aandacht afleiden en verwarring stichten. En het bood haar een onverwachte kans. Als ze het handig speelde en goed improviseerde, zou ze Haberland psychisch kapot kunnen maken en tegelijk Jonathan Bruck al haar daden in de schoenen kunnen schuiven. Ze zou zelfs genoeg getuigen hebben om zijn gruweldaden te bevestigen. Maar dan moesten wel de rolluiken gesloten blijven.'

'En daarom doodde ze Raßfeld?' vroeg Lydia.

'De enige, behalve zijzelf, die de code kende. Inderdaad. Terwijl Yasmin de oordopjes haalde, Schadeck zich omkleedde en de anderen de rolluiken neerlieten, sloeg zij hem met een stoel op zijn hoofd. Vandaar het bloed op de vloer van het radiologielab. Daarna sleepte ze hem naar Pathologie en schoof de bewusteloze chef-arts in een van de onderste koelvakken.'

'En het raadsel? Hoe kon ze op dat moment weten dat ze Raßfeld later zouden vinden?'

'Dat wist ze ook niet. Het was zuiver toeval, en het raadseltje zelf had eigenlijk geen betekenis. Yasmin was helaas zo zorgzaam geweest om Sophia's kleren uit haar kamer te halen, waaronder haar doktersjas. Daarin zat al het raadselbriefje dat Sophia eigenlijk voor Caspar had geschreven. Dat stopte ze in Raßfelds mond, trok zich toen in het radiologielab terug en ging in de scanner liggen. Yasmin kwam terug, zag dat de professor verdwenen was en haalde hulp. In die tijd bond Sophia zichzelf vast.'

'Vandaar die ene vrije arm op bladzijde 61.'

De professor stak een vinger op om Patricks interruptie te bevestigen. 'Juist. En toen begon ze te schreeuwen, om alle verdenking van zich af te wenden.'

'God, wat sluw.' Lydia masseerde nerveus haar onderlip. 'Ze heeft de anderen zo handig gemanipuleerd dat ze jacht maakten op hun redder en hun moordenaar beschermden.'

'Maar wat gebeurde er dan in het MRI-lab?' Patricks stem klonk weer achterdochtiger. 'Toen Caspar en Bachmann dat brandje stichtten? Waarom heeft Bruck ze daar opgesloten?'

'Omdat ze daar veilig waren voor Sophia,' verklaarde de professor. 'Tenminste, als ze zichzelf niet zouden uitroken. Dus schakelde hij de MRI-scanner in om hen te laten schrikken voordat ze brand konden stichten. Maar het was te laat. Ze hadden het vuur al aangestoken, en zelf had hij geen sleutel om de deur weer open te maken.'

'Oké, dat begrijp ik. En de geluiden die ze in het radiologielab hoorden? Was dat toch Linus, die de politie had gehaald?'

'Nee, nog niet. Dat was de sneeuwstorm. Hoewel ze uiteindelijk wel allemaal hun leven te danken hadden aan de muzikant. Voordat de rolluiken naar beneden kwamen was hij het balkon op gevlucht, waar hij een paar minuten later Yasmin van buitenaf de stuipen op het lijf joeg toen ze de kamer wilde afsluiten. Bij zijn sprong omlaag brak hij een enkel, maar toch wist hij de weg af te dalen naar de villawijk, waar hij een paar uur later bijna door Mike Haffner werd doodgereden.'

'En die heeft toen de politie gehaald?'

De professor knikte. 'Het duurde wel even voordat de politie Linus' koeterwaals begreep, maar gelukkig had Bruck ondanks alle tegenwerking toch nog de meeste mensen voor Sophia in veiligheid kunnen brengen. Dirk Bachmann, Sybille Patzwalk, Greta Kaminsky en Mr. Ed hebben de nacht overleefd. Ook Yasmin kon op het laatste moment uit het laboratorium worden bevrijd en gered.' Hij zuchtte. 'Maar voor Haberland kwamen de mannen helaas te laat.'

'Te laat? Wat is er dan met hem gebeurd? En waar is Sophia?' Patrick tilde zijn hoofd op en keek zijn professor met samengeknepen ogen aan, alsof hij tegen het licht in tuurde.

De professor draaide zich weer naar het raam en staarde in de vale schemering. 'Daarom zijn we dus hier,' fluisterde hij zacht.

'Hoe bedoelt u?' hoorde hij Lydia achter zich vragen.

'Juist dat is een onderdeel van het experiment. Daarom moesten jullie het patiëntendossier zo nauwkeurig bestuderen.'

'Waarom dan?'

Langzaam keerde hij zich naar zijn studenten om. 'Om het waarheidsgehalte van dit verhaal te bepalen. Om vast te stellen wat er uiteindelijk met die twee is gebeurd.'

Heden, 15:15 uur

HET GEPRUTTEL VAN DE OLIERADIATOR WERD LUIDER, MAAR DE temperatuur in de bibliotheek scheen steeds verder te dalen, hoe langer hij aan het woord was.

'Alles wat ik jullie nog kan zeggen, is dat Sophia die nacht voorgoed is verdwenen.' De professor leek opeens jaren ouder. 'Marie wordt sindsdien intensief verpleegd in het Westendziekenhuis. Ze hoeft niet meer kunstmatig te worden beademd en ze kan met haar rechterooglid communiceren, maar verder hebben de artsen helaas nog geen belangrijke stappen gemeld.'

'Wacht eens. Dus Sophia heeft haar dochter zomaar achtergelaten?' vroeg Patrick. 'Na alles wat er was gebeurd?'

'Zo leek het eerst, ja.'

De olieradiator knalde en de professor had zich bijna omgedraaid omdat hij een vurig houtblok in de haard verwachtte. Tegelijk vroeg hij zich af of zijn toehoorders de toenemende klankwisselingen in zijn stem opmerkten.

'Maar toen, een jaar later, vonden de verpleegsters opeens een cadeautje op Maries nachtkastje.'

'Wat voor cadeautje?' vroegen Patrick en Lydia bijna in koor.

'Het zat in een paarse cadeauverpakking, zo groot als een klein juwelenkistje. Daarin lag een ketting met een amulet. Jullie begrijpen van wie die was.'

Lydia stak aarzelend haar vinger op, alsof ze in een klas zat. 'En had niemand de bezoekster gezien?'

'Ze lag op de intensive care, waar strenge eisen gelden,' zei de professor. 'Veel mensen dragen daar mondkapjes. Nee, er is nooit iemand gezien.'

'Nooit?'

'Het bleef niet bij die ene ketting. Elk jaar rond Kerstmis vonden ze weer een cadeautje, soms een flesje parfum, waarnaar Maries voorhoofd al geurde voordat er controle kwam, dan weer een speelklokje of een kostbare munt. En altijd met een klein, dubbelgevouwen briefje ernaast.'

Lydia ademde zwaar. 'En wat stond daarop?'

'Niets. Het was leeg.'

De professor opende zijn hand als een goochelaar die net een pochet had laten verdwijnen.

'En die cadeautjes waren het enige levensteken van Sophia?' vroeg Patrick argwanend.

'Niet helemaal. Volgens het verhaal zou ze jaren later in therapie zijn gegaan bij een bekende psychiater, natuurlijk onder een schuilnaam. Ze zou zich Anna Spiegel hebben genoemd.'

Bij het horen van die naam knikten de twee studenten. Patrick opende langzaam zijn lippen.

'En die psychiater heet?'

'Viktor Larenz. Aan het begin van dit experiment hadden we het al over hem. Helaas kunnen we Larenz niet meer vragen naar deze zaak, maar in de nalatenschap van zijn praktijk werd dit dossier gevonden, en nog altijd zijn de deskundigen het er niet over eens door wie het is geschreven: door hemzelf of door zijn onheilspellende patiënte. Alleen al zijn betrokkenheid bij die zaak zou hem ziek hebben gemaakt. Het schijnt dat Sophia Dorn, alias Anna Spiegel, het werkelijke voorbeeld was voor een figuur die Larenz later, in een aanval van schizofrenie, tot leven zou hebben gewekt als waanvoorstelling. Maar dat is een heel ander verhaal, dat nooit duidelijk is bevestigd en hier niets mee te maken heeft.'

'Nou, dat lijkt me wel. U hebt ons niet voor niets deze onzin laten lezen.' Patrick tikte met zijn wijsvinger op de gesloten map. 'Van wie is dit afkomstig, denkt u zelf?'

'Nou...' De professor aarzelde. 'Als ik eerlijk ben, vinden we daarvoor een aanwijzing in de tekst zelf, op bladzijde 149, regel 23.'

'Het Alzner-protocol?' las Lydia hakkelend voor.

De professor zuchtte diep. 'Dat zou een anagram van Larenz kunnen zijn,' zei hij.

'Maar waarom zou Larenz een woordraadseltje in zijn eigen dossier opnemen?'

'Ja, dat bedoelt de professor ook!' Lydia wierp haar vriend een verhitte blik toe. 'Sophia heeft het geschreven.'

'Wacht nou eens even.' Patrick lachte ongelovig. 'Hoe moet ik me dat voorstellen? Het dossier is volledig vanuit Caspars standpunt geschreven. Hoe kon Sophia weten wat hij meemaakte, dacht en voelde...' hij aarzelde, en opeens trok hij een grimas.

'...als zij niet in zijn hoofd zat? Precies.' Met trillende hand streek de professor door zijn haar. 'Er verliep anderhalf uur tussen de hypnose van Haberland en het moment waarop de politie verscheen, tijd genoeg voor Sophia om alles persoonlijk van hem te horen. Zij had immers de sleutel tot zijn bewustzijn in handen. De rest van de feiten, die Haberland haar niet vertelde, kon ze later in de media hebben gehoord of gelezen. Bijvoorbeeld hoe Linus door Haffners sneeuwploeg werd aangereden.'

Nu hield Patrick het niet meer uit op zijn stoel en sprong woedend overeind. 'Moet dat betekenen dat we al die tijd een dossier hebben zitten lezen dat is geschreven door een geschifte moordenares die al eens een psychiater tot waanzin heeft gedreven?'

'Stop, stop, stop!' De professor hief bezwerend zijn handen. 'Dat is maar een gerucht. Dat hoeft helemaal niet zo te zijn. Bovendien staan jullie nu allebei onder medisch toezicht. Als jullie de komende dagen iets vreemds opvalt, neem dan alsjeblieft onmiddellijk contact met me op.'

Hij legde zijn aktetas op tafel en haalde er een blokje met gele Post it-blaadjes uit.

'Waarom? Wát zou ons dan moeten opvallen?' vroeg Patrick, terwijl de professor een balpen pakte.

'Zoals we nu allemaal weten, was Sophia Dorn bezeten van de gedachte om mensen tegen hun wil te hypnotiseren. De deskundigen zijn het erover eens dat ze in de jaren waarin ze voortvluchtig was haar methoden verder moet hebben ontwikkeld en verbeterd.'

'Wat wil je nou zeggen, man?' Alle respect was verdwenen uit de toon van de student, wat de professor hem in deze omstandigheden niet kwalijk kon nemen.

'Wetenschappers discussiëren al heel lang over de vraag of het mogelijk is iemand te hypnotiseren door hem enkel en alleen een tekst te laten lezen.'

'Wát?'

'Of er werkelijk een Alzner-protocol bestaat, zoals op bladzijde 149 wordt beschreven. Misschien hebben jullie op dit moment zo'n tekst in handen: een document met een onzichtbare subtekst, die alleen op het onderbewustzijn inwerkt.'

'Dat meent u toch niet serieus?' Er klonk enige paniek in Patricks stem. 'Wij zouden nu allebei gehypnotiseerd moeten zijn omdat we achter elkaar dit dossier van die gekkin hebben doorgelezen?'

De professor knikte. 'Inderdaad, daar gaat het om. Voor een betrouwbaar resultaat kon ik jullie niet van tevoren inlichten. Mijn excuses daarvoor. Persoonlijk geloof ik er niet in. Volgens mij is het een modern sprookje, een wetenschappelijke mythe, die wij samen zullen weerleggen.'

'Maar stel dat het wél zo is? Wat gebeurt er dan met ons?'

'Dat weet ik niet. Maar zoals gezegd, zodra jullie iets vreemds bespeuren, iets verontrustends, bel me dan meteen.'

'Kunt u ons er weer uithalen, uit zo'n trance? Als we daarin blijven steken?' Lydia's ogen trilden.

'Als dat zou gebeuren, dan haal ik jullie er weer uit. In ieder geval. Ik ken namelijk de oplossing.'

'De oplossing?'

'Het antwoord op het laatste raadsel: "Gooi me weg als je me wilt gebruiken. Haal me terug als je me niet meer nodig hebt." Als er werkelijk een onderbewuste boodschap, een verborgen subtekst, in dit dossier zou zitten, nemen we aan dat het effect kan worden opgeheven door het antwoord op dit raadsel.'

'Dat *neemt u aan*? Heel geruststellend. Nou, laat horen dan. Wat is de oplossing?'

De professor schudde zijn hoofd toen Patrick dreigend zijn wijsvinger naar hem uitstak. 'Als ik dat jullie nu vertel, zou het experiment zinloos zijn. Wacht maar af of er iets in jullie leven verandert. Maak aantekeningen, maar wees niet bang. Ik ben dag en nacht bereikbaar. Er kan jullie niets gebeuren.'

'Ik ga hier niet weg voordat ik de oplossing weet, verdomme!' De student schreeuwde nu bijna. De deur achter hem ging krakend open en er verscheen een hoofd om de hoek.

'Alles oké hier, geen probleem,' zei de professor tegen de oudere man, die weliswaar zijn wenkbrauwen optrok maar toch de deur weer sloot.

'Nee, het is helemaal niet oké! Vertel ons onmiddellijk de oplossing van dat raadsel, anders –'

'Al goed, al goed,' viel hij de opgewonden student in de rede. Hier was hij op voorbereid. Hier had hij op gerekend. De professor liep naar de studenten toe, pakte hun aantekeningen en plakte er een geeltje in, waarop hij daarnet een e-mailadres had genoteerd.

Lydia en Patrick keken hem vragend aan.

'Stuur me een mail als jullie twijfelen, dan krijgen jullie onmiddellijk het antwoord waarom je hebt gevraagd. Daarmee kun je zelf bepalen of je het experiment wilt afbreken. Maar ik vraag jullie dat pas te doen als het echt niet anders kan. In naam van de wetenschap. Zullen we dat afspreken?'

De professor liep weer naar zijn plaats, pakte zijn papieren en borg ze op in zijn aftandse aktetas.

Lydia stond op. 'Maar het is wel opgelost?' vroeg ze bedeesd. 'Het Haberland-raadsel... hij heeft het dus overleefd?'

De professor wilde net het oorspronkelijke dossier inpakken en aarzelde even. 'Nee,' zei hij zacht, en weer kreeg hij dat verdrietige waas voor zijn ogen. Lydia knikte hem toe, alsof een opmonterende blik genoeg voor hem was om de pijnlijkste waarheid prijs te geven die hij kende. Toen, in die schemerige bar met die veel te harde muziek en dat veel te waterige bier, had ze zich lang niet zo naakt en kwetsbaar tegenover hem opgesteld als nu. Hij vroeg zich af of ze zich daar zelf van bewust was toen hij antwoordde:

'Het spijt me, maar ik ben bang dat Niclas Haberland niet meer te redden was.'

Heden, 15:42 uur

DE ROESTIGE DEUR VIEL MET EEN KLAP IN HET SLOT.
'Heel moedig,' bromde de oudere man en hij haalde de zware sleutelbos uit het slot. Toen borg hij hem in de zijzak van zijn werkjasje en trok zijn handschoenen aan. 'Ik had nooit gedacht dat je nog eens zou terugkomen.'
'Het was maar voor één keer, met mijn studenten.' De professor lachte. 'Maar jij bent ook nog hier.'
'Helaas,' mopperde de beheerder toen ze bij het huis vandaan liepen. 'Eén keer per maand kom ik nog even kijken. Om mijn pensioen wat aan te vullen, als mijn vrouw het niet doet.'
'Heeft niemand dat huis ooit willen kopen?'
Bachmann haalde zijn neus op. Zijn blik gleed over de ijzige, met klimop overwoekerde gevel naar het zadeldak van de villa.
'O, jawel. Na Raßfelds dood werd de kliniek natuurlijk gesloten. Er heeft nooit iets concreets in de pers gestaan, maar er waren genoeg geruchten. Geen wonder, want officieel heeft bijna niemand een woord gezegd. Bruck ging terug naar Hamburg en heeft alle aanbiedingen afgeslagen om een boek over die nacht te schrijven. De kokkin is het hotelvak in gegaan en Yasmin heeft haar baan ook opgezegd. Ik hoorde dat ze met Linus een plaat heeft opgenomen. Zelfs met succes, geloof ik. Dat zou wel passen bij die rare vogel.'
Bachmann keek eens naar boven. Een zwerm kraaien vloog over hun hoofd heen weg.

'Greta was de enige die ooit een interview heeft gegeven. Ze dacht in alle ernst dat ze sinds die nacht van haar angstfobie was genezen en voortaan Kerstmis wel alleen kon vieren. Niet te geloven, toch?'

De zwerm ging uiteen en sloot zich een paar seconden later weer aan. Bachmann had zijn interesse in de vogels verloren en keek de professor nog eens aan. Zijn ogen leken troebel en hij had ondertussen een veel sterkere leesbril nodig.

'Het verhaal gaat nog altijd dat zich hier in de inrichting een massamoord heeft afgespeeld waarbij de patiënten elkaar hebben uitgemoord. Daarom denken veel mensen dat het nu spookt op dit terrein. Onzin, natuurlijk, maar het schijnt projectontwikkelaars toch af te schrikken. Er zijn al heel wat plannen geweest – voor een luxe woonwijk, restaurants, zelfs een hotel. Er is nooit iets van gekomen.'

'Praten ze nog over Sophia?'

Bij het horen van die naam kromp de oude beheerder onmerkbaar ineen en wreef eens over zijn grijze bakkebaarden. 'De kinderen zeggen dat ze een heks was en nog altijd in het huis woont. Onder het dak, met haar gehandicapte dochter. Dat soort onzin.'

Hij lachte vermoeid en zag er tegelijk zo verdrietig uit als de professor maar zelden bij een volwassen mens gezien had.

'Neem me niet kwalijk. Ik maak nog even een ronde om het huis, Cas...' De oude beheerder zweeg. 'Sorry.'

'Geeft niet.' Haberland stak hem zijn hand toe. 'Gelukkig kerstfeest. Het was fijn je weer terug te zien. En bedankt dat we de villa konden gebruiken.'

'Geen punt. Als het maar geen gewoonte wordt.'

Ze knikten elkaar nog eens toe, voordat ieder zijns weegs ging – twee mensen die in één enkele nacht zo veel hadden meegemaakt dat er voor andere gezamenlijke ervaringen in dit leven geen plaats meer was. Zelfs niet voor een kort gesprek.

Haberland draaide zich naar de wind toe en sloeg de kraag van zijn afgedragen jas op. Voorzichtig zette hij een voet op de stoep, die glooiend de helling af liep naar de straat. Er was natte sneeuw voorspeld, mogelijk gladheid, dus had hij zijn dikke winterschoenen aangetrokken. Ooit was hij hier naartoe gekomen op leren zolen, die hem noodlottig waren geworden.

Toen. In een vroeger leven.

Nu was hij een ander mens. Het was geen leugen geweest toen hij tegen Lydia zei dat Niclas Haberland was gestorven. Een man met die naam lag voorgoed gebroken op de bodem van zijn ziel. Ook al had Bruck het raadsel opgelost en hem al na twee dagen bevrijd, toch was die kortstondige opsluiting in zijn eigen, innerlijke gevangenis te lang geweest. Dankzij Bruck had hij weliswaar de realiteit, maar nooit zichzelf meer teruggevonden.

Gooi me weg als je me wilt gebruiken. Haal me terug als je me niet meer nodig hebt.

Hij had zich vaak afgevraagd waarom Sophia eigenlijk die raadseltjes achterliet. Daarmee had ze haar slachtoffers toch een uitweg geboden, die Marie niet had gekregen. Eerst had hij het als een laatste restje van haar menselijkheid beschouwd, later als uiting van een irrationele hoop dat ook zijn dochter misschien met één enkel woord uit het labyrint van haar handicaps kon worden bevrijd. Nu, na al die jaren van lijden, wist hij wel beter. De raadsels vormden een wezenlijk onderdeel van de straf: het bewijs van haar almacht. Sophia had hen naar de hel gestuurd en de sleutel aan de buitenkant laten zitten omdat het haar niets uitmaakte of er iemand kwam om de cel te openen. Want zij bezat de macht de deur elk moment weer op slot te doen.

...haal me terug...

Sinds die nacht leefde hij met de irrationele angst dat Sophia nog enkel niet was opgedoken omdat ze zich in hemzelf verscholen hield. Niet letterlijk, natuurlijk, maar in overdrachtelijke zin. Als ze had gezorgd dat ze hem met één woord uit zijn doodsslaap konden wekken, waarom zou ze dan geen ander posthypnotisch bevel in hem hebben verankerd waarvan hij helemaal niets wist? Ze had hem lang genoeg in haar macht gehad om alle informatie uit zijn hoofd te halen die nodig was geweest om dit patiëntendossier te schrijven.

Dat was de reden waarom hij bij elk telefoontje, elke onbekende stem, ieder vreemd woord van een nieuwslezer, ineenkromp. Omdat hij altijd rekening hield met het ergste, sinds hij aan het vagevuur van zijn ziel was ontsnapt. Dat was ook het motief geweest voor dit experiment. Hij moest weten hoe sterk ze werkelijk was. Of ze een manier had gevonden om zich ook jaren na haar verdwijning nog in iemands psyche te nestelen.

Haberland slikte en vroeg zich af of die kriebel in zijn keel het begin van een verkoudheid was. Zijn littekens jeukten een beetje, zoals meestal als er sneeuw in aantocht was. Het eerst voelde hij de richels op zijn borst, maar ook het afgestorven weefsel rond zijn polsen werd met de jaren gevoeliger voor het weer. Opeens drukte zich iets nats tegen zijn rechterhand, en hij keek omlaag.

'Daar ben je al,' begroette hij de kwispelende hond, die wat door het bos had gelopen terwijl hij met Bachmann praatte. Dat duurde nooit lang. Het dier had de laatste tijd steeds meer last van zijn rechterachterpoot, zelfs na korte wandelingen, en ook zijn rechteroog was veel slechter geworden. De tijd dat hij Tarzan aan de riem moest houden om hem in te tomen, was allang voorbij.

'We mogen nu allebei wel oppassen dat we niet struikelen, jongen. Straks gaan we nog even naar Marie.'

Hij aaide de oude hond over zijn kop en draaide zich nog een keer om. De villa verhief zich als een donkere monoliet tegen de grijze winterhemel. De ramen beneden waren met stalen platen afgesloten, daarboven vond de huidige makelaar het voldoende alleen de versleten gordijnen dicht te trekken. Nergens in het huis brandde licht. Alleen boven de ingang bungelde een kleine bouwlamp.

Haberland kneep zijn ogen halfdicht. Heel even meende hij een beweging te zien achter de verschoten gordijnen op de vierde verdieping, onder het dak. Maar het was al donker en hij wist uit ervaring dat het op dit terrein zelfs bij klaarlichte dag moeilijk was onderscheid te maken tussen droom en werkelijkheid.

Het zou wel verbeelding zijn geweest, of een rat. Misschien een tochtvlaag, omdat er ergens een ruitje was ingegooid. Haberland trok een mouw op en krabde zich aan zijn pols.

De weerman had gelijk. Er komt sneeuw, dacht hij en hij draaide zich om naar Tarzan, die vol verwachting naar hem opkeek.

'Wat denk jij? Krijgen we dit jaar een witte kerst?'

De hond hapte vrolijk in de lucht en Haberland liep hem na. Iets te snel. Hij gleed uit en zwaaide geschrokken met zijn linkerarm. Bijna had hij zijn evenwicht verloren, maar toen kregen zijn schoenen weer houvast en volgde hij het spoor terug dat hij op de heenweg in de aangevroren prut had nagelaten. Voorzichtig, stap voor stap, daalde hij de toegangsweg af, weg van de oude villa op de Teufelsberg, waar ooit zijn grootste angst had geloerd, maar die nu leeg en uitgeblust op een wonder wachtte. Misschien zou er ooit iemand langskomen die bereid was het stof van de meubels te vegen, een warm vuur in de haard te maken en achter elk raam een heldere lamp neer te zetten om de duistere herinneringen weg te houden en de boze geesten naar de kelder van vergetelheid te jagen.

In de hoop dat alles weer zo zou worden als het vroeger was.

Nawoord, dankbetuiging en verontschuldiging

Ik weet niet hoe het bij u is, maar zelf behoor ik tot die mensen die altijd eerst het dankwoord lezen voordat ze aan het eerste hoofdstuk beginnen. Dat heeft al heel wat leesplezier bedorven, omdat veel schrijvers de laatste regels van hun boek gebruiken om de lezer van uitvoerige literatuurverwijzingen te voorzien die vaak het centrale thema van het boek en daarmee de clou verraden.

Kort geleden las ik bijvoorbeeld een historische thriller waarin pas aan het eind duidelijk moest worden dat de moordenaar een meervoudige persoonlijkheid had. Maar door de dankbetuiging wist ik dat dus al vanaf bladzijde 1.

Waarom schrijf ik dat hier? Omdat ik u graag zou vertellen hoe u zich nader kunt verdiepen in de medische onderwerpen die in deze psychothriller een rol spelen. Hoe ongelooflijk een groot deel van het verhaal misschien ook lijkt, over het meeste wordt wel degelijk (opnieuw) gediscussieerd.

Maar hoe vertel ik dat zonder te veel van de inhoud prijs te geven? Gelukkig bestaat er een populairwetenschappelijk boek met de onschuldige titel *Unsichtbare Ketten*, geschreven door de psycholoog dr. Hans Ulrich Gresch. Caspar kan zich dat op dit moment niet herinneren, maar hij citeert bijna letterlijk uit dit boek.

Bij het ter perse gaan was *Unsichtbare Ketten* gratis te downloaden vanaf internet, waarvoor ik de auteur heel erkentelijk ben. (Maar google dat pas nadat u dit boek hebt gelezen, als u wilt.) Ook het fascinerende standaardwerk *Neuropsychologie*, dat Caspar in de bibliotheek ontdekt, is een bestaand boek, geschreven door Bryan Kolb en Ian Q. Whishaw. De aangegeven bronnen kloppen.

De Teufelsbergkliniek echter is slechts fictie, net als de rest van het verhaal. Maar zoals bij iedere goede leugen zit er toch een kern van waarheid in. Want ik heb de vrijheid genomen een bestaande, soortgelijke privékliniek te verplaatsen naar de bestaande Teufelsberg in Berlijn, die ik in een aanval van artistieke grootheidswaan gewoon wat dieper in Grunewald heb gesitueerd. De ontstaansgeschiedenis van deze puinberg klopt dan weer wel.

Overigens, het nummer dat tot Caspars favorieten behoort is *Inbetween Days* van The Cure, maar dat had u waarschijnlijk al herkend. En als u het laatste raadsel van de Zielenbreker nog niet hebt opgelost, geef ik hier een kleine tip. De oplossing ligt ergens verscholen in de dankbetuiging die nu eindelijk volgt. Nietwaar, Gerlinde?

Zoals altijd bedank ik in de eerste plaats ú, want als u mijn boeken niet zou lezen, zou ik dingen moeten doen waar ik veel minder plezier aan beleef dan aan schrijven – werken, bijvoorbeeld. Dank ook voor alle op- en aanmerkingen, opbouwende ideeën, kritiek, bijval en alles wat mij verder nog bereikt, voornamelijk via fitzek@sebastianfitzek.de of het gastenboek op www.sebastianfitzek.de.

Soms voel ik me als een zanger die alleen zijn microfoon hoeft mee te nemen naar een optreden, omdat er een leger van roadies klaarstaat die het zware werk doen. Ik noem er een paar:

Roman Hocke – de enige literaire agent die je steeds weer kunt vertellen dat hij de beste ter wereld is, zonder dat hij naast zijn schoenen gaat lopen.

Manuela Raschke – zonder jouw management zou ik allang in de goot zijn beland, verwaarloosd en vermoedelijk zelfs gearresteerd.

Gerlinde – met al je suggesties was jij als grootste horrorthrillerfan ter wereld ook voor dit boek weer onmisbaar. Bedankt dat je het vaste anker in de krankzinnige draaikolk van ons leven bent.

Sabine en Clemens Fitzek – met jullie wetenschappelijke kennis kan ik pronken, omdat jullie me bijvoorbeeld vertrouwd hebben gemaakt met de beginselen van de virtopsie. Als dank schuif ik jullie alle schuld voor mijn fouten in de schoenen. Een eerlijke deal, of niet?

Christian Meyer – geweldig dat iedereen je voor mijn bodyguard aanziet, alleen omdat je er toevallig zo uitziet. Ik neem je nu op al mijn lezingen mee en zal je blijven bestoken met mijn vragen over vuurwapens.

Sabrina Rabow – het schijnt dat je maar met weinig mensen samenwerkt, maar dat moeten wel de besten zijn. Niet alleen daarom ben ik blij dat onze wegen zich jaren geleden hebben gekruist en je je sindsdien om mijn pr bekommert.

Er zijn veel mensen die met hun kennis, kunde en creativiteit grote indruk op me maken en die ik dankbaar ben voor hun inspiratie: Zsolt Bács, Oliver Kalkofe, Christoph Menardi, Jochen Trus, Andreas Frutiger, Arno Müller, Thomas Koschwitz, Simon Jäger, Thomas Zorbach, Jens Desens, Patrick Hocke, Peter Prange en natuurlijk niet te vergeten mijn vader, Freimut Fitzek!

Dan komen we bij de mensen die in geen enkel dankwoord mogen ontbreken, omdat zonder hen de schrijver er nooit zou zijn geweest:

Carolin Graehl – wat jouw scherpe en tegelijk liefdevolle lezing zo uniek maakt, zijn (naast vele andere dingen) je spitse vragen over het manuscript. Pas door jouw inbreng verandert een verzameling ideeën in een lezenswaardig, spannend boek.

Regine Weisbrod – ongelooflijk, nu weet ik waarom zoveel auteurs met je weglopen. Als jij niet ook bij mijn volgende boek de redactie doet, zal ik je helaas moeten vermoorden. (Serieus, ik zal je naam gewoon voor een lijk gebruiken!)

Dr. Andrea Müller – jij hebt me ontdekt en een auteur van me gemaakt. Gelukkig konden we nog samen aan het exposé werken voordat je vanwege je succes schaamteloos door de concurrentie werd weggekocht.

Beate Kuckertz en dr. Hans-Peter Übleis – mijn dank dat jullie me ook de komende jaren willen geven waarvan anderen slechts kunnen dromen: geld. Ach nee, ik bedoel natuurlijk een plek om thuis te komen, binnen jullie geweldige uitgeverij Droemer Knaur.

Klaus Kluge – je schrikt er niet voor terug om nieuwe, vreemde marketingideeën uit te proberen, en wordt daarom binnen de branche en ook door mij bijzonder gewaardeerd. Hoewel je van mijn vochtige handdruk natuurlijk niets wijzer wordt.

Sibylle Dietzel – jou dank ik voor de manier waarop je met je creatieve vormgeving zoveel aan mijn ideeën toevoegt.

Opnieuw komen de belangrijkste personen weer bijna aan het eind: het leger van mensen bij de productie, de verkoop, de boekhandel en de bibliotheek, die ervoor zorgen dat u dit boek uiteindelijk in handen krijgt.

Ten slotte moet ik me ook nog bij enkele mensen verontschuldigen die ik schaamteloos heb bestolen om dit boek te kunnen schrijven. Bijvoorbeeld Helmut Raßfeld, met wie ik jarenlang bij de radio heb mogen samenwerken en die zijn pregnante naam nu moest lenen aan iemand met wie hij gelukkig geen enkele overeenkomst vertoont. Mevrouw Patzwalk was in werkelijkheid de lievelingskok op mijn kleuterschool. (Dank u, dat u me nooit lever heeft laten eten!) En sorry, Fruti, dat de voornaam van je zoon voor een nogal uitzonderlijke figuur moest dienen. Alleen Marc heeft niets te klagen. Je hebt me nadrukkelijk gevraagd ooit eens jouw achternaam te gebruiken. En hoe zeggen ze dat ook alweer? Wees voorzichtig met wat je vraagt. Want straks gaat die wens nog in vervulling, Herr Haberland.

Sebastian Fitzek,
Berlijn, april 2008

PS: Geen zorg, u hebt maar een roman gelezen, geen werkelijk bestaand patiëntendossier. Daar ben ik bijna zeker van.